文本说明

本书根据我自2007年5月至2009年1月的日记整理而成，在决定要写我和乔治在一起的生活时，我把它们重温了一遍。在我看来，这些日记最能捕捉乔治时而充满戏剧性的日常成长速度和行为。我基本保留了它们原来的样子，不过在适当的地方添加了一些我后来才获得的有用信息。

喜鹊乔治

「英」弗里达·休斯 著

涂慧琴 译

George
A Magpie
Memoir

献给乔治和他的孩子们

图书在版编目（CIP）数据

喜鹊乔治 /（英）弗里达·休斯著；涂慧琴译. --
北京：北京联合出版公司，2025.9. -- ISBN 978-7
-5596-8519-3

Ⅰ. I561.55

中国国家版本馆CIP数据核字第20252DL286号

George: A Magpie Memoir by Frieda Hughes
Copyright © Frieda Hughes, 2023
Simplified Chinese translation copyright © 2025 by Ginkgo (Shanghai)
Book Co., Ltd.
All rights reserved.
本书中文简体版权归属于银杏树下（上海）图书有限责任公司

北京市版权局著作权合同登记 图字：01-2025-1451

喜鹊乔治

著　者：[英]弗里达·休斯
译　者：涂慧琴
出品人：赵红仕
选题策划：银杏树下
出版统筹：吴兴元
编辑统筹：周　茜
责任编辑：李艳芬
特约编辑：雷淑容　张朝虎
营销推广：ONEBOOK
装帧制造：墨白空间·杨　阳

北京联合出版公司出版
（北京市西城区德外大街83号楼9层　100088）
北京盛通印刷股份有限公司印刷　新华书店经销
字数200千字　787毫米×1092毫米　1/32　11.25印张
2025年9月第1版　2025年9月第1次印刷
ISBN 978-7-5596-8519-3
定价：78.00元

后浪出版咨询(北京)有限责任公司 版权所有，侵权必究
投诉信箱：editor@hinabook.com　fawu@hinabook.com
未经书面许可，不得以任何方式转载、复制、翻印本书部分或全部内容
本书若有印、装质量问题，请与本公司联系调换，电话010-64072833

目录

序章
我终于找到了一个家 *1*

五月
它愤怒地瞪视着我 *19*
只知道吃喝拉撒的小东西 *33*
忽视其他一切的理由 *38*
很快就长成了一只好斗的喜鹊 *46*
最接近天堂的事 *51*
好像成了情敌 *54*
温暖的羽毛紧贴着我的肌肤 *56*
看上去像只真正的喜鹊了 *57*
小鸟必须自己学会飞行 *59*
我像乔治一样 *62*
围着我的脚跳舞 *64*

六月

第一次飞起来了 68
一个有喜鹊的画家和诗人 71
感觉他是爱我的 77
进入了青春期 80
如此奇妙又美好的时刻 89
用像人类一样的声音咿咿呀呀地说话 90
第一次全身澡与第一次见客 94
小脑瓜里肯定有相当复杂的思维 97
更多的乌鸦正朝着这个方向飞来 100
必须放他走 105
必须立下一个规矩 106
故意刁难我攻击我的客人 110
度过了自由飞翔的一整天 117
最喜欢的颜色 123
永远无法认出他来 127
两难选择 131
不安的感觉 135
一段疯狂的喜鹊舞 136
想要留住他的罪恶感 139

七月

慢性疲劳综合征 *142*

瞧，我能飞啦！*149*

常常不翼而飞 *152*

吃饭时所有的乐趣 *155*

乔治不见了 *157*

鱼和熊掌不可兼得 *158*

争吵一触即发 *163*

令人讨厌的习惯 *166*

何等炫耀，何等嬉闹 *169*

不同程度的疼痛 *172*

一只蝇虫安了家 *181*

比我想象中聪明得多 *182*

越来越疏远 *188*

一种相处模式 *190*

八月

原来你就是那个养喜鹊的女人 *193*

很享受被大家关注 *197*

一遍又一遍地呼唤 *199*

又在为乔治道歉 *200*

兄弟姐妹之间的争宠 *204*

当心，喜鹊跳头 *209*

建造一个超大的鸟屋 *210*

为每样东西找到一个合适的地方 *212*

九月

专门跟玛丽过不去 216

的的确确把这颗红浆果给了我 219

一只壁虱 221

解开了我两只鞋的鞋带 224

自由的日子不多了 225

我不在,勿扰 229

正在成为他人生活的一部分 231

非常非常生气 232

大笼子里的小笼子 234

关进笼子里的日子渐趋临近 234

十月

我发誓他一定在笑 237

为了建造乔治的鸟屋 240

希望他只关注我一个人 243

没有回来 244

眼泪不时流下来 246

更加不愿意把他关进鸟屋 251

仿佛怀着某种深深的渴望 255

在一起的时间有限 257

没有像上次那样悲痛欲绝 260

想要搬到世界另一端去的愤怒男人 263

又心心相印了 266

千真万确的事 268

给我上了一课 270

像一个在玩具店里玩耍的孩子 272

第三次在外面过夜 *273*
彻底爱上了我的小喜鹊 *274*
依旧没有回家 *275*
一股怀旧之情突然涌上心头 *278*
为真正悲伤的事情痛苦 *279*
希望乔治正在某个地方快乐地翱翔 *280*

十一月
一个可怕的梦 *283*
生活中的鸟形缺口 *284*

十二月
希望它是一只不会离开的鸟 *287*
取名奥斯卡 *288*

一月
奥斯卡不吃东西 *290*
V形喙状伤口 *291*
一只精气衰竭的老乌鸦 *291*
我的乌鸦 *293*
阻止椋鸟归巢 *295*
一种奇异的快乐 *298*
最后一次喝水 *301*
奥斯卡的死与我生命中的其他死亡 *303*

二月
给自己买了一辆摩托车 307

四月
泰德·休斯和西尔维娅·普拉斯的女儿 311

五月
一只快乐的小鸭子 315
奥斯卡2号 316
肉球球德梅尔扎 318
海伊文学艺术节的演讲 320

六月
参孙和达利拉 323
正在看一位专家 325

七月
从来没有建立过真正的亲密关系 327
缘分已经到了尽头 328

九月
摩托车驾照考试失败了 330
可以收养一只雄雕鸮 332

十月
他只是把你当成了一棵树 *335*
无法挽回的损伤 *339*

十一月
想养更多猫头鹰的念头 *341*

终章
一切都是因为一只叫乔治的小喜鹊 *344*

致谢 *349*

编者注：本书小标题为编者所加。

序章

我终于找到了一个家

设想你想要某样东西，从你有意识想要东西的年龄就一直渴望拥有它。设想那种想要东西的渴望。在你早年时期，那些一直萦绕在你脑海中的某个地方、某种生活状态或某种境况，总是有意或无意地指引你朝着一直渴望的那个地方、那种生活方式或那种境况努力。因为，正如我已故的父亲常说的：如果你真的想要某样东西，你应该想象它，在你的生活中为它留出一席之地。

他还说，我们渴望某种东西时应该非常小心，因为有时当我们得到它时，它却并不完全是我们想象的那样。比如，如果你希望获得一大笔现金，一心一意地期待着这笔幸运的意外之财。而后，你深爱的人去世了，你通过他们的遗嘱继承了一笔巨额财产，那将是你实现愿望的一种无比悲剧的方式。或者，如果你希望休一段时间的假，却发现自己饱受新冠病毒或者骨折的折磨，结果必将适得其反，因为你病得太厉害而无法享受你的假期。早在我孩童时期，这些想法就不断地涌入我的脑海。我读过太多的神话和童话故事，却未能汲取它们所蕴含的生活教训。

不，我想要得到的东西决不能给他人或我自己带来苦痛——也许，除了疲劳带来的苦痛：让自己感到幸福的疲劳是我诚心诚意全身心努力的结果。

除了健康、幸福和财富，我渴望得到的东西大概依次是：植物，宠物，一个真正属于我自己、永远不再搬离的家。植物和宠物是永久居所的装饰物和见证者，故而能满足我渴望已久的安定感和归属感。

植物是与大自然直接相连的。哦，倘若有一个地方可以种植、培育它们，倘若在给它们换盆或移栽它们时可以嗅到根茎带有的泥土气息，倘若有花圃和栽种草本植物的狭长花坛，我会按照颜色和叶子形状来排列，将多年生植物与常绿植物交替种植，这样的话，即使冬天来临，地里也永远不会空无一物。我实在想不明白，为什么有的人在整个雨雪季节任花坛光秃秃的，也能照常生活。

我还记得，在二十岁左右闻到百合花球茎的气味时，我有多么兴奋。它们种在锯木屑中,从贴有标签、照片和文字说明,色彩鲜艳醒目的方形轻质大纸板下方的塑料袋里钻出来,长势旺盛,愉快迷人。我期待它们生长繁衍、花开满枝,这份期待就好像一只快乐的鼹鼠钻进了我心里头。也有多肉植物,饱满多汁,长相古早……还有飞燕草和毛地黄、马醉木和十大功劳,绽放的风铃草看起来像蓝紫色牛奶流淌在大地上,橘色的旱金莲爬满了墙壁和窗户边缘。还有樱花、丁香和玉兰……

我的脑海里有各种各样的花坛造型,有各种花卉栽种在一起的样子。我想用植物打造花园,栽种高大的树木,这样我就可以清理它们的枝干,让蓬乱的深红色或紫色的铁线莲攀爬其上。我还想把利兰地[1]拱成有趣的形状,把一切可以修剪的植物修剪成球形。我对球形物体有着一种奇特的亲切感。

回想我的童年,我想应该是六岁那年,我看到一个顽皮的小女孩,头发凌乱得像稻草一样。我总是只梳我那细细的、乱糟糟的头发的发根,因为发尾打结,那把作用不大的短齿气垫梳没法梳理。我照料着一丛法国万寿菊。那是我父亲的姐姐,也就是姑妈奥尔文在一次长时间逗留期间种下的。这些花种在一个小而圆的花坛里。

---

[1] 利兰地是柏树的一种,生命力顽强,长青且耐寒耐旱。——编者注(如无特殊说明,本书注释均为编者注)

所谓的花坛,也就是从杂草和三叶草丛生、被我父亲乐观地称为"草坪"的一块地里开辟出来的。这块"草坪"不断地侵吞着开辟出来的花坛的边缘,让我一辈子都讨厌任何"花坛－草坪"。它们之间没有明确的边界,譬如铺砖路、垒积石,或是一些能将它们简单而彻底分隔开来的方式。

有一年,我带着采摘的万寿菊去市政厅参加花卉比赛。现如今,我对当年那个缺乏自知之明、天真的我感到震惊不已。所有成年选手都带着他们珍贵的、肥足苗壮的万寿菊,他们专门培育出来的各种杂交万寿菊,以及他们为参赛而精心培育的、有着该死硕大花头的金色和深红色万寿菊。我多么鲁莽啊!我以为不管我带什么花来参赛,我都有一半的机会可以赢得比赛,这是多么自欺欺人的乐观精神啊!我相信我那小小的万寿菊是最好看的,因为在我看来,它们实在美得不可思议,结构完美得令人难以置信——它们的花瓣紧紧地簇拥在一起,深红色和橙色的花晕形成了柔软的花冠的边纹,而花冠本身又由更多层层叠叠、紧紧挨在一起的带着褶皱的小花瓣组成。

当然,我与植物的联系,还有我对种植它们的渴望,不仅源于我对大自然能够孕育出这么多惊人的造物的好奇心,也是我迫切渴望扎根的一种表达。

我觉得我的立足之地好像处在不断变化和移动中，好像只要我稍微移开视线，再回头看时，眼前的景象就会发生变化，我就要适应一个截然不同的世界。自从我母亲西尔维娅·普拉斯[1]于1963年2月11日自杀后，我父亲泰德·休斯[2]就再也难以安定下来。他居无定所的生活方式，意味着我从未在同一个地方拥有我所有的衣服，或者我的书本（我没有玩具），或者交上朋友（我没有真正的朋友）。无论他去哪里，我和年幼的弟弟尼克[3]都会跟着一起，就像两个甩不掉的小尾巴。私人物品也会成为一种累赘。不过那也没关系，因为我们还很小，本来也没什么物品，不过那又是另一回事：我渴望拥有一些私人物品。

这并不是说我只是单纯地为了拥有而想要**拥有**一些东西，而是我渴望用我对它们的责任、它们的体量和数量，来衡量我与它们之间的稳固度。这样一来，我父亲突如其来不断连根拔起的搬家冲动就无法改变我的选择底线。

---

[1] 西尔维娅·普拉斯（Sylvia Plath，1932—1963），美国天才诗人、作家，是继艾米莉·狄金森、伊丽莎白·毕肖普之后最重要的美国女诗人。
[2] 泰德·休斯（Ted Hughes，1930—1998），英国桂冠诗人、作家，与西尔维娅·普拉斯的婚姻曾经非常轰动，最终却以悲剧结束。
[3] 即尼古拉斯·休斯（Nicholas Hughes，1962—2009），英国和美国的渔业生物学家，以溪流鲑鱼生态学研究而闻名。2009年3月16日，因长期受抑郁症的折磨，在家中自杀身亡。

在我去最后一所学校,也就是我十三岁去的汉普郡的一所寄宿学校——贝达尔斯之前,我数了一下,我已经上过十二所学校。其中有两所学校我上了两次——我在它们之间来回转学;还有一所在南爱尔兰的学校,而且还接受过一次居家教育。有时候尼克没和我在一起,我就多上几个星期的学。贝达尔斯是第十三所学校。

我父亲会随着他的女朋友,或是一个想法,或是一种明显的冲动,搬到某个新的地方,以逃避过去,开启更加光明的未来。我从来没有时间去买校服,而且我也不会在任何地方待足够长的时间,让这笔开销变得名正言顺,所以我一直是个古怪反常的人,毫无归属感。别的孩子总是早已建立好了他们的朋友圈,我却总在一个星期、一个学期、一年中间被迫加入他们,像一只笨拙的穿着宽松街头服装的布谷鸟。我学会了两种极端:要么随随便便很快就结交了一些朋友,要么就完全没有好朋友。但无论结交哪种朋友,在任何情况下都不会持续很久,因为我从来没有与周围人建立起真正的关系。结果是,即使到现在,当一段友谊开始趋于成熟时,我总有一种想要逃避或逃跑的强烈愿望,因为我内心里总害怕友谊会在我最不经意的时候被莫名其妙地夺走,我只能做好再次失去它的准备。这是那些年我拉着父亲的一只手,尼克拉着父亲的另一只手,辗转整个英格兰和爱尔兰的暗示。

尼克似乎只是在默默地忍受着我们日常环境开关般的迅速变化——他总是沉默寡言，闷闷不乐，不愿参与；而我则记录下生活中的方方面面——每一张路过的成年人的面孔，每一个睡过觉、吃过早餐的房间，父亲的朋友们闲置的每个房间。记忆就像某种电脉冲，有时真是令人震惊。

动物和鸟类是我的另一种酷爱：它们总是不被听见，就像我感觉自己不被听见一样。它们需要有人为它们发声，预先考虑它们的需求，就像我一样。我深信它们能听到我的想法，它们认同我，就像我认同它们一样。我认为我可以信任它们，却不认为可以信任人类。许多人似乎不会把我的最大爱好放在心上，我唯一真正信任的人是我的父亲。然而，当我与雪貂、猫、兔子或狗在一起时，我想我知道自己的归属。

作为一个小孩子，我也相信如果我养了宠物，那就意味着我找到了一个固定的家。那么，爸爸就不会四处搬家了吧？然而事实上，养动物根本不意味着爸爸会定居下来，所以我不能像其他小女孩那样养兔子、小马驹或者小狗这类真正意义上的宠物。我们曾经养过一只山羊，后来它怀孕了，生下了一只脾气暴躁的小山羊比利。当爸爸带我们离开时，我们把它留给了当地的一位农夫，它不得不适应一个新家。还有一只有斑纹的猫,被叫作"斑猫"。它陪伴我度过了几年的童年时光,但由于爸爸一直带着我们离家出行,把它托付给邻居照顾,结果变成了流浪猫。只有在我们回家时,它才跟着回家。还有一只美得惊人的白猫,是别人送给我们的流浪猫。由于爸爸认为它晦气(根据这样一种说法,黑猫会带来好运,白猫则相反),它不得不换新主人,而且由于它把我的上臂咬了一个洞,我被剥夺了说服爸爸改变主意的权利。还有一只拉布拉多幼犬,是姑妈奥尔文送给我们的,她以为它会一直是她买来时的那么大。至今我耳畔仍萦绕着父亲的大声抱怨:"你没看到它的爪子有多大吗?它们巨大!这两个大爪子告诉你,它会长成一只巨犬!"彼得只待了几个星期,直到尼克使劲拉它的尾巴,且差点儿拉断。这只狗痛苦地尖声长叫,然后狠狠地咬伤了尼克的嘴唇。这下爸爸有理由在我撕心裂肺的哭声中把彼得送走了。还有在约克郡养的豚鼠,它们互相啃噬,只因爸爸再次带我们离开的时候,把豚鼠交由爷爷照顾,结果他忘了给它们喂食。还有,在我十三岁的时候,我们养了一只獾,名叫贝丝,是爸爸从一家宠物店的小笼子里救出来的。我们把她养在院子里的一间小屋里,我发现可以通过杏仁糖和切片牛肺跟她交朋友。抱一只獾就像抱一个温暖的、软软的肌肉球——在澳大利亚抱一只袋熊也是这样的感觉。在贝丝的小屋里,坐在铺有稻草的地面上,由她围着我嗅来嗅去,或自愿躺在我大腿上,我感到无比平静和喜悦,于是贝丝就成了我最想多待在一起的动物。

然而,贝丝另有想法。这个小屋是用土坯造的,尽管土坯墙有几英尺[1]厚,但也只是些黏土和稻草。没用几个星期,她就挖出了一条通往自由的路。我为她感到高兴。我推断她一定是准备好才离开的——能够喂饱自己。还有那些我养在我的旧铁架床下方一个超大的蓝白釉碗里的蝌蚪,它们同样没有善始善终,因为它们最后长出了腿,我不得不放了它们。一想到有人用吸尘器清理我的卧室时,不小心吸走了发育到一半的青蛙,我就无法忍受。

* * *

拥有一个"永远的家"——一个我可以种树,且不必担心因搬家而弃它们于不顾的家;一个我可以养狗,且不会因为我不得不离开而为它寻找新主人的家;一个我可以买家具并保留它们的家,因为我不打算住在其他

---

[1] 英美制长度单位,1英尺等于0.3048米。

任何地方——这是我一辈子的渴望。我想住在这样一个地方，我可以在附近的小镇上沿着街道溜达，在到家之前至少能结识三个可以聊天的人。这是一种安定，以及一种永久感。我小时候从未有过这样的感觉。离我最近的存在就是我的父亲。如果我父亲在房间里，那么他的存在本身就代表着温暖和安全。因为他关爱着我和弟弟，并确保我们能感受得到他的爱。但在我幼年时期，他并没有安定下来，而我渴望安定，只是为了有时间能扎下那些该死的根。

这种强烈的欲望意味着，每当我买了新的房子，我都想着它能成为我**最后的家**。尽管我知道——绝对地、毫无疑问地知道——它只是我旅程中的众多住所之一。我的父亲是第一个指出这一点的人，说出了这个我内心深处感到不舒服的真相。

然而，我必须把每一个新家都当作"最后的家"，否则我不会为其倾注所有的爱和努力。而这些东西恰好能给我带来收益，让我能购买另一处房产，并将其修缮，再买一处，再买另一处。于是我一步步地攀登着房产阶梯，买下那些别人不喜欢的房子，这样就能把它们变成渴望拥有的样子。

不过我在花园方面有所保留。我根本无法建造花园，因为我知道我永远不能把它们带走。我在伦敦东南部的最后一栋房子，是我买下三套老旧的公寓改造成的一座华丽的维多利亚式家庭住宅。我和我当时的丈夫一起住在里面。有段时间，那里要么没有厨房，要么没有浴室。那里有一个大花园，我却任其沦为草坪。我设计建造了一个下沉式露天平台，在里面摆放了几十陶盆植物。当我找到**这栋**房子，**这栋**在威尔士中部的房子时，我把这些植物都带了过来。自2004年以来，我就一直住在这里。到我搬家的时候，这些陶盆多到需要一整辆卡车专门来装载。

当那辆卡车抵达威尔士中部时，我生平第一次意识到，我再也不需要搬家了。我终于找到了一个家，一个可以在里面慢慢布置、修建、改装，可以绘画和写作，可以建造花园、饲养**宠物**的家。我唯愿父亲还活着，能看到这一切。

想象一下你内心的渴望，想象你实现了它。通过经年不懈的努力，你终于得到了如此渴望的东西。想象一下终于如愿以偿，那是多么令人陶醉的喜悦。我的内心既无比雀跃，又难以置信，我竟然成功地买下了这座半乔治亚式、半维多利亚式的庄园府邸。在这片曾经辉煌的土地上有一个小村庄，剩下仅一英亩[1]的田地，可以用来改造成花园。

这个小村庄由三条短短的无尾街组成，每条街上有六到十五幢红砖房子，还有一个邮筒、一家酒吧和一幢被改建成住宅的火车站建筑。曾经，火车在此停靠，把人们一路带到200英里[2]外的伦敦。那老旧的马车房和马厩，本属于庄园的一部分，已被改造成了十间小公寓。在小村庄的远处，则是农场、小块耕地、其他小村庄和塞文河。

庄园的正面还挺壮观的，但内部亟须安装水管和电线，重新粉刷天花板和墙壁，并更换几扇窗户。不过话说回来，它还是可以住的。这是一栋半独立式的建筑，毗邻一幢小楼。小楼曾经是大房子的厨房、牛奶房、餐具室、洗碗间及仆人住所。它现在的主人是一位七十多岁的非常可爱的女士，名叫珍。

房子占地只有一英亩，这对我来说是件好事。用来建造一座有趣的花园绰绰有余，但又不至于大到需要借绵羊来把草吃掉。

2004年6月30日，我和丈夫搬到这里。我们在八年前相识，那时我还住在澳大利亚，第二年我父亲患癌症，

---

[1] 英美制面积单位，1英亩约等于6.07亩。
[2] 英制长度单位，广泛应用于英美等国家，1英里约合1609米。

就搬回了英国。一年后，父亲去世了，我再也没有回到澳大利亚生活。我不想再搬家了。我想要扎根，而且强烈地觉得我的根应该在英国。因为即使住在澳大利亚，我仍是通过绘画和写作从英国获得收入的。

回想起来，我可能说过一些话，让丈夫以为有一天我会和他一起回澳大利亚。尽管我非常希望英国足以让他愿意永远留下来，并成功实现我深知的他渴望已久的艺术家梦想。或许他只是听进了他想听的话而已。无论如何，人不能踏进同一条河流。当你回到过去的某个地方时，其实它早已发生了位移，产生了变化，改变了原来的模样，现在的生活永远不会跟以前的生活一模一样。因此，我想留在英国：我想结交朋友，与他们保持往来；我想养狗，让它们在我的豢养下寿终正寝；我想按照我最疯狂的梦想打造花园；我还想用让我扎根的所有来美化我的家。

从一开始，丈夫就一直坚持想在"老一点"的时候回澳大利亚。我曾想象过，所谓的"老一点"是指九十岁，甚至九十五岁，而不是六十五岁或七十岁。因为他比我大十四岁，我担心即使我们搬到了这里，他还是渴望回澳大利亚。我把对未来发生变故的担忧抛至脑后，希望威尔士这所房子的翻修能把我们黏合在一起，让他放下执念。但就像我渴望拥有我的家一样，他也想念他的家。

即使我们的感情基础开始摇摇晃晃,我仍选择视而不见。最终,我希望能拯救我们关系的一切,都无济于事。在本书中,尽管我们仍是夫妻,但我称他为"前夫"。

搬进我们新的超大的半独立式的"待翻新的房子"后,伦敦房子售出的收益给了我们一定的经济支撑。有那么一段时间,我几乎感觉自己像在度假,这是我即使在度假中也极少有的感觉。

搬家也让我身心放松,有精力去写作,去绘画,这是我一生都在渴求的。几年后,我开始为《泰晤士报》每周诗歌专栏撰稿,这加强了我的经济保障。我几乎不敢相信我的好运气,每天都感到很知足。

每天早上,我会开车去附近的小镇买份报纸,眺望远处的山谷,惊叹周围的绝美景色。然后,我回到这座待翻新的房子。面对眼前巨大的挑战,我既感到惧怕,又感到兴奋。我发自肺腑地感到高兴,皆因现在这就是我的家。

我们搬进去后不久,一个当地人和我一起站在我家门外,看着我正在挖坑形成圆形花坛的那块地,几乎整个花园都在屋前。他和妻子在附近的小镇上开了一家礼品店,我们就是这么认识的。

"你打算多久来这里一次?"他问道,眼睛看着几堆堆积如山的石头。我准备用这些石头，借助一辆手推车、一台我不得不自己开箱组装的水泥搅拌机、满腔热情的乐观主义以及全然不顾日益严重的腰背疼痛，来筑造一系列高台花坛。

我抬头望着他（他个子很高），感到些许疑惑。随后我回答道："我搬到这里来了，准备长居。"

"不，我的意思是，你一周会在这里待上几天？"他又问道。我有点糊涂了。他解释说，大多数从伦敦搬到威尔士的人会在工作日期间返回伦敦。

"我会一直住在这里的。"我明确地告诉他。他笑了笑。

"那么，你会坚持住上两年。"他回答道。

那是十八年前的事了。

到我住在威尔士的第三年，读者文摘版《新编园艺植物与花卉百科全书》已经成为我的"圣经"。这是姑妈奥尔文送给我的一份意想不到的礼物。奥尔文一般不会送给我什么礼物，除非她别有用心：一双我穿嫌太大的鞋子（因为她穿着极不舒服），一条由高尔夫球大小的兔毛球拼接的围巾（别人送给她的礼物，她戴不了，也不喜欢），一件芥末色针织比基尼——被海水泡过后，缩水了——只能勉强遮住我的下体（因此根本不可能指望遮住奥尔文比我大码得多的胴体了)。记得有一年她来威尔士过圣诞节,我去车站接她,她在站台上送给我圣诞节礼物:一个空的、装过两磅[1]重蜜饯(我喜欢吃蜜饯)的轻木盒子。她一生烟瘾很大,患上老年性痴呆后就不能再抽了,所以在从伦敦到威尔士的旅途中,为了缓解烟瘾,她把盒子里的东西全吃光了。

但这本植物百科全书甚合我意。每当停下来吃饭时(每日三餐),我都会专心研读它,然后开心地列出下次去园艺中心(每周至少三次)需要看一看的灌木或花卉——我完全上瘾了,而且我也知道自己上瘾了。这也是一种我可以沉溺一时的瘾。

打造花园给了我一个明确的目的和一种成就感。还有,虽然我知道它不会永久持续下去,但我打算尽可能地追随这份痴迷,尤其因为它是无害的,带给了我极大的快乐,而且极富成效——尽管可能只是对我个人而言。看到这些植物生根、生长、繁殖,我感受到了一种强烈的满足感。当我置身户外,被大自然包围时,人类的喧嚣渐渐消散。我把所有其他兴趣抛至脑后,只专注于一件事:在泥土中扎根。

要找到幸福的某些形式,首先要设定或确定一种需

---

[1] 英美制质量或重量单位,一磅约合 0.454 公斤。

求,找到满足这种需求的必要条件,然后满足它:我挖出越来越多的圆形花坛,然后买来一些植物填满这些新的空间。哦,这种幸福真够奢侈的!为了满足我对杜鹃花科灌木的渴望,我不会只买一株,而是以折扣价买回来十株。我尽快地挖出花坛,把山茶花、铁筷子和铁杉一股脑儿地种进去。"卫矛"这个词让我对这种植株矮小的常绿灌木充满了好感,它的叶子柔软,有金绿或奶油绿两种颜色。

我会端起一盆马醉木,感觉它绿色枝条末端娇嫩的粉色叶子很神奇。对我来说,郁金香球茎的气味与猫薄荷的没有两样。一想到迷你杜鹃花的优美弧线,我就会马上行动起来,为它们开沟挖槽。

在圭斯菲德附近的德文花园中心,我痴迷于那按字母顺序排列的一排排花树和浆果灌木,那齐臀高的台子上摆放的铁筷子和大戟,那一池池的沼生植物。我最终放弃了用小车一车一车地运,而是干脆一次性买了一卡车。

从儿时的第一个万寿菊花坛开始,我对园艺的渴望一直有增无减。现在,我终于可以把所有的精力(或是激情?)都投入到这块土地上。唯一限制我的是天黑、推不掉的承诺、一定量的绘画和写作,以及背部不适带来的身体疼痛。花园成了我每天的目的地,有时甚至完全取代了我的工作。因为我一直在想:花园一竣工,我就会有更多时间绘画和写作,而且是在这个充满色彩和生机的独特环境里进行。建造花园有一个看得见的终点,而绘画和写作则会伴我一生。所以,我想,只要把花园打造到没有更多的空间进行景观美化和种植时,我就自由了。当然,接下来我需要有人帮我除草……

然而,意想不到的是,我全身心投入三年的花园工作却被一个长有羽毛的小家伙打断了。它将马上变成我生活的重中之重:乔治闪亮登场。

五月

它愤怒地瞪视着我

2007年5月19日　星期六

每天在花园里劳作时，我注意到一对喜鹊正在邻居家叶子呈铜色的紫叶李树上筑一个大大的鸟巢。这棵树从我们两家花园之间的树篱中拔地而起，离我家屋前大约50码[1]远。

喜鹊夫妻俩用一根根歪歪扭扭的小树枝给它们的宝宝编织了这个木制的袋子。它挂在树枝的最高处，远看像一个遮光提灯，这足以证明它们在建筑方面的非凡技艺。这是一个巨大的用枝丫筑成的鸟巢，形状像一个倒挂的长梨。它还有一个盖子，也是用树枝编成的，挂在鸟巢背面的一根树刺上，高于鸟巢边缘，方便喜鹊双亲

---

1 英美制长度单位，1码等于0.9144米。

从侧边进入，同时保护鸟巢免受强降雨侵袭。我从未见过这样的东西。

如今，这些喜鹊的栖息，以及它们那短促刺耳的笑声，使这棵树的巍然耸立和暗紫色的叶子愈发具有威胁性。喜鹊的声音听起来像是将硬木块扔向墙壁，发出咔嗒声后落到地上。当我在它们下方劳作，为花坛边缘铺路、为种植铁筷子和小杜鹃花开挖一条条沟壑时，我总觉得它们是小丑，而我们人类是被它们愚弄的傻瓜。

它们尖叫着，发出奇怪的咯咯声；它们是花园里的国王和王后，肆无忌惮地挑衅斑尾林鸽和鸽子，毫不羞愧地戏弄寒鸦和乌鸦。它们身着黑白相间、闪闪发亮的服装，墨色羽毛上带一抹油渍般的蓝绿色，它们表演着欢快的小舞步，上蹿下跳，左摇右摆，看起来好不快活！乌鸦举止庄严，寒鸦充满了好奇心，相比之下，喜鹊则自带幽默感。

喜鹊是害鸟，农夫和朋友们都这样告诉我，任何喜欢发表意见的人也如是说，好像他们对喜鹊了如指掌。他们那看似被大众普遍认可的结论，听起来却是陈词滥调，好像是专门排练过的，而不是他们中任何一个人自己得出的有理有据的判断。因此，我并不同意他们的观点。尽管如此，当我建造的大鱼池中间小岛上的巢穴里的十二枚野鸭蛋开始消失时，我就开始怀疑起那个喜鹊窝来。

每天早上,我都会发现又有一枚鸭蛋不见了,而池塘边到处散落着蛋壳碎片。这个吃蛋的家伙好像每天都来偷一枚。当这场劫掠发展到三枚野鸭蛋消失不见时,母鸭不再孵蛋,弃巢而去;剩下的野鸭蛋继续消失,直到一个不剩。是喜鹊干的,有人告诉我,尽管实际上也可能是任何一种动物干的:乌鸦、渡鸦、雪貂、水貂、狐狸、老鼠。就连憨态可掬的刺猬也会觊觎生蛋,我的花园里就有好几只。寒鸦也吃蛋。有时我从厨房窗户往外看,总会看到八只或十几只寒鸦停在草地的桌子和长凳上,我称那块草地为"屋前草坪"(后来我把它改造成了一座假山和几个曲曲折折的花坛,在花坛里种满了低矮的常绿灌木)。

寒鸦和乌鸦全身乌黑,像守灵者一样在前院徘徊,但我喜欢它们。它们有尊严,姿态优雅,不像那些顽皮的喜鹊。如果我给鸟儿们投喂面包的话,那些又大又黑的乌鸦就会飞过来,缓慢而有力地拍打着翅膀降落,就像烧毁的太空垃圾散落在圆形前院的沥青碎石路面上,狼吞虎咽地吞噬地上的面包。寒鸦会礼让一边,给它们体形更大的亲戚腾出空间。而那些喜鹊会悄无声息地挤进来,兴奋地叽叽喳喳地叫着,饶有兴趣地专心进食。

面包还必须是棕色的。我饶有兴趣地发现,鸟儿们统统不理会白面包。它们在外面腐烂变质,一下雨就变成软泡泡的一团,最终稀释为灰泥被冲走。就连老鼠也对它们不感兴趣。

前天晚上,狂风肆虐。在屋内都能感觉到窗户好像要被风从窗框里刮走,它们重重地压着隐形窗框,嘎吱作响。暴风雨猛烈地拍打着这座大房子,让我感觉仿佛置身于汹涌大海上的一艘小船里。三楼靠后边的卧室就像一座桥,俯瞰着左邻右舍,形成一条通往风雨长空的小路。弱不禁风的小树被狂风吹得东倒西歪,稍大一点的树木也被折断了枝丫。此刻我站在这里,抬头朝上看,映入眼帘的是那个用树枝筑成的喜鹊窝,它已被风雨彻底摧毁得支离破碎。

这样也好!我坚信:没有喜鹊窝,就不会有喜鹊蛋,这样就会少一些喜鹊来偷吃鸭蛋。然而,这个念头刚从脑海中闪过,我就感到一阵内疚。在没有证据的情况下,我却诅咒它们,而我一生中大部分时间都在救助受伤的鸟类和动物(这种保护欲从我的童年时期就开始泛滥,最终发展到保护朋友、男朋友,甚至是废弃的房屋),为它们包扎伤口,让它们活下去,直到痊愈,所以对鸟巢的毁灭,同时还为里面可能有喜鹊蛋而幸灾乐祸,这于我是一种怪怪的感觉。

那对喜鹊踪迹全无。它们就这样消失了。

在我于这棵树旁建造的假山基座里，一片碎羽毛引起了我的注意。我拨开周围的叶子，发现了一只受伤的幼鹊。它几乎和我的手心一般大小——因为实在太小而不能行走，也不能飞行，只长有一些发育不成熟的羽毛。它又短又粗的翅膀像一捆尚待长出绒毛的扇骨。原来，那些喜鹊蛋已孵出了喜鹊。我立刻产生了救它的念头。

尽管这些年我救助过各种受伤的鸟，但我看到的从鸟巢掉下来的幼鸟都是死的。而这个小家伙还勉强活着，急需照料。

小喜鹊张开的嘴里满是苍蝇卵，对这只鸟儿来说可不是个好兆头。我打开室外的水龙头，用滴下来的水慢慢地把苍蝇卵冲掉。小鸟的身上到处都有出血的地方，我猜一定是邻居家的猫伤害了它——有些部位看起来像被撕扯过，导致它像一块沾满血迹的破布。我把它带进屋，用微温的水给它洗了个澡，冲洗掉它身体其他部位伤口上的苍蝇卵。我不得不用一支细小的水彩画笔掏出它鼻孔里的苍蝇卵。我不知道还能做些什么，但我清楚地记得苍蝇卵孵化成蛆的速度有多快。一想到任何一粒卵都会孵化成蛆，蛆会蚕食肉体，然后变成蛹，蛹会生成苍蝇，最后在细小的肉体里长成巨蝇，我就感到恶心！我要确保清除掉每一粒苍蝇卵。

在我还是一个小孩子的时候，我父亲是一个狂热的钓鱼爱好者。有一次，他将一罐蛆遗忘在了他那辆破旧的黑色莫里斯旅行家轿车的仪表盘上。在炎热的夏天，它们很快变成了苍蝇，当它们的身躯庞大得像迷你版的绿巨人浩克时，就把存放它们的旧烟草罐的盖子爆开了。汽车里黑压压的一片，全是气势汹汹四处乱窜、黑得发亮的小疯子。当父亲打开车门时，他被一团迅速四散开来、发出嗡嗡声的黑点点包围了。我爆发出一阵大笑，只不过因为对这团涌动的东西感到恶心，才稍稍作罢。

这只幼小的喜鹊没有挣扎，也没有反抗。相反，它以一种像人一样听天由命的态度默默地忍受着我的护理。我把它擦干，给它喂一条小虫子。它向上张开嘴巴，我提着虫子，然后放进它的喉咙底部，它一口吞了下去。接下来我用一件T恤把它暖暖和和地裹起来，放进一个小纸箱。我让它静养，希望它慢慢康复，不过考虑到它的状况，我表示怀疑。如果它活下来了，我会给它取名乔治。

太阳火辣辣的，天气很热，我不想错过这适合栽种的好天气。确定乔治已经安顿好，不再需要为它做什么后，我立刻回到户外。它小小的脑袋耷拉在小小的胸脯上，看上去像是睡着了。

在离发现雏鹊较远的地方，我正在花园尽头几棵高大的银桦树下种迷你杜鹃花，这时我听到了一声哀鸣。

这声音一点也不凄惨，而是竭尽全力，充满了愤怒。我搜寻脚下的灌木丛和树叶，找到了第二只幼鹊。它已经全身冰冷，死掉了。我感到十分困惑，因为这声音不可能是它发出来的。我把它埋在我栽的一棵柏树下面，接着搜寻鸟叫声的来源。

我一边想着可能是我产生了幻听——或者这是从篱笆的另一边，马路上的什么东西发出来的声音——一边继续铲土，琢磨着需要为屋内的幼鸟找几个星期的虫子，直到它能自己进食为止。我折返到花园的尽头，开始把挖出来的虫子装进一个罐子里。那时我根本没想过上网找虫子供应商，因为我的网速很慢，几乎连发封电子邮件都困难，更别提获取有用的信息了。因此，我要咨询懂行的人，或者我要等到弄清楚原因，而在那之前，我还是要挖虫子。

我一锹一锹地翻动着地面六英寸[1]厚的枯叶和木屑。突然，又一声刺耳的尖叫直接穿透了我的耳膜。我本来正要把铁锹插进我脚边的土里，但此刻只好停了下来。我茫然地在地面上的落叶和废弃物中搜寻，用手指往深处掏，还好我有黑色的万寿菊牌橡胶手套做保护。由于天气炎热，手套里满是我的手汗，我的指甲在手套指尖

---

[1] 英美制长度单位，1英寸等于2.54厘米。

形成的汗水汪里滑动。然而,我没有任何发现。然后,刚好就在我的靴子的尖头处,在我的铁锹口旁,在地上的叶子掩盖之下,第三只雏鹊及时出现了。它蹲在地上,一副好战的喜鹊样子,愤怒地瞪视着我。我突然意识到,如果它没有发出叫声,我可能早已把它铲成了两半。

怀着饲养两只喜鹊的美好憧憬,我把它带回屋子里,把它和它的同胞一起包裹在T恤做的鸟巢里。它居然没有挣扎。它让我想起了那种底部沉重、圆滚滚、胖乎乎的玩具,你可以把它们打翻在地,它们总能翻立起来,但它们不具备行走的能力。

有那么一会儿,我满怀喜悦地想给它们取名叫参孙和达利拉[1],等它们长大后把它们双双送走,给它们自由。但不幸的是,我稍后回来看我的两位客人时,发现第一只雏鹊已经死了。要是我能抢在苍蝇卵和猫之前发现它就好了……要是我有一根魔法棒就好了。

我多么希望不是因为我冲洗掉第一只雏鹊身上的苍蝇卵才导致了它的死亡,虽然当我想起那些苍蝇卵时,我真的觉得我别无选择,只能清除任何可能变成蛆的东西。然而,这个想法并没有阻止我自责:我是不是不该给它洗澡?我是不是不该清理掉它身上的所有苍蝇卵?

---

[1] 参孙和达利拉均为《圣经》中的人物名。

我能在猫之前找到它吗?是不是太暖了?还是不够暖?

第二只雏鸟离它的兄弟远远的,好像是嫌弃的样子。一定是因为这具小尸体渐渐冷却,让它无法依偎。我把死去的雏鸟取出来,埋在歪歪扭扭的柏树下,与它的另一个兄弟葬在一起。我内心充满了挫败感,因为不知道是什么决定了它的生与死。我应该让它更温暖一些。我应该把它放在雷伯恩[1]炉灶的下层烤箱里取暖。我应该把它塞进我的衬衣里,让它感觉像被母亲呵护着一样。也许那样它就有更多机会活下来了。当然,剧烈震荡才是真正的凶手。剧烈震荡,以及猫。

二十岁出头的时候,我收养了一些流浪猫——我非常喜欢那些猫,在我设法帮它们全部找到新家之前,一共有十三只。但它们会杀死其他动物,我三十多岁时住在澳大利亚期间,曾目睹猫捕杀大量本土有袋类动物的场景,从那以后我对猫完全没有了兴趣。

现在,我下定决心要全力拯救第三只鸟。我选择不去想人们会如何评价我抚养一只如此不受待见的鸟。

整个下午,为喜鹊寻找食物成了我的当务之急。我一边种杜鹃花,一边翻出花园里的蠕虫、小蚯蚓和几只潮虫。我会时不时地休息一下,给乔治喂食。(事实上,

---

[1] 雷伯恩(Rayburn)是英国的一种老式厨房燃气灶设备。——译者注

乔治也可以叫乔治娜：这个名字从那只死去的小鸟转给了这位幸存者，我喜欢循环利用。）与矮小敦实的身体相比，他的脖子看起来有一英尺长；想吃东西的时候，他会抬起头来，张开嘴发出刺耳的尖叫。

在满足乔治饮食需求的过程中，我发现了一件有趣的事：蠕虫真的不愿意白白送死，它们不认为鸟儿的食道是一个舒适、湿润、值得进入的洞穴，所以当我把它们吊进乔治的喉咙时，它们拼命挣扎，奋力逃离他那张嗷嗷待哺的大嘴。它们似乎全神贯注，能意识到厄运即将来临。

不久后，我就掌握了一个诀窍：用手指尖将虫子的一端推入乔治的喉咙，然后迅速将剩下的部分塞进他的下巴，以防虫子的另一端卷住乔治的嘴边，把自己拽出去。我发现喜鹊的舌根通往喉咙的部分有一种双叉的架状突起，好像是为了防止任何活物再次爬出来。

如果蠕虫小小的身体里只有一个想法的话，那一定是，它们想要**活下去**。

那些真正的大蠕虫（我发现有几条蠕虫超级肥大，约五英寸长）实在是太肥大了，几乎不可能把一整条塞进鸟嘴里。它们会强行撑开他的嘴，试图逃脱。它们爬得也很快。有一次我逮住了一条，它居然从一个高边碗里逃了出去，然后从厨房工作台迅速爬走了。或许把它

们切碎会更好一些，但每当我不小心用铲子把它们铲成两截时，我都会感到非常难受，好像我自己能感受到这一铲一样。它们痛苦地扭动着——虽然在鸟儿的肚子里被活活地消化也不怎么好受。无论如何，乔治好像能毫无压力地应付任何大小的虫子，所以我认为没必要把它们切碎。

乔治的临时住所换成了小号的铁丝网狗笼底层的一摞T恤，放在厨房雷伯恩炉灶旁的地板上。

厨房是这所大房子里唯一一个真正谈得上有空间的房间，其他房间里都堆满了家具及从未打开过的满满当当的箱子，里面装的是些没地方安放的物什——一袋袋垫子、窗帘和衣物，还有各种玻璃制品以及我用从吊灯废品站淘来的零部件组装成的各式玻璃水晶吊灯。（这简直就是个仓库，里面只有各式各样吊灯的破损部件：长款悬挂式尖水晶、梨形水晶、水晶链、新款水晶珠盒子、用来穿过水晶孔眼固定到底座的钢丝销，以及绿色、红色、黄色和橙色的玻璃球坠饰、玻璃灯臂、用来装饰的吊灯支架……这些物品，还有很多很多其他物件，统统被装进了箱子里，一起堆放在那几排搁板桌上。在找房子的那两年，我每每要花几个小时翻箱倒柜地找东西。）

厨房里摆满了前房主留下来的绿色塑料组合橱柜的配件——有些是上了玻璃的，大多堆在一起，而没被安装起来。老旧的深绿色雷伯恩炉灶还在努力供暖，但每次我用它来煮东西的时候，它都会罢工，烤箱也老朽了。尽管房子前半部分的厨房是乔治亚风格，但后半部分光秃秃的深色橡木地板，又属于维多利亚风格。一切都永远处于"未完工"的状态，这对于酷爱乱中求序的我来说是一种折磨。

因为房子里到处都摆放着瓦砾、箱子和袋子,所以我从未能把它整理得干干净净、井井有条。让我感到很沮丧的是,多年来,我们就像是在自己家里"露营"。我在伦敦的房子被整理出来之前,我们也是这样住了五年。(然后又花了两年时间把它卖掉。)然而,清理这座房子将会花更长的时间,并且,房子这种没完没了的状态可以让我更多地待在花园里,这样我就不会想起家里有那么多令人沮丧的乱七八糟的东西。在花园里,我每天都能制造出一些明显的变化,因为有些必要的工作是我自己能完成的,不用花钱雇人来做。电工和管道工按照他们的节奏,慢吞吞地在户外重新布线和安装管道。等他们竣工的那一天,这栋房子的成本将会远远超过我再次出售它的收益。我的过度投资坚定了我要扎根于房子所在的这一小块土地的想法。打造花园后,这栋房子就很难卖掉了,毕竟这年头谁还愿意接手维护花园的工作呢?

我从来没有养过这么幼小的鸟,所以当乔治表现出他有过巢穴训练,把屁股挪向我为他叠好的T恤的一边进行排便时,我看得非常入迷。可惜的是,由于高度不够,鸟粪无法自行清理,只是从T恤边缘淌了下来。他的父母没有教他这样做,这是他大脑里固有的本能,正如他羽毛的颜色和喙的大小都是由 DNA 决定的一样。

有些鸟类的父母会等宝宝排便后,用喙衔起粪囊,飞到其他地方把它扔掉,就像发射微型导弹。有时它们会把粪囊吃掉,据说是因为其中含有一些有益的营养物质。乔治排的便便不是囊形,所以我可以确定,喜鹊喷粪会成为我厨房的日常。

如果这样的话,乔治就需要一个更便利的鸟巢,更方便他靠边悬垂他的尾巴。在厨房柜子里一个被遗忘的角落,我找到了一个内壁橙绿色、外壁亮粉色的塑料沙拉碗。我花一英镑[1]买下了它,主要是因为它色彩明亮,令人心情愉悦,不过我还没有用过。我在碗里铺了层揉皱的报纸,再把 T 恤叠成鸟巢状放上去。

现在乔治从底层铺满报纸的狗笼里升高了,可以在他的鸟巢边缘顺利拉屎了。虽然他会左右摇晃,但还不能行走,于是他一直蹲着,盯着栏杆外面的狗狗们,直到感觉饿了。然后他再次张开嘴,头顶几乎弹射出去,随即发出令人毛骨悚然的尖叫声:"**喂我!**"他唯一一次挪动身子,是把后背挪到鸟巢边缘。

那天我在外面工作到晚上十点左右,直到夜色深沉,

---

[1] 英国法定货币单位,1 英镑约合 15 元人民币(2007 年 5 月汇率数据)。

什么也看不清。进屋后，我给这只鸟喂了几条之前保存下来的虫子。随后，就在室外最后一丝微光消失的一刹那，乔治好像被人拔了电源似的：他的脖子缩了回去，眼睛闭上了，身体蓬松成像杂乱的塑料羽毛棍做成的邋遢小团子。他立刻就睡着了。他很可能是一个装有电池的玩具，突然就没电了。

现在我终于有机会更近距离地观察他了。他那些发育不成熟的飞羽仍包裹在黑色塑料管一样的东西里，但羽管的末端正在脱落，这使得里层的羽毛蓬开，让这只鸟的样子变得好看一点了。他的下腹部裸露，透过轻薄如纸的粉嫩皮肤可以清晰地看见从他的脖子蜿蜒至尾部的肠道。他一点也不漂亮，但确实很有趣。

我希望早上他还活着。

只知道吃喝拉撒的小东西

5月20日　星期天

我打开厨房门的时候，乔治正在高亢地叫着，声音甚是响亮。那是一种颤音，小狗们听着很高兴，围着雷伯恩炉灶旁的笼子慢慢地转来转去，兴奋得大口喘气，对他表示鼓励。维吉特是一只活泼的、个头矮小的马尔济斯犬,是体形稍大一点的白色卷毛狗斯尼克斯的妹妹。她饶有兴致地观察着这只鸟,就像看电视上的烹饪节目那样投入:一不留神看向别处,你就不知道在用葡萄酒和鲜奶油炸鸡腿时要放多少龙蒿叶,或者要不要用隔水蒸锅来做蛋奶酥。毛斯是一只马尔济斯杂交老狗,她对乔治没有多大兴趣,自顾自地在他身边走来走去,完全不搭理他。她是一个公主,而这个家伙在她的生活里只不过是一只不爱整洁、臭气熏天、喜欢尖叫的怪鸟罢了。

然而,斯尼克斯显然想接纳他。她满怀希望地在笼子外面踱来踱去,维吉特则一脸疑惑地看着她。她试图隔着栏杆去舔舐乔治。我不知道是不是因为乔治的味道闻起来很有趣,还是因为她想要给他清洗干净,好像他是她的一样,或者如果离他更近一点的话,她会不会一口咬掉他的脑袋。

乔治吃掉了剩下的蠕虫。我昨晚满心欢喜地用碗盖住它们,只留一个小小的透气孔,好让它们保持新鲜。这些超级巨大的虫子又开始变得难以控制起来。我感到糟糕的是,为了使它们更好吞咽,我把它们浸在水里(它们好像被吓住了,一动也不动),然后我提着它们的两端,吊到乔治的喉咙根部。在乔治设法吞下其中一整条蠕虫时,这条虫子身子一蜷,一头钩住了乔治的喙。乔治越是吞咽,他的喙就被钩得越紧:很像漫画场景。我

掰开了蠕虫钩住的那头，把它拎起来，垂到嗷嗷待哺的乔治的大嘴边，这样他就能把虫子吞下去了。

我眼睁睁地看着他的体重迅速增加，他一挪动，塑料碗就会左摇右晃。于是，我用几个大石子压住碗底，以增加碗的重量，这样一来，乔治把尾巴伸出碗边时，就不会把碗打翻。

跟我和狗狗们在一起时，他似乎感觉更舒服。我不时把他抱起来。他喜欢把双脚稳稳地搭在我的手指上，依偎在我胸前寻求支撑，因为他的双脚在我手里无法保持平衡，它们目前太不稳定了。好吧，他很可爱，我想，但他还是一只疯狂掉羽粉的喜鹊。

过了一段时间，越来越多包有羽毛、看起来有塑料质感的黑色羽管从他皮肤上的小小疙瘩——羽乳突——里长了出来，像超细尖头吸管一样。每根羽管的末梢开始裂开，下面露出了柔软的羽毛，还在他笼子底部留下了一堆堆灰色的羽粉。

乔治很快就毛茸茸的了。令人不安的是，我发现我想一直陪在他身边，观察他几乎肉眼可见的成长变化，我一直在喂他，直到他塞不下更多的虫子。我完全着迷了，感觉哪怕离开房间片刻，都会错过一个截然不同的成长阶段。

当乔治在进食间歇睡觉的时候，他试着把头藏进他的翅膀下，但他的羽毛还不够丰满，脖子着实太短，脑袋又大又笨拙，所以他根本做不到。他似乎还试图将自己的身子蜷缩成一团，不过也以失败告终。

老实说，他还是一个只知道吃喝拉撒的小东西。当我提到想记录他的生活时，一位在乔治青春期来访的朋友跟我说："不要写那些令人恶心的事。"但为什么不可以呢？鸟儿会拉屎，而且幼鸟的排便量超级大。因为它们需要吃大量食物来维持自身惊人的生长速度，在某种情况下，每三天它们的体积就会翻倍。我想，我的朋友可能暗暗排斥接触真正的野生鸟类和它们的排泄物，而我看到的只是一个最神奇的小生物在做每一种生物都会做的事情。

有时，乔治的大量喷射状粪便会干脆从笼子的栏杆之间飞出来，落在厨房的地板上。有一次，斯尼克斯面朝乔治的笼子坐着，一副狮身人面像的姿势。她昂首挺胸，前爪向前伸，眼睛、鼻子、耳朵高度警觉。这时，乔治摇摇晃晃地挪到他彩色碗里的临时巢穴边缘，竖起尾羽对着她，一道喜鹊粪便飞了出来，擦着斯尼克斯的右耳，击中了她身后组合厨柜的一侧。

我对乔治感到惊喜的是，他从野外被狂风吹来，无论如何，也许是出于原始的生存本能，最后决定让我来喂养他，照顾他。人们常说，适者生存，乔治正在适应——至于生存，则需要我的帮助。

我尽量不去担心乔治成年后会发生什么，他会不会飞走，或者我要不要永远照顾他。我只能顺其自然，关键是我也不想让他离开。每当有人问我打算如何处理这只鸟时，我都会告诉他们"鸟会自己决定的"。的确如此：一切都取决于乔治自己，即便我不愿意他离开，我也会接受他的决定。

忽视其他一切的理由

5月21日　星期一

我的生活开始形成了某种规律：晚睡，睡足后再起床。这样我感觉自己好像可以"创造"额外的时间来做更多的事，然而我又会经常感到愧疚，因为我花了大把时间来打造花园，而不是创作我的下一本诗集，或下一幅画。

愧疚是自找的，有时它可以鞭策我们去完成更多的工作，但大部分时间里，愧疚是毫无意义的，只让人感到痛苦。对我而言，愧疚能让我早上一起床就开始写作和绘画，否则这一天我将一事无成：没有画一点画，没有写一个字，没有为一本书或一个画展付出一点点努力。

关于我的工作，一个不幸的事实是，它完全是我自己去完成的。没人指导我，无论成功还是失败，都由自己全权负责。有时灵感会突然闪现在我的脑子里，我得确定它们是否足够令人兴奋，能否激发我鼓足干劲完成它们，并寄希望于别人能像我享受创作过程那样享受我的成果。

在为《镜之书》写诗时，我围绕"采石人"塑造了一系列人物[1]。"采石人"原本是我的一部早期诗集中的标

---

[1] 作者的诗集《镜之书》(*The Book of Mirrors*)于2009年出版。"采石人"(Stonepicker)属借喻，在诗中是一个收集伤口如收集鹅卵石的人。

题诗,讲述了一个女人对他人怀恨在心,认为她生活的一切不顺都是他人造成的——她永远不会对任何事情负责任。我为她创造了一个家庭:"采石人"的叔叔斯塔科尔,一个相信自己永远是对的人,认为自己比他人高贵;还有斯塔科尔的表哥,自封评论家、舆论裁判员,他的内心极度缺乏安全感,必须依靠贬低他人达到心理平衡。这是我最喜欢的诗歌之一,既充满了邪恶,也充满了残酷。《镜之书》自身是我对一本书的憧憬,打开它,我们就能看到真实的自己(或我们曾经遇到的人)——或者说是我们(或他们)可能真实的样子。

和那些我曾经有过交集,但希望将来能避免接触的人打交道的所有经历,都有助于让我笔下的"采石人"家族血肉丰满。

其他方面的生活仍在继续,房屋翻新工程也在缓慢进行着。在早些时候,我们有一个互惠生[1]帮忙做些家务,那是一个想要提高英语水平的匈牙利女孩。她不介意我们没有孩子。我腾出最好的卧室给她住,而和前夫睡在一个没有装修的房间里,我们把床单固定在墙上当作窗帘用,把将来要放进被单毛巾柜里的那些东西统统打包,

---

[1] 互惠生是最早起源于英、法、德等国的自发的青年活动,旨在给来自全世界的青年提供一个在别国的寄宿家庭里体验文化和学习语言的机会。互惠生往往会帮助照看外国家庭的孩子。

装进黑色袋子,堆放在房间角落里。

但一天晚上,她来找我,跟我说她房间的天花板发出了奇怪的声音。

我一推开她卧室的门,天花板就嘎吱嘎吱地响,轰然坍塌在我面前,把那张双人床压成了三明治。刹那间尘土飞扬,一片废墟,死苍蝇和碎瓦砾不断地从裸露的天花板横梁上掉落,坠入狂飞乱舞的滚滚石膏尘埃,恍若微不足道的前尘往事。我迅速关上房门。没办法,可怜的女孩只能搬到剩下的唯一一间卧室,里面塞满了灯具。她在威尔士待了六个月,后来要么是翻新工作,要么是无趣的夜生活(或两者兼有)给她造成了负面影响,她回伦敦了。

朋友们一个接一个地来,又一个接一个地离开。我感到有些与世隔绝。虽然我在伦敦很享受那种忙碌的社交生活,但若任自己沉溺其中,工作肯定会受到严重的影响。在这里,我一个人都不熟。不过现在,我有了另外一个伙伴。乔治是新来的客人,我被他迅速成长的小鸟特性深深吸引。在这个不同寻常的早晨,我首先想到的是他,甚至越过了狗狗们。我对此感到有点内疚,毕竟狗狗们一直都可以自己进食,碗里的水也总是满满的,而乔治无论如何都不能自理。他很无助,他需要我,现在我的目标就是让他继续活下去。这个目标带来的喜悦在于，它给了你一个忽视其他一切的理由。没有什么比一个鲜活的生命急需照料，如果不及时就会死亡更能让我们忘记现实问题的了，只要我们有心去救它。而我就是这样。

我现在穿着园艺工作服过日子。那些我在伦敦外出时喜欢穿的丝绸衬衫慵懒地挂在壁柜里，我穿的是从当地一家商店买来的男士工装裤和破旧的T恤。我看起来就像个拾荒女子，永远穿着一双绿色的高筒胶靴或者一双沾满泥土的运动鞋。火辣辣的太阳、怒吼的狂风和偶尔的雨雪都会让我的嘴唇变干，所以我会偶尔涂点口红。但我不用其他化妆品。以前不浓妆艳抹一番，我是不会出门的，如今感觉过去的那种都市生活已与我相去甚远。

我一直觉得闲聊会使我的大脑变迟钝，而且我也不太会聊天。现在，随着我的社交生活减少，我去伦敦的邀约几乎没有了，从而避免了大量的闲聊。我在威尔士的边界地区种树栽花，即使没有我，伦敦那些令人刺激的派对也照样进行。

我自己的交流仅限于那些从早到晚萦绕在我脑海中的植物的名字，那些我现在记不起、当时却让我无比渴望的名字。就在这个特别的星期一，我开车去了德文花园中心，那里在举行一场特卖活动。即使在开车途中，我也能感到心跳加速，能以优惠的价格买到更多植物，这着实让我兴奋不已。我突然不安地意识到，我的这种痴迷对别人来说可能是一种怪异行为。我曾经有烟瘾。在1993年3月8日戒烟之前，我一天要抽八十支香烟。买烟给我带来了快感（满足需求）和安全感（足够支撑几个小时），不过只剩一包烟的时候会让我感到非常焦虑，因为一包烟无论如何都不能让我抽四个小时以上，想到这一点，我就感到恐慌。吸烟曾给我一种"有朋友陪伴"的感觉，尽管这位朋友让我咳嗽不止、长期有痰，像年龄三倍于我的人那样上气不接下气。

尼古丁会导致血管收缩，所以，我的血压总是极低，总是感觉冷得要死。我到哪里都全身冰凉，冬天做园艺的时候，我的双脚和双手受了不少罪。我琢磨着脑血管收缩会不会导致痴呆，于是我更加努力地想把烟彻底戒掉。但我发现这几乎是不可能的。

最后我终于把烟给戒了，我的皮肤好像开始变得丰满柔软起来，我意识到抽烟让我变得多么干枯。几年反复的努力和失败，最后我终于戒掉了烟瘾，我一遍又一遍地跟自己说："我不是在戒烟，因为**我从没抽过烟！**"如果说放弃某样东西太难——因为这就等同于剥夺了我一直喜欢的某种习惯——那么反复暗示自己"我从没抽过烟"就意味着,我没有剥夺自己的任何东西。而且,戒断症状只是暂时的异常现象,会过去的。经过六个月的体重增加(我有三个月足不出户,不敢面对现实)、夜惊、肌肉痉挛和咳嗽出痰,它们确实消失了。

但现在我有了一个新朋友——乔治。我明白,他对我的健康没有任何坏处,而且照料他与我对园艺的痴迷完美地融合在一起。

父亲曾对我讲过一个中国成语"水滴石穿"[1]。多年来,每当我在画布前给老虎、兔子、猫、狼、熊和栗鼠画毛发时,这句话就会出现在我的脑海里。每一个细小的努力都可以成就一幅更大的画作——在父亲给我讲那个成语之前,这个信念就已经从童年时期开始指引我。我明白,如果从现在而不是从下周开始做某事,只要一直坚持下去,别的姑且不谈,通过坚持不懈的努力总能达到目标。我的脑海里塞满了所有尚未完成的项目、未画完的画、未写完的故事,"完成所有事情"将成为我的新的座右铭。我只希望花园是值得我付出的。我隐约觉得,到花园建成那一天,这样的付出看上去甚至会有点疯狂。但这总比一味地梦想要好很多,一如多年来一直存在于我想象中的那些花园。

---

1 原文为 Hair by hair you can pluck a tiger bald,意思是"一根一根地拔毛,也能把老虎拔成秃子"。这里意译为"水滴石穿"。

为了"完成"梦想，我又做了一些工作，试图铲除房子一侧斜坡花坛里的宽叶羊角芹，但这是件吃力不讨好的事：哪怕留下一块很小很小的根，都会重新长出一棵枝叶繁茂的宽叶羊角芹来。我知道它是多么地坚不可摧，清除宽叶羊角芹的挫败感和似乎毫无休止的努力让我感到沮丧。因为我清楚地认识到，往后都不值得在这块地里栽种任何植物了。宽叶羊角芹重新长出来只是时间问题，它会在我们看不到的地方长出全新的根系，然后以它不被待见的绿意盎然的样子出现在我们面前。将来要在不同的角落一次又一次地铲除它，无疑会使这种劳作变得更加枯燥冗长，如果我不想被这种绿植吞没的话，我就不得不反反复复去做这种令人厌倦但又必须完成的工作。我转而想起了乔治，发现自己竟然会心地笑了。

生活中总有轻重缓急之分，往往取决于我们自己决定哪项责任或义务优先于另一项责任或义务。但当一只活生生的、不能说话的动物闯进这孰先孰后的复杂局面时，毫无疑问，它必须被默认为当务之急。乔治突然出乎意料地出现在我的生活中，这给了我一个借口，即可以忽视一切不需要立即关注的事情。

今天我注意到乔治变得安静一些了，要求也少了。

将近中午的时候,我发现虫子已经没了。(你知道不停地挖虫子有多累吗?对我来说,这项工作的辛苦程度堪比做亲鸟。)

看来我暂时耗尽了虫子的供应,或者是因为虫子奔走相告,为了安全起见,它们正在往地下更深处钻。(过了很久我才想起来,我本可以从离家仅七英里的商店买到蛆虫和蠕虫,那里还出售电锯、马饲料、金鱼、家具和园艺用品等各种东西。)

所以,现在当乔治尖叫着要吃时,我就用牛肉末做小肉丸。每次我都会用碗里的水沾湿小肉丸,这样就更容易滑进乔治的喉咙,也不太会沾在他的喙上。通常在吃了第一口肉丸后,他就会把屁股翘起来,挪到鸟巢边拉屎。他就像一个鸟类版的塑料玩偶,你给它一个装水的玩具瓶,它就会尿在你的大腿上,因为你忘了它需要一块尿布,因为它是个**玩偶**。

我小时候有过一个这样的玩具娃娃,但没过多久我就把它肢解了。它有真人那么大,尺寸大得吓人,当我把它往这边或那边倾斜时,它的眼皮还会动起来。真正了解我的人是不会送我这么一个恶心的假人玩偶的——我宁愿收到一套玩具火车。

在把玩具娃娃那滑稽的橡胶手脚肢解后,我把"罪证"埋在了德文郡的家——"绿苑"的花园里。这座房子是我母亲和父亲1961年还在一起时买的,也是我弟弟尼克出生的地方。

那个玩具娃娃让我非常反感。它表明大家希望我长大后会生孩子,会成为一个母亲。仅仅因为我是个女孩,我在七八岁时就意识到了这种希望对我产生的影响,我认为这束缚了我对自由的选择。

多年以后,在我十五六岁的时候,有人在我家挖花坛,我听到了一声惊叫。我跑过去一看,发现他们举着玩具娃娃的一只手臂,还带着手。我怀疑他们的第一反应是认为这可能是真的,因为它就跟真人一样大。塑料娃娃显然是不会沤成肥的。

很快就长成了一只好斗的喜鹊

5月22日 星期二

今天,乔治的需求多了许多,我给他喂虫子和牛肉末的量少但次数多。他似乎很喜欢被人托起,但由于他还不能很好地平衡自己的身体,我托起他时不得不让他用脚钩住我的手指。他开始有了很稳的抓握力,不过他接触我皮肤的脚趾很柔软。他一点儿也不扎人。

我干活的时候,无论是做饭、做园艺、在电脑前工作，还是画画，都是一只眼看着乔治的。

我正在看一个当地工人修补墙上的石膏，以及更换二楼客厅的窗户。突然，我听到楼下传来毛斯绝望的吠叫声，像是在警告什么。对于一只个头这么小、年纪这么老、这么白净和毛茸茸的狗来说，她发出的声音低沉了点。

我一个箭步朝她发出吠叫的地方奔去，斯尼克斯和维吉特跑在我前面，沿着破旧的维多利亚式深色橡木楼梯一路蹦跳下来。毛斯还在厨房的篮子里，我着急地扫视四周，看是什么吓着她了。

我做的第一件事就是去看狗笼里的乔治。笼子的门紧锁着，乔治却不在里面！有那么一个可怕的瞬间，我想是不是毛斯已经把他吃掉了，不过转念一想，毛斯几乎没有牙齿。如果她把乔治吃了，那现在她的嘴巴应该还在咀嚼，而且嘴边应该有羽毛。她对我怒目圆睁，直挺挺地坐在那里，坐高不超过十二英寸。

接着，从厨房水槽角落的狗盆里传出一声凄厉的叫声，是乔治！他笨拙地趴在其中一个狗盆的边沿，一只发育不成熟的翅膀微微下垂，尾巴倾侧得厉害，支撑着他的身体。他可能是从鸟窝里掉出来了。如此看来，乔治已经开始自行解决一些事情了。但令我费解的是，他的身子看起来比栏杆的间距大，他是如何逃出去的？

我轻轻地把他抱起来，放回笼子里用T恤叠成的鸟窝，但两分钟后，三只狗都叫了起来。她们齐刷刷地转向了乔治，因为他的动静引起了她们的注意。于是，我的目光也首先落在了乔治的身上。他用脚后跟慢慢地挪到临时鸟巢的边沿，然后从边上摔了下来，我看着这一幕，过目难忘。随后他颤巍巍地站起来，像个醉汉一样跌跌撞撞地走向栏杆，侧着身子，一只翅膀滑出了笼子。他把自己的胸脯挤出栏杆，这一定很疼，因为他发出了一声哀鸣，然后另一只翅膀也跟着滑了出来。他自由了。我发现乔治的大脑在发育，在我看来，这种侧身如螃蟹一样爬行的动作对这只小鸟来说是一种非同寻常的推演。

喜鹊的脑体质量比显然仅次于人类。它们能学习模仿人类说话，使用工具，认人，记得周围谁或者什么是危险的、谁或者什么是安全的。乔治的推断是，如果他把身子侧向一边，他就能够逃走。这就意味着他已经考虑了如何使他自身个头的大小、身体的形状与栏杆间的狭窄空间协调一致。大多数其他鸟类，如麻雀、鸽子、野鸡和家鸡等，只会把它们的头伸出洞口，却不明白为什么它们的身体不能一同出来。鹫或红尾鸢可能无法想出侧身出去的办法，不过我无法想象它们会如此有失体面地设法把自己塞进一个看似不可能的狭小缝隙。

此刻，乔治重重地摔倒在笼子外面的地板上，他试着站起来，却因身体太不协调而未能成功。于是，我把他抱了起来，他依偎在我的臂弯里。我看着他的笼子，绞尽脑汁地想着怎么对付他胡迪尼[1]般的本领，怎么调整栏杆之间的间距，使他那小小的胸脯钻不出来。不过，要不了几天，他就会长大到没法钻出栏杆的，因此，解决方案也只能是暂时的。

然后，我想到了一个办法！贴膜。我把笼子的两侧以及前面的主要门道都贴上了薄膜。笼子顶部还有一个门，我可以利用这个门。

但在把乔治放回笼子之前，我还是想给他留点空间以伸展他未发育成熟的腿脚。于是，我让他在厨房的地板上待了一会儿。他就像一个带有半缠绕的齿轮发条装置的玩具，一会儿朝这边走，一会儿朝那边走，摇摇晃晃，踉踉跄跄。他伸出翅膀，想要寻求支撑，却像踩着令人眩晕的高跟鞋一样，摇摇欲坠。狗狗们也紧紧地跟随着他：斯尼克斯舔着乔治的喙（大概是被牛肉末的味道吸引），我就任由她这样做，一边紧紧盯着她，确保她不会突然猛扑上去，把乔治的头咬下来。她还不让维吉特靠近乔治。她对着妹妹低声吼叫，后者只好一溜烟跑开了，但又返回来，只想再看一眼这个新的玩物。

---

[1] Houdini，匈牙利裔美国魔术师，享誉全球的脱逃艺术家，能从各种绳索、镣铐及容器中逃脱。——译者注

当乔治把身体伸直时,他的腿比身子长很多,看起来像是一副高跷。他踮着尖尖的小脚趾,趔趄着停下,抖抖肩上的羽毛,鼓蓬着,然后用双脚颤颤巍巍地站了起来,似乎想看它们能走多远。他越走越远,直到他看起来像一个立在两根极细的织针上的黑白相间的小毛绒球。这时他低头看了看地板,好像很惊讶地发现自己走了这么远。

我把他放回笼子,他立刻又想出来。他被剥夺了刚刚获得的自由,所以不甘心。他一次又一次地被保鲜膜弹开,直到精疲力竭,才肯罢休。他像个小孩子般生起闷气来,闷闷不乐地蹲在笼子里的底板上。我从笼子顶部把手伸进去,把他放回碗巢里,然后关上厨房的灯,这样他就可以睡觉了。我发现,他很快就长成了一只好斗的喜鹊,带着一种少年般的个性。我想象着某天早上醒来,能看见一只穿着连帽衫的喜鹊小混混。

因为乔治,一卷卷厨房用纸成了一笔大开销,它们方便擦拭所有漏到笼子外面的鸟粪。没有哪个鸟妈妈比我还细心,无论我在做什么,只要乔治发出试图引人注意的尖叫声,我就会被吸引过来。只要他活着,就必须有人给他喂食。

最接近天堂的事

5月23日　星期三

越来越多的证据表明,无论我喜不喜欢,生活必须回归到以工作为重的正轨。这意味着我只能用碎肉末来喂养乔治。为了下一周的《泰晤士报》诗歌专栏,我整天都在工作室里工作,实在腾不出时间为乔治找虫子。况且,为了满足乔治越来越大的胃口,我得花不少心思出去挖足量的来之不易的喜鹊零食。他怎么能吃得下这么多?

然而,我发现是我离不开他,他就像是一块带羽毛的小磁铁。我时不时地把他拿出来,轻轻抚摸一番,还要说服自己再泡一杯茶——再泡一杯——再泡一杯,这样我就有正当理由把电脑抛在一旁。

我抱着乔治的时候,他是完全信任我的。他会让我把他抱起来,放下去,再让他四处走来走去。他的发育速度之快,意味着仅几个小时的时间,他的外形和行为都会发生很大的变化:只要有食物按需供应,他的生存本能很容易让他把自己有着黑白翅膀的妈妈换作一位个头大他许多倍、肉乎乎的、浑身包裹着米粉色衣物的妈妈,这真是太神奇了。

狗狗们现在也非常依恋乔治。当乔治在地板上他的笼子里时,她们就坐在笼子外面等着,不看他的时候就打个盹儿,但总是凑得很近。

今天下午非同寻常,我感到极其疲惫——事实上是筋疲力尽,以至于我为专栏所付出的努力适得其反。我发现自己瘫坐在电脑前的旋转办公椅上,斜倚着打着瞌睡,像一艘搁浅的船只,无法集中精力。我想这可能是我在工作室里经常熬夜工作的缘故,所以我在厨房里的沙发上打了个盹儿。这是有讲究的:

首先,我拿来一条毯子。三只狗狗看着我这么做,于是就在沙发前面一字排开,白色的小脸露出了满脸的期待,每只狗的眼睛和鼻子都像三块完美的黑炭点缀着她们的脸蛋儿。我在肩膀和脚的两头都垫了几个垫子,这样我就躺成了一个漂亮又舒适的"V"字,这是我背部关节炎引起腰椎间盘受损时唯一能舒服躺着的姿势。在写这篇日记的时候,我的身体矮了一英寸半。这是医生为了统计或其他方面的需要测量我的身高时发现的,这个结果令我十分震惊,犹如挨了一拳。

一旦我盖上毯子躺下来,狗狗们的等级就开始暴露无遗了。斯尼克斯第一个蹿了上来,把自己塞在我的下巴下面,尽可能地靠近我的脸颊,却不会让我感到窒息。接下来是维吉特,由于她的腿比姐姐的要短,所以得借助我给她买的一个小踏脚凳才能爬上沙发,够到我的大腿，挨着斯尼克斯躺下。最后，显出老态的毛斯也会爬到沙发边上。她会试探性地用下脚踏凳，不过只是偶尔用一下，因为狗狗们似乎都明白这个凳子主要是给维吉特准备的。只有维吉特会蜷缩在上面，斯尼克斯是绝不会用它来爬上沙发的，即便我试图劝她那么做。不管怎样，她都能在不需要任何帮助的情况下跳上沙发。

今天下午，安顿好狗狗们后，我把乔治也放在我的胸脯上，靠着斯尼克斯，垫上 T 恤，以防他要拉便便。如果我从工作中抽出时间来小憩，那么跟我所有的动物待在一起就是我同时完成多个任务的方式。偶尔我会睁只眼看看乔治，他在熟睡，狗狗们也是。斯尼克斯时不时地俯身去舔乔治的脸，实际上是在舔他的喙。乔治忍受着这一切，明显是在强撑着对抗斯尼克斯的大舌头对他小脑袋的压力。与三只令人满足的小狗和一只打盹儿的喜鹊躺在这儿，我认为是最接近天堂的事（虽然有点奇怪）。我感受到了温暖，感受到了爱和美好的陪伴。他们的感觉大概是：（一）靠近食物源；（二）靠近一个还不错的热源；（三）他们不会错过任何可能发生的事情，因为我们全都挤成一堆，躺在那儿。

好像成了情敌

5月24日　星期四

对乔治来说，不错过任何事情是很重要的。今天我注意到，他的双眼从未离开过我，他没有错过我的任何一个行为或动作。我把他放在外面的时间越来越长——他只是坐着，看着我和狗狗们，静静地成长——从他的羽鞘里脱落的羽粉也越来越多。

拉伸是幼鸟的一件大事。它们会对自己的腿和翅膀进行极限测试，似乎在检查首飞是否一切正常。因为如果它们掉下来摔断了脖子，或是在半昏迷状态下被猫发现，往往就没有再次飞行的机会了。

乔治经常测试他的两条腿，像踩在活塞上一样站起来，然后向后向下舒展他的翅膀。他就像要挣脱身体的束缚一样。如果能保持平衡，不至于摔倒，他就会显得很威严的样子，像一个穿着夹克和白衬衫准备出席晚宴的小男人，但事实上他经常跌跌跄跄地跌倒。

大部分时间，他都在用力摆动身体，蹲在脚跟上，像人跪着一样摇摇摆摆地走。他还不会走路。他的膝盖看起来像往后翻，但那是他的脚跟，因为他的膝盖实际上是大腿上方的骨头。我注意到他耳洞的高度和大小不一样，怀疑他是不是有什么先天缺陷。

最近，我在内森·埃默里（Nathan Emery）博士所著的《鸟的大脑——鸟类智商的探秘之旅》(*Bird Brain: An Exploration of Avian Intelligence*)中发现有这么一个说法，猫头鹰有一个耳洞比另一个要高一点，以便接收不匹配的声波来精准定位猎物。虽然书里没有提到鸦科的耳洞，但也算是解释了乔治的这个问题。

在我发现乔治的六天后，他的翅膀和尾羽羽鞘处的粉末几乎都掉没了，只剩下几块小碎片，引得维吉特试图把它们咬掉。羽粉已经成为厨房地板上的日常垃圾，它们堆积在老旧的维多利亚式深色橡木地板的角落里，还随着开关门的气流翻滚旋转，我不得不一次又一次地把吸尘器拖出来。

乔治好像很享受黏人的感觉，尽管对他来说，这也许只是为了寻求食物和温暖而已。只要离开笼子，他就想挨着我，还最喜欢趴在我的腿上。这大大放慢了我的生活节奏，因为一旦他坐上我的腿，我就不想挪窝。但我有种预感，过不了多久，他就独立了，到那个时候，我就再也没有机会抚摸这只小喜鹊了。

一想到我可能不会再养一只喜鹊，我就努力拍照记录我和这只迷人的小鸟在一起的生活时光。但很难拍到我们在一起的照片，因为我得碰到前夫脾气好的时候，他对乔治一点也不感兴趣。乔治好像成了情敌。

温暖的羽毛紧贴着我的肌肤

5月25日　星期五

乔治刚和我在一起生活的那几天，我不断发现他是只神奇的动物。我就像所有养新宠物的主人一样：观察着、担心着、着迷于这个小家伙的一举一动，从他伸展双腿到拱起双翼。当他拱起双翼时，他会像天使那样把它们高高地举过头顶，他试图清理胸前的羽毛，不过他向上伸长了脖子，也没法够着胸脯。

虽然他依旧喳喳地吵着要吃东西，但他已经开始偶尔啄食我放在地板上的盘子里给狗狗们吃的肉类狗粮了。这是个好事儿，说明他能够自主进食了。有时候，他会设法用喙叼起一粒冻干肉，然后把它甩进喉咙里。我觉得这很有趣：在没有亲鸟可以模仿的情况下，他居然能迅速养成这么多成年喜鹊的习惯。（这很幸运，因为我永远不可能为了他好而展示吃狗粮的技能。）

大多数时候，他喜欢有人陪着，而且特别喜欢坐在我旁边的桌子上或者我的大腿上。我做家务的时候，比如做饭、打扫卫生等任何我能单手做的活儿，他就很乐意坐在我另一只手的手心里。有的时候,我一只手托着他,另一只手画画,他就盯着我的脸或者我手中移动的画笔,似乎很入迷。我也一样着迷。当然,我很清楚,身上挂只喜鹊,做什么事都得花上两倍的时间,但我也想充分利用每一分钟。他羽翼渐丰,温暖相伴,仿佛一位来自大自然的使者,每天都让我感到很踏实。

今天,乔治有两次从厨房的餐桌上摔到地板上。感受重力是他最近的功课。他经常摔下来,好像是要努力飞起,但他的小下巴每次都会磕到地面,然后颓然倒下。我不知道他的摔倒是不是故意为之,想要看看自己能不能飞,还是说他其实不知道如何应对桌子的边缘。我把他抱起来放到臂弯里,他顺着我的手臂,爬上了我的肩膀,依偎在我的脖子里。我能感受到他温暖的羽毛紧贴着我的肌肤。

看上去像只真正的喜鹊了

5月26日　星期六

我和前夫受邀出门,与朋友们共进晚餐。这是我第一次整晚把乔治留在家里。若只是出去买植物、花盆或家里的食材,我还能赶回来继续喂他,但整个晚宴得花好几个小时。我发现自己为这只小鸟感到忧心忡忡：如果他突然很饿，我又不在身边喂他怎么办？如果他找到办法出笼——但不是全身而出——仅部分身体穿过紧裹笼子两侧的保鲜膜，弄伤了自己怎么办？如果他逃出来，斯尼克斯兴奋得把他吃掉了怎么办？

刚换好衣服出门，我就想掉头回家。我拼命地想着各种借口：我们的车胎没气了，备用车胎不见了或者也没气了；要不我突然胃病发作，在路边狂吐。但转念一想，如果不赴约，我就永远都不能扩大我几乎为零的熟人圈子。

整个晚上我的心思都在家里，想着乔治怎么样了。我笑着，吃着，喝着，我知道我在和大家聊着天，但根本不知道自己说了些什么。我希望我是个合格的客人。其他宾客让我感到了热情友好，不过同时也有点陌生——对我来说，他们与现实有些格格不入。我的脑海里满是乔治的声音，他在吵着"快喂我"。最后，我诚实地说出了自己的理由——我得回去喂一只小喜鹊——随后我们提前一点离开了。毫无疑问，我们给别人留下了古怪的印象。

我们回来的时候，乔治蜷缩着身子，趴在窝边，脸朝外而不是朝内。这是个新情况。斯尼克斯和维吉特挨着躺在他的笼子旁边，爪子向前伸展，头高高地昂起，脖子绷得老紧，鼻子也朝前高高仰着，一副警惕的样子。我在想，她们是不是从我们走后就一直没动过。乔治就像是狗狗们看的电视节目，她们完全被他吸引住了。

乔治一看到我，就发出一声渴求的尖叫声。于是，我又给他喂了一大口牛肉末，把他平稳地放在我的肩膀上。我泡茶的时候他也一动不动。这个厨房是临时搭建的，茶包离水壶很远，而水壶又离冷水水龙头很远，冰箱则像是一颗卫星，位于偌大房间的边角处。厨房的面积大概是 21 英尺乘 23 英尺。我走动时，能感觉到乔治小小的脚趾在轻轻地抓住我。

那天晚上，我把他放回笼子里时，他缩成一团，栖息在碗的边缘，不像以前那样睡在碗的中间。他的意识每天都在增强，自从他的羽鞘脱落得差不多了，他看上去就像只真正的喜鹊了，只不过还是一个胖乎乎的小东西。他长得太寒碜，头上的秃斑让他那双大小不一的耳朵暴露无遗；他可怜的样子牵动着我的心弦。

小鸟必须自己学会飞行

5月27日　星期天

我尽可能多地把乔治放在我的肩膀上，他的小爪子在我肩上挠来挠去。不知道为什么，我走路的时候，他总喜欢背对着我。由于他的屁股还不能足够远地越过我的肩膀，他就老在我特意穿的工作服的袖子上拉便便。我只好把它清理干净。只要我在屋子里走得不是很急，他就会很高兴。因为急的话会影响他的平衡。狗狗们一起在地板上玩耍，偶尔走过来向上窥视乔治。这时，乔治就会发出"快喂我"的尖叫声，好像以为这几只狗可以喂他似的。他用尖叫和叽叽喳喳的方式和狗狗们说话，但她们根本不知道他在说什么。我以前从未听过鸟发出这样的叫声。成鸟的叫声很刺耳，乔治的声音却很温柔，也极富音乐感。有时候，他发出来的声音就好像在问什么问题。

当他试图表达自己的时候，他还会发出奇怪的嘎嘎咯咯声，让我有机会趁他张嘴时把牛肉末塞进他的喉部；这时他的尖叫声震耳欲聋……那刺耳的叫声直击我的小脑。

乔治突然食欲大增，他的新陈代谢好像加快了。在过去短短的一周时间里，他已经吃掉了无数只蠕虫、蛞蝓和一整包差不多一磅重的牛肉末。

住进来没几天，乔治就开始认真地尝试飞行了。这可不是之前从桌子上摔下来的艰难尝试，而是一次真正意义上的空中飞行。一周前,从用作鸟窝的碗里掉出来时,他甚至都站不起来。而现在,他要求得到关注,不仅把我的肩膀当作他的栖息之地,还一边在厨房的地板上大步走来走去,一边拍打着羽毛未丰的翅膀,身后跟着完全接纳他的斯尼克斯,以及不想把乐趣全都让给姐姐的维吉特。

我在想,我是不是该把乔治抱起来,然后扔向空中——毕竟,我还能怎么教他飞呢?即使鸟妈妈们也无法教她们的子女飞行;小鸟必须自己学会飞,况且鸟儿学飞往往也不是一次就能成功的。

首先,它们得意识到自己拥有翅膀:从长出初羽的时候,它们就要开始练习伸展、拍打和收缩翅膀。随着羽毛越来越丰满,它们越能体会到拍打翅膀向上升的感觉。再就是鸟窝与地面之间的距离,它们一般只有在羽毛完全丰满后才会冒这个险,尽管有些部位还黏着小绒毛,尾巴可能还很短,没有发育好。

许多常见的园林鸟类并非立马就学会了飞行,而是必须在地面待上几天,等飞羽再长一点才行。否则,它们的飞行必将不可预测,飞行效果也会很差。它们可能会直接撞向某个物体而不是落在上面。它们必须经过练习、练习,再练习。

一旦它们飞出巢穴,就再也不会回来了。雏鸟们只能在地上乱窜，亲鸟不时地前来喂食。如何过夜是个问题。它们必须找到栖息之地，寻求安全。不过只需要短短几天，它们就能飞上天了。

有一年，三只小知更鸟、三只小鹩鹩和三只小乌鸫在同一周来到我的喂鸟器附近。这简直就像是给鸟儿们开了一所幼儿园。当时，我雇的一位窗户油漆工给我带来了两只鹩鹩，先带来一只，后来又一只。他觉得它们可能会被人逮住，需要帮助。不过，它们非常健康，也很活泼，只是还不能很好地飞离地面，不过只需一两天的光景就可以了。

这些雏鸟的亲鸟总是在附近的某个地方，在我的车底下或者喂鸟器周围的长凳上给它们喂食。一听到我来了，它们就躲在花盆和野蛮生长的风铃草后面。大多数时候，它们都不理我，只是径自继续忙着"生计"。我很高兴每天能看到它们叽叽喳喳地觅食，直到雏鸟们最后全部离开，身为亲鸟的工作也终于结束了。

我像乔治一样

5月29日　星期二

把狗狗们和喜鹊留在家里，确保喜鹊饥饿时能够到可吃的食物以后，我和前夫开车去伦敦玩了一天。这好像是很长时间以来我们第一次这么做。我并不想去，我只想跟乔治待在一起。不过，如果我给他留一碗狗粮的话，他也能自己吃食，而且他再也没有试着逃出他的笼子，所以我宽慰自己，这只鸟不会有事的。

我们早早起床，收拾好换洗衣服，大约四个小时后到了肯特镇的奥尔文姑妈家。我们到的时候，奥尔文神清气爽。我打印了一些正在成形的花园的照片给她看，她说想留下两三张，对一个如此挑剔的人来说，这无疑是一种赞美。接下来，一想到几周来第一次真正穿衣打扮，我就抑制不住地兴奋起来。我换上一套时髦的黑色丝绸套装，自我搬到威尔士后，这套衣服压根就没见过天日。然后我去了沃尔斯利见我的朋友——一位小说家和诗歌选集编者。从穿着满是泥土的运动鞋、沾有干泥浆和擦过喜鹊屁股的战术裤和紧身T恤，到穿着优雅的套装、踩着四英寸高跟鞋在沃尔斯利喝茶、参加派对，这一切太不真实了！

环顾四周风洞般光滑的脸庞、精美的指甲、昂贵的服装和慵懒的举止，我突然意识到自己的指甲里还嵌着污垢（怎么也刷不干净），以及我对周遭从其他宾客到食物的一切充满了小狗般的热情。我像乔治一样，对新环境的方方面面都感到好奇。

我尽力不提饲养喜鹊这个容易炸开锅的话题。但要忍住不谈花园就相当困难了,毕竟那是我目前生活的另一个重要部分。有那么一两次,见到朋友时,我提到自己搅拌混凝土一事,把他们惊得目瞪口呆。

在奥尔文家换上牛仔裤和运动鞋后,我们半夜开车返回威尔士中部——都是因为乔治。我们长途跋涉,眼前始终长路漫漫,直到到达威尔士的边境,我念家的情绪瞬间蔓延开来。我们回来的时候,狗狗们甚是高兴,被厨房灯光照醒的乔治神情专注,兴致勃勃。他还活着,这才是最重要的。

围着我的脚跳舞

5月30日　星期三

第二天早上,我收获了一个惊喜。每天,无一例外地,狗狗们会在厨房门口排成一排,我一打开门,映入眼帘的是三张快乐的小脸蛋儿。她们大口地喘着气,想要食物,想要被关注,想要在花园里自由奔跑。而今早,三只狗狗依旧排成了一排——只不过还有排在最后的乔治,他展开翅膀支撑着自己的身体,和狗狗们一样喘着气,看上去既快乐又充满了期待。他们四个围着我的脚跳舞，兴奋得晕头转向。我非常惊讶，狗狗们居然没有把乔治吃掉。他甚至看起来毫发无损。至于乔治，他似乎在模仿狗狗们的一举一动，甚至跟着她们蹦蹦跳跳。

但我搞不懂，他是怎样从贴了保鲜膜的笼子里逃出来的。我仔细检查了笼子，两侧还是完好无损。事实上，乔治现在已经长得太大了，根本不可能从侧边栏杆之间逃出来。如果我愿意，我随时都可以把保鲜膜撕掉。

然而，笼子顶门出入口的栏杆之间，也就是我平时放他出来玩的地方，有的窄，有的又比较宽。乔治似乎也发现了这一点，不知怎的就从一个较宽的缝隙挤出去了。但这还是需要喜鹊来点柔术杂技才行。那他到底是怎样爬上来的呢？就算他会飞，也得先挥动翅膀（即使这样，他也应该是过不去的，因为翅膀会挡住去路），然后用脚倒挂在栏杆上，再把自己荡出去。我实在看不出他是怎样逃出来的。如果没有梯子，他根本不可能从这个宽一点的栏杆缝隙间爬出来。

事后回想起来，我真希望当时把乔治放回笼子，让他演示一下他究竟是怎么做到的，因为一旦他找到了一种行之有效的方法，他就会一而再，再而三地这么干。

但我没有这样做。我反而把顶门的出入口也用保鲜膜封了起来。

我经常把乔治放在厨房的桌子上,这张桌子上过漆,所以比较好清洗。他在上面跳来跳去,一边打量我,一边啄东西:小花瓶里的玫瑰、胡椒盐、园艺书、报纸等等。他对一切都感兴趣,都往喙里塞一塞,啄一啄,拖一拖,或是从桌边扔到地上。这时,他就会低下头去找,好像在质疑这个东西的存在,因为这个东西现在已经不见了。

在乔治厌倦了我的肩膀后,我把一件旧T恤叠起来放在手肘边的桌子上,他就会坐在那里,鼓蓬起羽毛看着我。他可能会在未来的某一阶段离开——这个想法被我抛至脑后——但一直留着他又会有问题。他一开始就是只野鸟,难道不应该继续做一只野鸟吗?虽然我很清楚他可能会飞走,被人射杀,但我还是不能接受。不过,前夫还是决定要放这只鸟离开。

我一次又一次地告诉他,这只鸟会自己做出决定。我很清楚,我希望这只鸟能跟我待在一起。我希望乔治成为我日常生活的一部分,直到某一天,在一个无法预料的未来,因为自然天气原因,他从那小小的栖木上掉了下来。仅仅十二天,我就对这个黑白相间的小家伙产生了感情,真是太不可思议了。

狗狗们是我每天的乐趣,而有只野鸟接纳我则是一种难以言表的快乐。晚上,我关掉厨房的灯后,狗狗们蜷缩在雷伯恩炉灶旁的篮子里,乔治则蜷缩在她们旁边笼子里用 T 恤和报纸在碗中叠成的鸟窝里,我感到一种实实在在的安宁。这个小小的画面让我觉得一切都很美好,我可以睡个安稳觉了,因为我知道我的孩子们还活着,他们显然很满足。

有了乔治几个星期后,我从地窖里找到了一根木棍,把它安插在笼子的栏杆之间,这样乔治就有了一根合适的栖木。乔治很喜欢他的栖木,时不时地跳上去。我可能不是天生的喜鹊妈妈,但我一直在努力。

六月

第一次飞起来了

6月2日　星期六

今天是个非同寻常的日子——乔治第一次飞起来了。早上,他从我的肩膀飞到了厨房岛台。傍晚,我站在画架前画画时,他又从我的肩膀飞到了画室的一侧。当时,我正在创作名为《心理机制》的抽象系列画,它们以强烈情感为基础,反映了我的思想历程。此时,乔治已完全能够在我走动的时候自如地挂在我的身上了;我是他的代理妈妈,同时也是他的一棵树。

他在起飞和着陆的时候没有犹豫或踉跄,但动作还很笨拙。他的飞行既没有什么技巧,姿势也不怎么优雅;他好像只是很高兴能从一个栖息地"成功"地飞到另一个落脚地。

在刚开始学会飞行的间隙,他以啄我手指上的戒指为乐。他的动作好像比单纯啄某个东西更加明确。他会仔细研究戒指，试图剥落电灯或窗户玻璃的反光——那些移动着的东西让他着迷，一定是因为它们看起来像小萤火虫在小金戒指上飞来飞去。我注意到他有时会啄我手表镜面玻璃上的反光。当光斑移动时，乔治会试图用喙去啄，好像以为能把它啄下来似的。

他像一位法医，开始仔细检查他的新世界里的一切成分。首先是检查与我有关的一切。他有着一颗贪婪的好奇心。这个有多重？那个能被举起来吗？另一个东西掉下去了会不会摔坏？他这里啄啄，那里啄啄。我在想关于喜鹊和金子的故事——照顾过乔治后，我很清楚，喜鹊们真的就是小偷，因为它们会把小物件给藏起来；若是看到闪闪发光或反光的东西，它们就想据为己有，因为它们很感兴趣，感到很好奇——不像其他鸟类，它们似乎根本没什么思考过程。你永远不会看到一只野鸡在玩闪闪发光的东西时的快乐，或者叼起厨房水槽里的海绵飞走时的快乐，仅仅因为那是一个让它产生好奇、兴许以后还有用的东西。

对渴望得到某个东西的想法采取行动需要一个思维过程，因为这只鸟必须考虑什么可以拿或者应该拿，以及其中的风险。譬如，去拿猫脖子上闪闪发光的铃铛不是个好主意，而拿我耳朵上的耳环也许是个更好的选择，至少乔治拽它的时候好像是这么认为的。

看着乔治努力应对食物和物品,我不禁想象,对于一只如此敏捷、聪明的喜鹊来说,没有手指一定很沮丧吧。

乔治现在一直在吃罐装的肉质狗粮。不用再挖虫子,对我而言真是一大愉悦的解脱(不过事后想想,其实乔治从一开始就可以吃狗粮的)。我想我挖虫子,更多是为了自己,这让我觉得自己付出了应有的努力,让他吃到了本来应由他的父母找给他吃的东西。尽管它们完全有可能只给他吃路边动物的腐烂尸体。

我把一些狗粮放在他笼子里一个倒放着的咖啡罐盖子上,不仅因为我不在的时候他经常感到饥饿,还因为他也不是一直想吃牛肉末。我把肉末放在他的笼子里,他每次啄食的时候都会黏到喙上,怎么甩也甩不掉。罐装的肉质狗粮跟肉末不一样,他撕咬时不会黏嘴,可以把撕碎的肉全部吞下去。那段时间,我不知道还可以喂他一日龄速冻雏鸡——一种专门给猛禽和鸦科鸟食用的肉,对它们而言,相当于干净版的路杀动物。(即使我知道了,当时我可能也没法接受。过了很久,才有人告诉我可以把速冻鸡雏切碎。)

现在乔治可以短距离飞行了,他开始把我当成跳板。

他会坐在我的肩膀上,偶尔扑到地面上去,在那里一向警觉的斯尼克斯和维吉特会舔他的脸和喙。然后他会开始尖叫,站在那儿,双翅平展以保持平衡,两腿尽情伸长,仿佛是在享受沐浴。我想他一定陶醉其中,否则肯定不会让她们继续舔他。他的脸被舔得最多,所以变得有点湿漉漉的,我只好阻止她们继续舔他。

这时,他很乐意我把他抱起来。有时他会发出轻微的呼噜声,这对一只这么小的鸟来说是很少见的。我倒希望他经常发出这样的声音。这比他的尖叫声入耳多了。

一个有喜鹊的画家和诗人

6月4日 星期一

我现在梦想着每天画画或写作时总有一只喜鹊趴在我的肩膀上:弗里达·休斯,一个有喜鹊的画家和诗人。喜鹊比人类最好的朋友更有优势:你在电脑前工作时,它可以轻吻你的脸颊,轻咬你的耳朵,只要你不介意鸟屎顺着你的后背流下来就好。而狗只会用爪子挠你的膝盖,可怜巴巴地望着你,然后当它意识到喜鹊更得宠的时候,就跑到地毯上撒泡尿。

整个下午,乔治坐在我的肩膀上陪我画画,我就愈发强烈地想要成为一个有喜鹊的画家和诗人。他偶尔会跳到其他操作台或旁边的椅背上，再跳到地板上，任由小狗们轻轻舔他。我会把他抱起来放回我的肩膀，他就拉拉我的耳朵，扯扯我的衬衫纽扣，再拽拽我的耳环。他在我的厚羊毛工作衫衣袖上至少拉了五次，我一直都在清理粪便。正当我一边想着乔治的可爱之处，一边往画布上的一点叶绿色上涂抹少许铬黄色时，乔治又拉了一次，我不得不擦掉其中最恶心的一坨。但这是一件工作服，所以我并不在意，只是在脑海里浮现出那些假想的批评家，他们可能会看到我身上滴有喜鹊屎而不以为然呢。

我想，也许我可以不用梳头了（更适合用来做个鸟窝），不用洗澡了（这样我的洁净芳香不会惹他厌弃），不用换衣服了（何必呢？反正等下只会有更多鸟屎），也不用和朋友煲电话粥了（毕竟，谁想听一个养喜鹊的疯女人谈论搅拌混凝土呢？不过在朋友的一次聚会上，我遇到过另一个有水泥搅拌机的女人，我们兴奋地聊了一整晚）。

全神贯注于一件事情可以让我们从其他事情中解脱出来。但同时也会让我们与生活脱轨。维持一种平衡会更好——我记住了，我必须在这方面努力改进。

有时，乔治会在我脑后碎步小跑，从一边肩膀跑到

另一边，然后蹲下来，整个身体像只迷你羽毛掸子似的蓬起来。他会轻轻地抖动自己的羽毛——当一只幼鸟抖动羽毛时，你会惊讶地发现，它的羽粉多得惊人，一团团碎屑就像薄薄的灰色纸屑似的飘落到地上。

谢天谢地，随着乔治一天天长大，他的粪便终于越来越少了。我非常希望他能永远在我身边，坐在我的肩膀上，让我感到安心的温暖和踏实。

乔治比其他任何动物都更适合长期陪伴在我身边。20世纪90年代居住在澳大利亚时，有段时间我养过一只豚鼠。我总是把它放进手提袋里，带着它去参加各种聚会。那是个不怎么寒冷的冬天，我的豚鼠又不是很大，于是我把它塞进我的毛衣卷领里。如果有人以为我有甲状腺肿大，他们也会非常礼貌地只字不提。我就这样拥有一个实实在在的、活生生的护颈暖宝宝，偶尔还会发出吱吱声。

有一天，乔治在我的背上只拉了一次，他时不时地在我耳后捕捉假想中的虫子。事实上，他注意到我有几根头发没有扎进马尾辫，他敏锐的目光捕捉到了这一小缕头发。然后，他突然飞到我正在画的那幅画的顶端，试图抓住它，好停在上面。但不巧的是，这幅画是沿着斜放的壁挂画架的白色背景板平铺开来的，乔治的头径直撞到了坚硬的板面上。他那双小小的黑脚爪拼命地想抓住画的边缘,但他的喙却朝上扬起,下巴平贴着白板,翅膀像扑棱蛾子的翅膀那样展开,眼睛里充满了惊讶和愤怒。他兴许以为我用作大画架的厚白板是空的,殊不知竟是实的。

我止住大笑,把他从画布上取下来,擦掉他小脚趾上的油画颜料,然后把他放回我的肩上。这次他总算乖乖地待着不动了。

现在,他每天在厨房里跳来跳去,狗狗们也都很喜欢他这样。他到处追赶着狗狗们,双翼伸展,小脚啪嗒啪嗒,嘴巴张开,朝她们摇来摆去的白色卷尾巴扑去,然后她们又转头回来追着他跑。我就像家长一样在一旁看着,等着谁先哭号或尖叫,提醒我出什么事了,比如狗咬了鸟,或者鸟啄了狗,但这从未发生。

渐渐地,我生活的其他方面似乎也有了起色:目前我已经给一个粉刷过的空房间装上了窗帘杆和窗帘,这样我就可以把它布置和装饰一下,希望到时可以扫榻以待,高朋满座。不过,这栋房子的其他区域仍然像个建筑工地,三年时间过去了,这种居住状态逐渐让我懈怠。

我们刚搬进来的时候,前夫还充满了斗志,他大步流星地从一个房间走到另一个房间。令我惊恐的是,他抓开肮脏又破旧不堪的玉兰花油画墙纸的两个角,一直撕到天花板的接缝处,露出底下斑驳的古老油漆涂层或石膏。我大喊:"不!不要!我们还要在这儿住很久呢!"他反驳道,我们反正要把整个房子翻修一下,这不要紧。但是,这对我来说很要紧。我知道翻修整座房子要多久,我也知道我每天还得盯着那些贴有破旧墙纸的墙壁,一盯就是几年,它们会让我感到非常压抑。事实上,的确如此。

入口的走廊处有一块八英尺高的假镶板,由胶合板和松木板制成,被涂成了浅绿色。它看上去不算太难看,但前夫觉得它很拙劣,把它从墙上掀了下来,于是就露出了维多利亚式的旧石膏、斑驳的油漆和破洞。现在再也没有遮盖物了。

我们只能按照我挣钱的速度来翻修房子,也正因为如此,才总让人感到沮丧。为了弥补过失,前夫亲自动手翻修房子,尽管有些不太情愿,因为他觉得他应该画画。我非常理解他的感受,也同样感到难受,但他的画在我们的画展上一直卖不出去(对大多数人家的墙来说,它们的尺寸太大了)。这个时候若是有额外收入,我们的生活也会有所改观。

好在终于有了好消息:一家投资银行的一个艺术品买家选购了我最大的一幅画**和**我前夫的一幅画。我们为此开了一瓶香槟,我们此刻正需要增强信心。

我住在澳大利亚的伯父杰拉德——我父亲的哥

哥——一直跟我保持着联系。他正准备出版他的回忆录《泰德和我》。有那么几个月，我一直劝他趁着还能记事，把他记得的事赶紧写出来。主要因为他总是疲于应付很多泰德·休斯研究者们提出的问题，现在他做到了！我敬佩他付出的努力。他刚开始动笔时已经91岁，这本书出版的时候，他94岁。（他在离96岁生日还差一个月时去世）。

多年来，我一直想说服奥尔文姑妈（我父亲的姐姐，也曾是他的文学经纪人）也写一本回忆录，但她断然拒绝了，还对杰拉德写的东西感到十分恼怒。她一定要让杰拉德知道她的感受。在我们的一次日常通话中，杰拉德告诉我，在奥尔文写给他的一封信中，仅仅在信里写一些辱骂言词还不足以表达她的愤怒，她不得不在信封的背面写了更多，当邮递员将这封信递给他时，他非常尴尬。他说，奥尔文的火气真是太大了——她用钢笔把信纸都划穿了，接着又戳了个洞，作为最后的句号。

感觉他是爱我的

6月9日　星期六

由于前夫仍然表现出非常不情愿配合的样子，我和乔治还是没什么在一起的照片,于是我用一台迷你DVD录像机记录乔治的进展情况。他似乎对一切都饶有兴致;他啄地板的时候,我不能理解他为什么要这样做,直到我更近距离地观察后才明白,他其实啄的是木板间的缝隙,就好像它们是三维的一样。

但是乔治可不会轻言放弃。他一次次尝试着去抓住地板间的深色缝隙,似乎以为自己在捡一条丝带。抓不住的时候,他显然感到很困惑。我想知道他是怎样看东西的,地板间的缝隙在他眼里究竟是怎样的,让他觉得自己可以用喙抓住呢?

人类拥有双眼视野,可以更好地判断距离和视角。大多数鸟类的眼睛则长在头部的两侧,左右两边各有广阔的单眼视野,它们的双眼视野只是前方一个狭窄的区域,是一只眼睛的视野与另一只眼睛的视野相重叠的部分。但猫头鹰是个显著的例外,其次是鹰。猫头鹰的眼睛只能向正前方看,它们实际上是由称为巩膜环的骨骼结构支撑的管状圆柱形眼球。因此,猫头鹰的眼睛根本无法转动,但它们可以通过十分灵活地转动头部来弥补!

因为双眼视野能够帮助我们判断物体之间的距离,所以我只能想象,乔治的单眼视野很可能把地板间的缝隙看成了在地板上的一根深色细绳。不过,跟其他事情一样，乔治很快就明白了这究竟是怎么回事。

他设法啄开一盒5号电池，猛力拉扯夹在一本合上的书的书页之间的纸片，还试着抓起厨房白色餐椅靠背上的油漆划痕。他站在厨房餐桌上，试图击倒高高屹立在他面前的木制的盐与胡椒研磨器。他似乎在测试物体的阻力——这些东西到底是真实的还是想象的？

奇怪的是，随着日子一天天过去，一旦狗狗们靠近乔治，他就不再发出"快喂我"的尖叫声了，而变成了像猫发出的咕噜声。那好像是一种满足的声音，温暖又温柔。有一天早上，我听到厨房里传来一阵说话声——不过那些话我都听不懂，我还以为有人在厨房里呢。我推开门一看，原来是乔治在练习模仿人类的语言，一种听起来很奇怪的只言片语。我发誓，他绝对在试着说话，在模仿周围人发出的声音。据说喜鹊是可以被教会说话的，毕竟乔治一直被语言包围着，因为我总是对着他和狗狗们讲话。不过大多是废话。他们永远也不可能从我这儿学到什么深奥的哲学思想，因为我是不会试图跟一只狗分享我的哲学思想的。

记得十三岁左右时，我在一位朋友家里见过一只八哥——一种生活在南亚和东南亚地区，与椋鸟有亲缘关系的鸟。他能说真正的话，尽管那些话在鸟类那里已全部失去了含义。然而，那个圆顶笼子实在太小，他甚至连翅膀都伸展不开,让我感到痛苦的是,我没办法让他自由。我感觉仿佛能进入他的脑袋,对他的一切感同身受:空有一双翅膀却无法张开的挫败感,以及对飞行肌肉萎缩的绝望感。我想要拯救他。我久久难以忘怀的是,我替那只鸟体会到的幽闭恐惧症的滋味。

乔治越来越会飞了,这促使我想让他呼之即来,但我的运气不太好。可想而知,食物是唯一奏效的劝说方法,尽管他像个小孩子似的有些犹豫,容易分心。驯鸟师会给鸟称量精确的体重,确定它们在足够饿的情况下飞回他们的拳头或栖木,而我只希望乔治把我当成他的"家"。我知道期望他爱我有点夸张,但每当他飞到我肩上或依偎在我身边的时候,我感觉他是爱我的。

进入了青春期

6月10日 星期天

现在,我让乔治自己从厨房的笼子里出来,而不是自己伸手把他从笼子里拿出来了。我只是打开笼门,剩下的就交给他自己。我把笼子上的保鲜膜撕掉了,因为他现在已经长得太大了,无法从任何栏杆间的缝隙逃出去了。

我努力克制住盯着他的一举一动，以防他被狗吃掉的冲动。他们每次在一起都相处得很好，我必须在某些时刻信任他们，否则我什么事也做不成。盘子堆积如山，绘画原材料原封不动，诗歌专栏逐渐偃旗息鼓，我将变成一个自怨自艾的囚徒。同时，为了让自己安心，我不在厨房的时候，我就让乔治待在笼子里，这就意味着，我会不可避免地尽可能多待在厨房里……

现在，乔治可以在厨房里飞行自如了，他也飞得很起劲：他全速飞向涂有乳白色油漆的厨房墙壁，一头撞上去，从半空中掉落下来，在地板上摔个两脚朝天。他飞撞厨房那两扇紧闭着的门中的一扇。之所以把这两扇门关上，是因为我不希望他在房子的其他地方到处乱飞，一边飞还一边拉便便。撞到几个比较坚硬的物体后，他会扑棱羽毛在地板上攀爬，试图用小爪子抓住光滑的地板，然后围着厨房岛台和桌腿乱窜，引得狗狗们在后面紧追不舍。她们追他不是为了抓他，只是想看看他在做什么。只要乔治一停下来，她们也就跟着停下来了。

随着乔治不断长大，他也越来越具有攻击性。我抱起他时，他会用爪子抓我，表示抗议。他变得越来越暴躁，也越来越喜欢进行探究，他用喙啄遍了我的手指、狗狗们摇来摆去的卷尾巴，还有摆放在厨房餐桌上的小花瓶。我明白，到某个时候，放他走是唯一的办法。如果他真的变得不可控，我确定自己会很高兴放他走；如果他真的变得很讨厌，我甚至可以想象自己高兴地把他扔出窗外的场景。

一开始他巴不得住在我的肩膀上，而现在，即使有时我拿食物诱惑他到我身边来，他也无动于衷。他会看着我，把头扭向一边（我几乎可以发誓他是在摇头），然后一动不动，显然没有丝毫的兴趣。我渐渐发现，喜鹊很聪明、很有趣，而且似乎比一般的三岁小孩更善于思考解决问题的方法。但是，乔治就像个十几岁的少年一样叛逆，只做自己想做的事。如果他不想做某件事，恐怕整个威尔士所有的施玛科斯[1]狗狗零食都不够说服他。

这种时候，我感觉自己是被抛弃了，他现在选择**不再**一直跟我待在一起。我不喜欢这种感觉，尽管在我需要抱起他的时候，他还是会让我抓住他。我不明白，为什么他突然觉得我的肩膀不是他"必须待的地方"。后来，在养了别的鸟后，我终于明白了：他其实是进入了青春期——就像我们人类的孩子一样——而且他正在尝试着与我分离，准备开启新的生活。

乔治有时会降落在我的头顶上，而不是肩膀上，我

---

[1] Schmackos，一种狗零食品牌。——译者注

的肩膀现在对他来说只是个跳板而已。这让我很不舒服，因为他会先抓住我的头皮来保持平衡。我想是不是因为随着他的体形不断变大，我的肩膀对他而言变得太小了。但问题是，他的爪子现在老是缠住我的头发。

如果乔治坐在我的肩膀上，我们之间会有一种厮守相伴的氛围；我感觉我们亲密无间、心气相通，仿佛有一条真正的纽带将我们系在一起。但倘若他站在我的头顶上，我就成了杵着的路灯杆，他趴在上面，只是为了俯瞰周围的风景罢了。被降格为栖息地，这让我感觉有损人格。

我发现他的举动渐渐变得有迹可循，他显然是在尝试着自己解决问题，然后得出结论。他研究各种玩意儿，观察我如何将它们拿起、放下，以及放在何处。他总能找回它们——我把他喜欢偷拿的各种东西藏在厨房水槽旁堆叠整齐的茶巾夹层里：小袋狗粮、橡皮筋或水槽塞子等等。但乔治能清楚地记住哪个东西藏在了哪一条茶巾里，还能一次就把它找出来！这让我大吃一惊，毕竟那十五条左右的茶巾都是一样的，折叠的方式也没有任何区别，看着就跟一堆书的书脊朝外摆着一样。他能精确地记住我放东西的位置，这就意味着我想再藏什么东西，就不能让他在旁边看见。

埃丝特·伍尔夫森（Esther Woolfson）在《乌鸦：

与鸟共度一生》(*Corvus: A Life With Birds*)一书中写道,那些"藏东西"的鸟类主要是鸦鸟、猎隼、鹰类和啄木鸟。它们是最聪明的鸟类。它们会把物品和食物储藏在很多隐蔽的地方,然后还得记住这些位置。这些爱藏东西的鸟还会从别的鸟那里偷东西,并随时保持警惕,以防自己被偷。一旦它们觉得被其他鸟看到,就会把东西转移到别的地方,重新安置。这不仅展现了它们机敏的应变力和惊人的记忆力,还清晰地表明了它们对因果关系的理解。

乔治甚至会趁我不注意时偷我的东西。他时刻盯着我,以便在我转身时找出他想据为己有的任何东西。而且,正如伍尔夫森所写的那样,如果他认为我看见了他藏东西的地方,他就会稍后折回,把它们挪个位置。我经常发现有食物残渣被埋在厚厚的烹饪书的书脊里,或塞在沙发垫的下面。

乔治的机智让我想起了《伊索寓言》里那只聪明的乌鸦的故事。那只乌鸦渴得快喘不过气了,突然看见了一个装有水的罐子,但里面的水位太低,他喝不到。于是,他把小石子扔进罐子里,直到水位涨到他能喝到水解渴为止。

在《乌鸦传奇》(*Gifts of the Crow*)一书中,约翰·马兹卢夫(John Marzluff)和托尼·安吉尔(Tony Angell)

讲述了鸦科鸟类是在没有接受任何训练的情况下如何做到这一点的。为了激励不在口渴状态下的秃鼻乌鸦,他们把蜡虫扔到一个罐子里的水面上。这些秃鼻乌鸦不仅很快找到解决问题的办法:将周围有用的石头扔进水里,提高水位,如此便能吃到虫子。它们还发现,石头越大,达到目的越快。

对我们任何一个感到饥饿的人来说,食物是一大动力,但有些时候,对于一些非常聪明的鸟来说,它们会不求回报地为其他鸟做些什么。2022年3月17日,《纽约时报》发布了安东尼·哈姆(Anthony Ham)写的一篇在线文章,描述了一项关于澳大利亚喜鹊(黑背钟鹊)的研究。该研究证明了这样一个事实,这些鸟会无条件地互相帮助——也许除了期望得到帮助作为回报。

澳大利亚喜鹊的黑白色分布与英国喜鹊不一样,它们的外形更像乌鸦,喙大多是白色的,而不是黑色的。澳大利亚喜鹊属于燕鹛科(发现于南半球的一个鸟类家族,有9个分支属科),虽然它们不同于属于鸦科的欧亚喜鹊,但它们具有喜鹊那般非同寻常的敏捷和智慧。

那篇文章讲述了波特文博士(Dr. Potvin)及其团队如何花六个月的时间,研发出他们认为几近完美的背带式喜鹊跟踪装置。这种背带可以穿戴在鸟类身上,不会给它们带来不适感,也不会妨碍它们飞行。他们把追踪器安装在五只喜鹊身上，然而在装完不到半小时，第一个追踪背带就被拆除了。一只喜鹊不停地用它的喙摸索着另一只喜鹊身上的背带，直到找到了唯一的突破点，然后用喙将其啄断。三天之内，所有追踪器都被喜鹊拆除了。科学家们被彻底打败的事实表明，对鸟类来说，喜鹊的脑体质量比一定是非常惊人的。

相比之下，乔治还没有发展到研究把石头扔进水罐这一步，他还在研究物体的大小、形状和空间关系：观察物体的背面、里面和底部。他仔细研究餐桌、椅子和工作台的表面质感，用脚踩一踩、滑一滑，看看它们有多光滑或多粗糙。他用喙敲敲打打，测试它们的密实度。他还从侧面和正面进行观察，似乎想感受它们的立体感。

就这样，他发现了两个蛋糕烤盘能产生共鸣；当他发现用喙啄烤盘表面能发出声音时，这两个烤盘就成了他的鼓。他一遍又一遍地啄，探索这两个烤盘的音乐价值，显然，它们的音色不同——先啄第一个，再啄另一个，然后再来回反复啄。我用来装意大利面的一些旧玻璃糖果罐的大塑料盖放在蛋糕烤盘的旁边。它们也变成了这套打击乐器的一部分，不过显然不如蛋糕烤盘那么有趣，因为它们的声音比较小，而蛋糕烤盘的声音很**响亮**。

一些小东西，譬如小樱桃、火柴盒等，都让他快乐，他会把它们啄一啄、翻一翻，再把喙探进去，把它们啄得千疮百孔。他的喙像把砍刀，砍啊，砍啊！他会竭尽全力，用肩膀把喙向前顶。

今天早晨打开厨房门时，我发现乔治在笼子里显得非常狂躁。他真的非常疯狂，狂躁得令人害怕。我将他放了出来，他在厨房地板上跳来跳去，在滑溜溜的餐桌表面和餐椅的漆面上来回滑动，向狗狗们挑衅地咕咕乱叫，似乎想激怒她们，让她们采取什么行动。他看起来显然是在用激将法。他就像一个喝了能量饮料的孩子一样兴奋过头了。

我觉得有必要留意一下斯尼克斯，因为每当乔治在地板上跑来跑去时，她**确实**变得异常兴奋。尽管她只是在玩，但我还是担心她在某一刻激动过头，把乔治压扁了。有一次斯尼克斯追上了乔治，抬起前爪压在他身上，以防他逃走。我呵斥了她一番，她才把爪子收回。

乔治直立着，在地板上滑行，双脚像踩着溜冰鞋一样，先滑左脚，再滑右脚。然后，他展示了一连串侧步动作，看起来像编好的舞蹈。他又开始用喙啄所有东西：靠垫、沙发、钢笔、笔记本、报纸——它们能吃吗？它们会碎吗？它们尝起来有味道吗？他肯定有很多问题需要得到答案。每天，他都有一箩筐的问题。

他突然莫名其妙地朝沙发扑了过去，像是把沙发当成了跳板一样从其背后弹起，落在正在睡觉的维吉特身上。稳住身体后，他将小爪子探进维吉特浓密又杂乱的毛发，然后又跳到沙发旁维吉特专属的脚凳上。接着，他在那里将注意力转移到我身上，开始啄我那双又脏又旧的蓝色假丝绒拖鞋上松散的线头，拉扯我园艺工作服的裤腿（染成了泥巴色，洗净后熨得跟硬纸板一般平整），而我就坐在那儿瞅着他。他用苛责的声音对着狗狗们尖叫，好像在要求她们关注他，给点反应。毛斯躺在雷伯恩炉灶旁的篮子里，他啄了她好几次，但毛斯总是安静地躺在炉灶旁边，不爱出风头——由于年纪越来越大，这几天她不爱玩了，也不想参与任何事情。毛斯嘟囔着，转过身去，离乔治的喙远远的。

白天，乔治看到前夫坐在厨房的餐桌旁。前夫正在读早报，但乔治浑然不知前夫对他没好气，就停在他赤裸的胳膊上，着迷地盯着他的脸看，好像有什么吃的可能从那上面掉下来似的。我希望这能帮乔治从前夫那里赚点好感。

如此奇妙又美好的时刻

6月12日　星期二

现在每天早晨一下楼,我就会习惯性地打开乔治笼子的前门。还是有宁静时刻的,那是当乔治落下来,蓬松着羽毛,从厨房餐桌的有利位置,从餐桌旁挂有我工作服(供他抓握)的椅背上,或从厨房椅子上的一堆沙发罩上(那是客人来时,我用来盖狗狗沙发的,这样他们就有一个干净地方可以坐了)俯视着下方一切的时候。

乔治看到斯尼克斯蜷缩着卧在沙发扶手的一个垫子上,沐浴着从窗户透进来的阳光,有点想窝在她身上,就蓬松起羽毛,蜷缩进她下巴底下浓密的毛发里。斯尼克斯昏昏欲睡,根本没心思理会这些。我只是震撼地看着这一幕,感激如此奇妙又美好的时刻。

一天早上,我坐在厨房的沙发上看报纸,他解开了我的鞋带,然后飞到我的肩膀上,这真是久违了。他飞过来的时候,爪子刮了一下我的鼻子。他的降落技术还不太熟练。他的飞行能力并不像我想象的那样与生俱来,显然他还需要更多的练习,但他大部分时间仍待在地面上。他追着维吉特在地板上跑,两只小脚并拢拍打地面,这是一种奇怪的双脚跳跃法——实际上是蹦蹦跳跳——同时以翅膀保持平衡,就好像它们是滑雪杖,而它正踩着无形的滑雪板跃过雪山。他偶尔会停下来，降低一侧翅膀，把一只脚抬起来放在翅膀后面挠头，看着可滑稽了。

用像人类一样的声音咿咿呀呀地说话

6月13日 星期三

我看着维吉特和乔治肩并肩坐在厨房沙发的一个扶手上，都想设法抓住停在厨房窗户外面的飞蛾。维吉特不停地拍打着窗玻璃，试图用爪子拍中这些飞蛾。乔治则试图用喙尖把它们从玻璃上整齐地挑下来，让他感到困惑的是，他的喙啄到的只是玻璃平滑的表面，根本碰不到飞蛾。

花园、狗狗和喜鹊是我的小小世界，让我能暂时喘口气儿，远离生活中那些更痛苦、更困难、更有挑战性的事。我故意把自己埋没在与他们相关的简单任务中，因为我还在为我的自传性诗集《45》进行最后的编辑工作，该诗集将由美国哈珀柯林斯出版公司出版。同时我也在与慢性疲劳综合征做斗争，我怀疑这个病是我为了把人生浓缩成诗歌而重提往事所面临的挑战引发的，还因此产生了相当多的通信。

不过,我与前夫的生活目前还算平静,还没有提起回澳大利亚的事。通常情况下,他做饭,这样我从花园进屋或从工作室出来后就可以用餐,无须我从工作中抽出时间。不过这种角色转换也只是暂时的。

所以,乔治是个牵绊,秉持着喜鹊的本性:需要关爱、爱出风头、好钻研,简直迷人又可爱。

抱着他的时候,我发现不到一个月的时间他就胖了一些——我喜欢摸他暖暖的、毛茸茸的身体,还有那双热乎乎的小脚;他不再像一小捆稻草了。吃进肚子里的狗粮让他骨肉渐丰。

看乔治跟狗狗们相处得这么融洽,我终于大起胆子,每天放他出笼两三次。当然总是在我停下来吃饭的时候,这样我就可以在旁边看着他。我让他在厨房里跟狗狗们一起玩耍。他疯狂地从房间的这一头蹦到那一头,肆无忌惮地挑逗斯尼克斯和维吉特,在她们背上跳舞,或站在她们肩头戳她们的耳朵,最后被她们从沙发扶手上舔下来。

我正在为他画素描时,他跳到我的素描本上方,站在那儿俯视我的画,头一会儿向左歪,一会儿向右歪。由于他的喙挡住了他的左边或右边的视线,他用哪只眼睛看,头就朝哪边侧歪。

然后，他试图用喙把我画的线条从纸上拽下来，边啄边拉，边啄边抓起，结果发现根本没有任何东西可拽。当他发现自己在做无用功时，就跳到我的肩膀上，然后围着我的头，在我的胸、背和双肩上跳来跳去绕圈圈。不可否认的是，他越来越自信了。而我的脑后，像有一只顽固的甲虫在抓挠着，那是我在担心这预示着我们关系的结束，预示着他的离开。

我一遍遍地告诉他我的名字，看他能否试着模仿我。他专心地听着。又是一天夜里，我听到他用像人类的声音咿咿呀呀地说话，仿佛在跟一个想象中的朋友聊天。我在厨房门外站了好几分钟，很投入地听着，不知道打开门会看到什么。听上去太像他和谁在闲聊。

日子一天天过去，他越来越不情愿被捉回笼子里去。现在我要抓住他实属不易。他会侧身一跃，跳过地板，扑棱着飞到壁式橱柜顶部，或在餐桌四周的椅子脚间来回穿梭。他已经花了大量时间来研究我的局限，知道如何逃离我的可控范围。

我发现，若抓不到乔治，最好的办法就是坐在沙发上抱着狗狗们，于是他就会过来加入我们。他不想被冷落。他会降落到沙发扶手上，跳进狗狗们凌乱的毛发里，想看看发生了什么——想全身心投入其中。只有这样，我才能抓住他。

有天晚上，我坐在沙发上打电话，他走过来径自上前跳到我的膝盖上，实在是可爱至极。虽然对乔治来说可能没有什么意义，但他对我的亲近真的让我很开心：我成了他习以为常的人。这让我想起，孩子有时看到父母在专心打电话而没有关心自己，会吵着要求关注的样子。

有个朋友给我发了一封邮件，叮嘱我要小心，说路易斯·德·伯尼尔斯[1]自从养了一只乌鸦，就一直忙于清理鸟粪（不过严格来说，她没用对词，因为"guano"用作鸟粪时，仅指蝙蝠，以及显然也包括海鸟的排泄物）。我回复道："太晚啦！"随后给她发了一张我和乔治的照片：乔治站在我的头上，看起来胖乎乎的，浑身光泽柔滑。

不过有些事情我必须当心，因为乔治的好奇心很强，什么都想探个究竟，这就意味着他会落到不该落脚的地方，譬如刚刚使用过还在发烫的烤面包机，或打开的雷伯恩炉灶门的顶部。每次他降落在烧得通红的器具上时，我都会一边大声叫喊着"不，不，不"，一边赶紧跑过

---

[1] Louis de Bernières，英国作家、编剧，因其1994年出版的战争史小说《柯莱利上尉的曼陀林》而闻名。

去将他拽下来，一定把他吓坏了。但他似乎对这些东西的温度没什么感觉。他不退缩，也不尖叫，似乎根本没意识到。我想知道，鸟儿脚上的神经末梢是哪种类型的，或许就没有。毕竟冬天它们站在冷冰冰的树枝上，也没有什么东西来保护它们像蛇皮一样的脚部肌肉。

第一次全身澡与第一次见客

6月15日　星期五

乔治第一次洗了个全身澡。这具有非常重要的意义；之前他在狗狗们的水碗里玩过水，结果只是弄湿了头或脚趾，不过这次全身都冲了一遍。

他先是像往常一样围着桌腿疯跑，在地板上滑行，用日渐长高的双脚蹦来蹦去，一边跳一边用脚后跟磕地板（这里，你得用人类的思维去想象这个画面——实际上他就像个孩子一样跳跃着，但他突出的后脚趾碰到了地板，所以看起来他也在用脚后跟磕地板），然后他在狗狗们的水碗里嬉戏。所以，等他玩够了以后，我又把碗里加满了水。他看我这样做，于是就回去洗了个全身澡。

若我曾经想过先天高过后天的话，那么这一定是先天的一个很好的例子：他蓬松羽毛，溅起水花，他弯曲身子，把羽毛抖入水中。他滑来滑去，从头到脚都湿透了，在厨房的地板上留下了一大片水洼。紧接着，他爬了出来，意识到自己飞不动了，也就躲不过这几只狗狗喽。他扇着两只像棍子一样伸开的湿漉漉、水淋淋的翅膀，在地板上跑来跑去，斯尼克斯和维吉特紧跟其后，

似乎觉得他像一根融化的冰棍一样美味；她们俩伸出小舌头，在又湿又滑的地板追着乔治，一边滑行，一边舔他。

乔治一次又一次拼命地尝试起飞，但都失败了。我好不容易忍住笑，去把他救了出来；我用一条手帕将他裹住，让他的小身板儿暖和起来，直到他不再发抖。

晚上，两个邻居过来喝酒。我在2004年来看房的时候就认识他们了，当时我敲他们的门，向他们打听这里的邻里情况和居住感受。如今，鲍勃和希拉已亲如我的家人。

最后，在吃了奶酪、饼干、鹰嘴豆泥，喝了几杯葡萄酒后，他们很好奇，说想看看乔治。我先前把他的笼子从厨房里拿出来，放在了杂物间，但我们吃完东西后又把它拿了回来。现在，我把他放了出来。他跳到餐桌上，打量着眼前的一切。这还是他第一次见客人呢。

我设法不让他从酒杯之间蹿过餐桌，于是他和狗狗们一起在地板上跳了会儿舞。然后他展翅飞到我的椅背上，坐在上面看着我的后背。最后，他向前迈了一步，爬上了我的左肩。他在那里待了几分钟，一副憨态可掬的样子。他观察着客人，向他们点头示意，亲昵地啄着我的耳朵（或者更可能是在找跳蚤）。他似乎对我们的谈话很感兴趣，我们聊天的内容也都是关于他。把他放回笼子里休息的时候，我感到有点愧疚，好像是辜负了他对我的信任。前一刻，他还站在我的肩膀上，羽毛拂过我的脸颊；而下一秒，我就紧紧抓住他，把他放回了笼子里的栖木上。

小脑瓜里肯定有相当复杂的思维

6月16日　星期六

今天晚上，也许是记着昨晚被粗鲁对待了，乔治变得又疏远了一点。在《乌鸦传奇》一书中，马兹卢夫和安吉尔记录了一只乌鸦戴脚环（在它腿上套上识别环）的过程，以及这只乌鸦如何记住了那个攻击它的人：它在人群中把这个人找了出来，对他发出刺耳的抗议声，警告其他乌鸦这个人很危险。这只乌鸦还知道哪些人会给它喂食——直到附近搬来一家新住户，把它引诱到院子里后，开枪打死了它。我很担心乔治离家后也会有同样的遭遇。不过，鸦科鸟类能对记忆中的一件事怀恨在心，这才是我对这个故事感兴趣的所在。虽然我是在和乔治共同生活好几年以后才知道这个故事的。

他从地板上飞到我的肩上，坐在那里，专注地捉着我左耳周围假想的跳蚤，但在那里没待多久。我很清楚，在夜幕降临前，趁他还在我触手可及的范围内，我必须把他关回笼子。当然，他就像一个小小的读心专家，尽可能地躲在我够不着的地方，我不得不跟他斗智斗勇。他似乎能读懂我要抓他的细微动作——我准备扑击时背部和肩膀的紧绷感。

他大摇大摆地走，他翩翩起舞，他咕咕、嘎嘎地叫个不休。他看起来每个动作都得意扬扬，好像在呼喊着："快看！快看！我有腿！""快看！快看！我有翅膀！"他飞到狗狗身上去逗她们玩，刺激她们去追他，然后在桌腿和椅腿之间跑来跑去，直到让狗狗们无可奈何。他比以往任何时候都更难抓了。

他又玩起了新游戏。他在厨房餐桌上不停地转圈，转啊，转啊，转啊，直到跟跟跄跄地摔倒在地，他的翅膀朝下展开，像是他走路拄的拐杖。他反反复复这样做，显然乐在其中。我小时候也做过同样的事情，我发现原地转圈会头晕目眩跌倒在地。我搞不懂喜鹊为何也会这样做，只知道他在玩，就像当年的我一样。这意味着乔治的小脑袋瓜里一定有相当复杂的思维。一圈又一圈，我难以置信地看着他转了好几圈，跟跟跄跄几步，然后又转了几圈，跟跟跄跄几步，再转了几圈，直到几乎晕倒在地。

一回到笼子里过夜,他就把羽毛蓬松起来,可爱极了。我跟他说话的时候,他就仔细地端详着我。他的表情看起来更加真诚了。我不得不认为他具有人类才有的思维。

除了在我需要把他关回笼子时逃脱我的控制之外,他又发明了一个新游戏——他从狗狗们的食盆里拿出一块饼干,塞到沙发靠垫的一侧。斯尼克斯和维吉特跟在他后面把饼干掏出来。他喜欢有规律地这样干,引得斯尼克斯和维吉特就一直跟着他。他还在我身边跳来跳去,用他钳子似的喙啄来啄去,检查我的牛仔裤布料、鞋带结,还有我头上的发夹。他的好奇心无穷无尽。我希望他能依偎在我身边,可爱一点。然而,尽管他在我肩膀和大腿上度过了短暂的青春期,但他没有表现出任何给予或接受关爱的意愿。现在我很担心,我不过是那个把他关在笼子里的人罢了。

我在沙发上打盹儿的时候,乔治坐在我旁边的支架上,倚靠着我临时用来放茶杯的旧餐椅的椅背,也打起了盹儿。这很可爱,也很友善。但问题来了,他让我抚摸他的时候,我终究还是不得不趁机把他捉住放回笼子里,从而再次辜负了他的信任。我觉得他对我越来越警惕了。如果他在厨房地板上到处跑,我根本抓不住他,而一旦他跑到了桌腿中间,他就知道自己赢得了更多的时间。今天晚上,我把他放回笼子里去的时候,他居然逃脱了,我只好一把逮住他的腿。实在太不得体了。

更多的乌鸦正朝着这个方向飞来

6月18日　星期一

乔治脾气暴躁,富有攻击性。好几次我已经抓住他了,但也只控制住了一小会儿。他尖叫着,叫声尖厉,令人心惊肉跳,以至我以牙还牙,模仿他这种小喜鹊的声音,比他叫得还刺耳,看他如何反应。结果他住嘴了。当我抚摸他的头顶时,他摇摆、扭动着身子,而他以前却很喜欢被我抚摸。这就好比一个孩子突然间对母亲在亲朋好友面前公开表达爱意产生反感。或者,根据我的经验,一个孩子会讨厌被一个嗜烟如命的姑妈照看,因为她会把手伸进散发着难闻香水味的手提包里,拿出一张纸巾,她曾在某个时候朝它吐过烟痰,而现在又要用自己的唾液打湿它,用来擦拭侄女或侄儿脸上的污垢。从那以后,我当然也练就了一套乔治式的躲避战术。它们也是我小时候求生术的一部分。

有的时候,乔治是个开心果,但最近三天他就不是了。他拽狗狗们的尾巴,引得她们大呼小叫。他啄起地板上的绒毛，试着吃进嘴里，然后又吐出来，结果沾在了舌头和喙上。于是他就在附近地面上左右擦拭他的喙，就像磨刀一样。（最终，还是我设法帮他弄掉了绒毛团。）

当时我还在想，他之所以拽狗狗们的尾巴，是因为马尔济斯犬的尾巴长得像一根弹性十足、蓬松卷曲的弹簧，是任何小孩（或者鸦科鸟类）都可能想要抓握在手里的玩具呢，还是另有隐情？

在关于鸦科鸟类的文学作品中，有大量描写它们拉扯其他动物尾巴的故事和实例，而且它们拉的往往是更强大凶悍的鸟类和动物的尾巴。有时是为了戏弄它们；有时是为了迷惑它们，以偷走它们的食物；有时是为了把它们折磨到阵脚大乱，然后打败它们。

然而，鸦科鸟类会采取团队协作的方式完成目标，有时也并不需要暴力。一个晴朗的下午，我偶然从房子后面的窗户往外看，看见一群数量不寻常的乌鸦，好像正朝我的后花园飞来。我匆匆忙忙跑进一楼一个视野更好的房间，透过房间的飘窗，我不仅能看到我那小小的后花园，还能看到邻居家那个更大一些的花园。她的花园里栽有各种各样的树，靠近中心的一棵高大的枝叶参差不齐的冷杉树上密密麻麻地挤满了乌黑发亮的乌鸦。然后我注意到，地上也到处都是乌鸦，就好像有人把它们均匀地撒落在草坪上一样。它们既不尖叫，也不鸣叫，只有死一般的、阴森恐怖的寂静。它们一落地，就站在那里，安安静静的，似乎在等待着什么。

我看到天空中有更多的乌鸦正朝着这个方向飞来。我给邻居打电话，问她是否在家。她很害怕鸟——或者说怕任何能飞的东西。有一次，我深夜去她家救她，一只受到惊吓的小蝙蝠不知怎么闯进了她家。最后它被逼进了厨房，在那里不见了。直到我注意她家水槽里有个像一片枯叶的东西，才发现原来就是它。我解救了这个小东西，把它当胸针佩戴在我的毛衣上，让它薄如纸片般的翅膀上侧的爪子挂在上面。它过了一会儿才适应夜风的寒意，随后径自飞入夜色中。

谢天谢地，在这个非同寻常的日子里，我的邻居不在家。

我有一种奇怪的感觉，觉得一切都不是真的，觉得自己看到了一些东西，觉得发生了一些我还没发现的可怕事情。于是我绕着房子走了一圈，走进邻居家的大门。乌鸦还在不断地飞来。我以十为单位计数，当我走到那里时已经有两百多只了。它们一动也不动，我不得不从它们身上跨过去，穿过成群结队的它们。现在花园里到处都是乌鸦，黑压压的一片。我站在它们中间，百思不得其解，感到头晕目眩，且始终处于一种难以置信的状态，因为乌鸦们竟然完全无视我的存在。它们好像看不见我。越来越多的乌鸦飞来了，自动附着在另一棵树上，因为冷杉树参差不齐、光秃秃的树枝已经被占满了。

偶尔有一只乌鸦竖起羽毛，发出一种奇怪的乌鸦的咕噜声。这声音低沉，近乎沉闷的音乐，像一层涟漪在鸦群中泛开来。

我知道鸦群是有目的的。乌鸦的目的并不简单。我弯腰去抚摸其中一只；它稍微动了一下，但没有飞走。我在想，它们究竟是为了什么聚集在一起呢？环顾周围，乌鸦连着乌鸦，树上似乎盛开着累累黑色丝绒花朵，地面上覆盖着一层轻轻荡漾的、绸缎般的黑色羽毛，但我看不出它们为何会在这里。直到我走到它们聚集地的中央，才注意到这里有一小堆乌鸦。一个黑痈状的东西，仿佛它们正站在一个小山包上。

我小心翼翼地从那些围着我的脚踝动来动去的鸟中走过，来到那堆东西旁边，发现有三四只乌鸦守护着它们身下的东西，它们直挺挺地站着，高昂着头，浑身警惕。我俯下身，它们挪向一边，我看到了一只雌雀鹰。有那么一瞬间，我以为它们杀死了她。她随即动了一下脑袋，侧着身子抬头看我，想看得更清楚些。我推开她身上的几只乌鸦，它们也让我这样做。但那只雀鹰却一动不动。这时我才看清发生了什么事。

原来是这只雀鹰打下来了一只乌鸦。乌鸦还活着，仰面平躺在草地上,它的双翼被雀鹰的爪子压在了地上。其他的乌鸦都是来帮忙的,但又无法攻击雀鹰,因为后者用它的喙死死地咬住了那只乌鸦的喉部。双方都不敢轻举妄动。如果雀鹰杀死了乌鸦,其他乌鸦就会杀死这只雀鹰。如果她放走了乌鸦,也许结果还是一样的。只要雀鹰抓住乌鸦不放,就不会发生任何事情。场面陷入了僵局。

我环顾四周,只见乌鸦的海洋已经吞没了整个花园,心想这多么像希区柯克[1]的电影《群鸟》中的场景。只不过,这里的乌鸦多了很多很多。希区柯克一定会羡慕这么一大片厚厚的不祥的羽毛。

必须想办法打破僵局。在我看来,雀鹰的处境最危险,于是我弯下腰,紧紧抓住它,把她从乌鸦身上拉开。那只乌鸦稳稳身子,看了看四周,踉跄片刻,然后胡乱向上拍打翅膀。由于被禁锢了一段时间,它的身体可能有点僵硬。其他乌鸦紧跟其后。一次两只、三只、四只,悄无声息地升空。然后更多,一次十只、二十只。它们在屋顶上四散开来。

现在,那只雀鹰在我的手里挣扎、扭动。想着乌鸦

---

[1] 阿尔弗雷德·希区柯克(Alfred Hitchcock,1899—1980),英国电影导演及制片人,他善于利用紧张的情节、出色的摄影、巧妙的编辑和引人入胜的角色发展来吸引观众,被称为"紧张大师"。

们应该已经失去了兴趣，于是我把她抛向空中，以为她会朝乌鸦相反的方向迅速飞走。但她没有。她飞到几英尺外的花园栅栏上，转过身来看着我，看着剩下的乌鸦全部飞向湛蓝的天空。她一动不动，直到它们都飞走了。我也一动不动，直到她飞走。

必须放他走

6月19日　星期二

今天，我没把乔治放出笼子，只是逗逗他，他现在很讨厌这样。他尖声叫着，我抱住他，轻轻抚摸他，直到他安静下来，才把他放回笼子里。我觉得把他放回去不太好，但现在太难抓住他了。每当我不得不追着他到处跑，把他抓回笼子里时，我都担心会给他压力。不难看出，我必须放他走。不为别的，只因不忍心看到他在如此活泼好动的时候被关在笼子里。但问题又来了：他能照顾好自己吗？他能学会如何觅食吗？

清理完乔治的笼子后，我倒掉了垃圾。天昏地暗，一场可怕的暴风雨开始了，电闪雷鸣，震得房子摇摇欲坠。像这样的时刻，放乔治走的念头便开始动摇。我会想象他又冷又湿，最后死在原野某个凋敝的角落里。他无法自食其力，皆因某个好心的人类从未教会他如何捕食和避难。

必须立下一个规矩

6月20日　星期三

自从邻居们来的那天晚上，乔治非常乖巧地站在我的肩上，我趁机把他塞回笼子里以后，我发现，从那以后，他就把我的靠近同把他关回去联系在了一起。也许我想多了——这可能就是他的成长过程，然而作为人类，我越来越难不把他拟人化。事实上，鸦科动物的记忆力确实很强，而且还会记仇……

尽管在晚上抓住乔治把他关回笼子里，让他在我睡觉的时候不会造成任何破坏已经变得几乎不可能了，但我还是无法忍受把他整天关在笼子里。

于是，当我在花园忙碌时，我便让他在厨房里飞上两个小时。我把他和狗狗们关在一起，他们有很多空间。我一回到屋子里，就需要去清理几处便便，但面积已经比他婴儿时的粪便小得多了。到目前为止，情况还不错。这也预示着未来会更好。

傍晚时我抚摸了他几次，尽管他十分警惕，我还抱了他两次,把他放在我的肩头。第二次,他在我的肩头停留了几分钟。我把狗盆盖了起来,把乔治的食物放在笼子里,要是他饿了,他就不得不到那儿去进食。他只进笼子里进食过一次,当他看见我正朝他看时,立刻扔掉嘴里的一块肉,飞快地逃了出来,以防我把笼子的门关上。我确信,他已经从我准备突击的细微动作中预料到了我要扑向他的企图。

当我最终不得不把他关起来时,我把他逼到毛斯的狗床旁边。那是一只破旧柳条购物篮,中间有一个硬质的大提手。在被啃咬得边缘破碎之前,它还是一只令人惊艳的篮子,那是几年前我手术后住院时,有人用它装了一大束鲜花送给我的。

如果我能想到某件物品的一种用途,哪怕十二年后才会用到,我也会将它保留下来。有时为想出某个东西的用途,我会花很长时间——但一旦想到了,我就会有莫大的满足感。当然,在此之前,这些东西都会变得杂乱无章。就在刚才,我还扔掉了三大袋酒瓶,这是我数年的收藏,用来盛装我过去常常酿制的果蔬酒。那时,买酒只是优先购物清单中的垫底项,也不在预算之内。

说回篮子。毛斯一直对着乔治咆哮,因为他坐在篮子的提手上,尾巴正好耷拉在她头上。有时他会往她身上拉屎。她抗议是意料之中的事。

我一直在慢慢地咀嚼着我的最后一口晚餐——一点牛肉——在乔治愤怒的叫声中，我做了我能想到的第一件事，把嚼碎的肉放在我的牙齿间。他叼走了，立刻吞进了肚子里。当我把他放进笼子里时，他很安静。然后他让我隔着栏杆轻轻抚摸他的头顶。自那晚邻居来过之后，他一直拒绝我这么做。但这次他表现得太乖了，这样就让我有了可乘之机。

我满怀希望地想象着这样一种生活：乔治没有离开，没有把便便拉在狗狗们的身上（这总需要在水槽里稍微冲洗一下），也没有在自由活动时把厨房弄得一团糟。要是晚上我不用把他关进笼子里就好了，要是我能让他的笼子不那么像监牢，而更像一个可以回的"家"就好了。但是如果我不把他关进笼子里，早上的厨房就会变成一个灾难现场，一切他能把喙伸进去的东西都会被戳破，撕得粉碎。没有什么，我是说**没有任何东西**能逃过他法医般的检查。

有一次，他在厨房台面上的碗里发现了一堆泡过的茶包，他撕烂了其中一包，把茶叶末撒得满地都是。我不知道，就那么点茶叶末，他是如何做到在地板上撒出这么一大片的。

关于把乔治放回笼子里，我决定必须立下一个规矩——我们人类睡觉前会刷牙、洗脸或沐浴，或许乔治也需要做一些睡前准备?

有天晚上,我指着他的笼子,严厉地告诉他"去睡觉"。我这样反复了几次。他聚精会神地看着我,于是我乘机用双手抓住他毫无防备的小身板,在他的大嚷大叫中把他放回笼子。我还在晚上把他的食物从笼子里拿出来,希望早上我把食物放回去时他会更高兴看到我。但这并没有什么用,早上他还是满脑子想着要自由。

夜里,如果我不得不进一趟厨房,我会非常小心地不开主灯,穿一双软底拖鞋,蹑手蹑脚地走过光溜溜的地板,就着一盏小灯翻冰箱或煮一杯热饮,不会发出任何声响。这样乔治保持着他的睡姿,头缩在翅膀下,身子蜷缩成一个黑白相间的小球。他现在可以这么做了。他的脖子更长、更灵活了。(以前,他只是把头朝向指定的方向,看起来有点怪怪的,好像他的脖子很僵硬。)

关于喜鹊的睡觉时间,我灵机一动,想出了一个好主意:把乔治的笼子从厨房搬到杂物间,这样他就看不到它了。取而代之的是,我在厨房抽屉柜的顶部放了一个纸箱,用一根锯断的扫帚柄穿过做成栖木。那天晚上乔治不是自己进去的,但我把他放进去以后,他就待在那里了。他好像喜欢这样。我期待这样做的结果是,当夜幕降临,乔治想找个地方栖息时,他就会栖息在那里。于是我就能在他安顿下来打盹时,把他移到笼子里。这样一来，他就不会因为被抓住而生气，我也不会因为他在我早上起床前迅速把厨房弄得乱七八糟而生气了。这一招还真管用！

故意刁难我攻击我的客人

6月23日　星期六

今天天气很好，但我仍为昨天的事情耿耿于怀。一个相识多年的朋友苏带着她的新男友来我家，这是我第一次真正与批评人士打交道，自从乔治出现，这种人的批评声音就一直在我脑海里盘旋。

他们来时，乔治正坐在厨房沙发的扶手上。"噢，沙发上有只喜鹊。"苏的男朋友说，脸上不经意地扮了个怪相。我把乔治抱起来，不情愿地把他放进杂物间的笼子里，这样客人们就不会受到他好奇的骚扰了。毕竟，他们都是城里人，不习惯任何有羽毛的东西，除非是鹦鹉或者羽毛围巾。

这位男士一来就带着轻蔑的讥笑，在整个做客过程中，这个表情始终未变。我带他们参观我在花园里的劳动成果：环形花圃、环形小径，所有这些都围绕一个四十英尺宽的环形池塘蜿蜒展开，池塘上方矗立着一棵巨大的大西洋雪松。夏天水池里孵出了上百只青蛙，我弯下腰给他们看其中一只。它跟我的小指甲盖一般大：它的每个细部、每个斑点、每条纹路、每只小脚上的每个小趾都表明，这是一只完美的小青蛙。不可思议。我对他们的无动于衷暗自感到惊讶，这可是他们从未见过的东西呀。要知道，我的花园里到处都是这些精致的小生物，这是多么令人愉悦的事。

然后，就在我把食物摆上餐桌时，这位油腔滑调的男士建议说，应该有人向皇家防止虐待动物协会举报我虐待喜鹊。我感到非常震惊，却没有请他离开，我倒真希望自己那样做了。"什么，因为救了它？"我难以置信地问。我想，但凡他多了解一点情况，就不会如此粗鲁并妄加评判了。于是，我向他解释了我是如何开始收养乔治的。他不再发表任何评论，只是发出一阵像马吃到一根特别小的胡萝卜时发出的嘟噜声。

我的感觉是，他来之前就已经对我有些先入为主的成见，并决定绝不示好，这就让我很好奇苏对他说了什么。他粗鄙无礼，这让我完全不知所措。因为一直以来，到访的客人不管认识不认识，我的本意都是坦诚相待、热情欢迎。我完全没有准备好欢迎一位存心要刁难我攻击我的客人来到我自己家的圣地。

我被刺痛了，思维一片混乱，完全忘记拿出提前为他们准备好并放在冰箱里的馅饼、果酱和全套奶油下午茶，尽管我们还是吃了我朋友带来的蛋糕和我做的一些香肠。

在我的救鸟行动遭到抨击后，我呆坐在椅子上，再也提不起精神去热情招待这俩人。我感到身心疲惫迟钝。我只希望他们赶快离开。对伴侣的无理行为，苏什么也没说，只是在整个做客过程中不停地抢他的话，像是要阻止他再说出什么冒犯的话来。

当我向前夫坦白我依然余怒未消时，他一副通情达理的样子问我，为什么不趁昨天大家在桌上都能听到时提出来。但问题就出在这里。我试着提出来过，但没有人理会——他没有，苏也没有，那位不受欢迎的客人就更不用说了。

事实上，我试过两次，问那个讨厌的男人，他凭什么对喜鹊事件指手画脚。但他只是转过身去，开始与我前夫交谈。而前夫作为社交达人和男主人，两次都接过了话茬，并没有意识到他打断了我试图表达对客人说三道四的不满。我大喊出来，并直截了当地说："你在转移话题。"但那人没有理我。

我必须大喊大叫才能表达我的观点，或许我应该这么做的。愤怒和羞辱就像污点，必须经过消磨或洗白。时间是副良药，如果助长这种愤怒，就会适得其反。

乔治让我的心情有所好转，但与此同时，苏的男朋友的话一直萦绕在我脑海里，因为他们触动了一直折磨我的对乔治的担心。我救了乔治，难道真的是个错误吗？他并非受保护的物种。事实上，农民还会射杀他这类动物。这次来访让我更加不愿意邀请朋友们到家里来做客了，因为没人愿意被负面评价，尤其是被邀请到家里的客人。至少你有权利要求他们有点礼貌。还希望他们对救喜鹊这件事闭嘴。

当我打开冰箱，发现自己竟然忘记了本想招待他们的丰盛食物时，我震惊于那位男朋友的评论对我的冲击程度，居然让我把为他们的来访所准备好的一切忘到了九霄云外。如果他们来的时候，我就已经把所有东西摆上桌了，他对我的态度会有所改善吗？事后看来，我怀疑他只会吃得更多，且还是那么可怕。

现在我习惯于让乔治比较多地自由活动。今天，他先是在栖木上打盹儿，过了一会儿伸展双腿和翅膀在厨房里飞来飞去。当我停下来喝杯茶，和狗狗们一起坐在沙发上时，他几次跳上我交叉的双脚。然后，他叼起厨房餐桌上摊开的信封里的信纸，在房间里飞行。这让他看起来像是在一张超大的横幅上打广告。

后来我从花园干完活回来，发现一片狼藉，就好像有人把满满一袋垃圾撒得厨房地板上到处都是。喜鹊粪便也到处都是,这在我意料之中。但他还发现了那碗使用过的茶包,而且不只撕烂了其中一个,还花时间把所有的茶包都撕烂了。他一定是叼着这些东西在房间里乱飞,逗弄那几只兴奋快乐、不愿错过一场热闹聚会的狗狗,因为椅子上、餐桌上、厨房台面上、地板上、沙发上到处都是散落的茶叶和空茶包……到处都是木头碎屑,就像是一根小小的木头炸裂成了碎末一样。起初,我无法分辨出那是什么。后来我才明白——它们是放在电话机旁笔筒里的两支红铅笔的全部残骸。我注意到,乔治根本没有碰那些深颜色的铅笔。

当他把铅笔扔在地上时,狗狗们就扑上来,把铅笔咬成细小的碎片,然后把这些碎片散落在茶叶中。他们一定费了很大的劲才做到如此细致。

乔治也为铅笔头上的橡皮争抢了一番。地板上还到处散落着红色的橡皮筋,那是从每天送来的信件上取下来的,而我放在碗里的棕色橡皮筋,他一根都没动。趁我不在的时候,狗狗们和这只鸟一起办了一场派对,且乔治拿的每样东西都是**红色的**。

我给乔治一些我午餐吃的馅饼,那是苏和她可怕的男朋友来做客时我忘在冰箱里的一部分。乔治非常高兴。

我吃饭时，他坐在我的肩头上。透过我的工作服，我能感受到他的双脚轻轻地压着我，他胸部的羽毛紧贴着我的左耳。我时不时需要走动时，他也能轻松地保持平衡，稳稳地站在我的肩头上，一口一口地接住我递给他的馅饼，直到我停下来。这让我很开心。

他还喜欢玩餐具柜上玻璃碗中的绳球，用喙衔起绳子末端，忽左忽右地飞来飞去，这样绳子就不会打结，而球留在盛放它的碗中弹来跳去，变得越来越小。看起来，他好像要在厨房里编织一张巨大的蜘蛛网。我疲惫万分，感觉自己像是跟在一个过于活泼的两岁小孩身后，不停为他收拾烂摊子。

尽管乔治称得上一个破坏大王，但他每天都让我开怀大笑。有些时候，譬如就在今天，乔治落在又大又圆的漆面餐桌上，先用双脚从对面的桌边滑过来，为保持身体平衡不停地拍打着翅膀，好像是个滑冰新手因站立不稳而摇晃着双臂，最后摔倒在地板上。有时他会垂下一侧翅膀，一只脚踩上去，这样就可以挠他的头了；有时他会从椅子的弧形靠背滑下来，留一只脚紧紧抓住椅子不放。我还不得不把烤面包机盖上，以防他不小心拉在里面。

当我第一次在花园里发现乔治时，他还不会蹒跚走路，甚至还跳不到两英寸远。过了几天，他可以蹦蹦跳跳，蹒跚而行；两周左右，他可以走一点路了；三周后，他可以扑腾了；四周后（也许没有那么久？），他就能飞上一小会儿了。现在，他每天都能飞得更高一点。他先是飞到厨房椅子的高度，然后是餐桌，最后是我的肩膀。现在他都能飞上门楣了。

我注意到乔治的尾巴似乎一夜之间变长了一点，我看到他尾巴的黑色部分，居然略微带上了绿色、紫色和蓝色，非常漂亮。他好像突然间就长大了。

当他还小的时候，他总是让我抚弄他。然而，随着逐渐长大，他就不再让我那样做了，除非是他喜欢的新的游戏规则。我不得不承认这样一个事实，他正在长大。他一停在窗边，我便想放他出去飞，且深信他能度过一段快乐的时光。我只是担心他可能会被农夫、他的父母（它们不会认出他）或乌鸦杀死。我养育了那只鸟，所以现在我有养父母的所有忧虑。但我下定决心，明天就放他走。一想到乔治即将离去，我就好像被可怕的乌云笼罩着一样，但我也清楚地知道，圈养他太过残忍。如果他想离开，我也一定会放他走。

度过了自由飞翔的一整天

6月24日　星期天

我很惭愧。昨晚写完日记后，我下楼到厨房追乔治，转了一圈又一圈，直到把他抓住。他的心扑腾扑腾跳得厉害，拼命想要挣脱开来，又是尖叫，又是踢打。我轻轻地抱住他，鼻尖轻触他那乌黑发亮的小脑袋，直至他平静下来。我坐在那里哭了起来。我爱这只"该死"的鸟。

如果他真的离开了,我一定会非常想念他。但我绝对不会怀念遍布厨房的喜鹊粪便,那是对一个人的忍耐力的考验。

当然,在这个具有决定性意义的早晨我睡过头了,因为我两点才上床,而且我已经两天没睡觉了(除了在厨房沙发上和狗狗们、喜鹊一起休息了半小时)。工作室里堆积如山的文案工作最终让我无法忍受,来了一场真正的闪电战。所以,我赖床到了十二点。但为了乔治和狗狗们,我还是挣扎着起了床。我白天在花园里忙活一整天,只有晚上才抽出时间来处理文字工作和家务活——六月里,天很晚才会完全黑下来,所以仅有少许时间来做这些事。

我打开厨房的窗户,乔治费了好大劲才爬出去。(两扇维多利亚式垂直推拉窗,只有一扇能打开。)然后他就飞走了。我屏住呼吸,看着他飞到屋前的草地上。他似乎对这陌生的户外空间感到迷茫。而后,他又飞了回来,停在窗边的沙发扶手上,好像是为了查看他的"窝"是否还在。然后他又飞走了,这次他是从窗台跳出去的,腾空而起,飞向天空。我的心剧烈跳动,我能听到它击打着我的胸腔,在我耳边发出咚咚的重击声,仿佛这声音正在我的血液里传播。这让我想起了汹涌大海里海水拍击石头的声音。他飞走了！他飞向了无限的自由！

但我还是希望乔治能够回来，并且永远地留下来，这是无法回避的事实。突然，他在空中转身，一路俯冲，穿过厨房窗户，降落在地板上，滑行、跳跃，停了下来。然后他再次起飞，飞上窗台，飞出窗外，这让我感到一种从未预料到的失落。

他消失了一会儿，然后又飞了回来，冒着刚刚开始的暴雨，停歇在汽车的车顶行李架上。看得出来，他对这湿漉漉的东西以及雨水打在它羽毛和肌肤上的感觉很不解。他仰起头看向天空，抖落身上的雨水，结果变得更湿了。雨对于他来说很新奇。后来，雨停了，天暂时放晴，他就蹲踞在车库的房顶上。我不停地走出屋子查看他的行踪，希望他不要四处游荡，以防被人射杀。但我又热切地希望他会回来；我被这种矛盾情绪折磨得快疯了。而总是留心他又分散了我的注意力，让我无暇顾及我的分内事。

有一次，我去找乔治，看到他停在屋后的车库房顶上，就在屋脊线的最高处，正目不转睛地看着，聚精会神地注视着，一动不动。住在我车库另一侧的一对年轻夫妇刚刚回来，正在他们前院停车。我向他们打招呼，并开玩笑地嘱咐他们，如果他们看见乔治在附近逗留，请不要向他扔石头。我解释说，我知道喜鹊不被大家待见，但这只喜鹊是我一手养大的，我真的很喜欢他。不过，我一脸严肃地补充道，我知道他可能会被什么东西吃掉。这就是生活，他们的回答让我不禁心头一紧。

稍后，我看见乔治躲在我顶层浴室的窗台上，浴室在房子后侧，正对着车库。我暗骂自己为什么不在那里打开窗户，让他进来。我试着想象，一只小鸟置身于广阔的天地之间，面对这些他从未见过的树木和建筑，该是多么可怕。他无法把这些放进嘴里，看看它们是什么做的，尝尝它们是什么味道。若他认为所有人类都不具有伤害性，那他就大错特错了，而这正是我最担心的。

为了让自己不去想乔治，我开始在花园里忙碌起来。我用推车将一袋袋土块运到大池塘边，那是我为了除杂草，从现有花坛上挖下来的。在那里，我把土块有草的一面朝下，倒在刚好低于水面的有丁基橡胶衬里的架子上，这样我以后就可以在上面种植物，而下面的草就会枯死。小时候，父亲就教过我如何挖一排整齐的土块，把每立方的草皮翻过来，露出草根，埋住草面，这样杂草就会死掉，留下优质的棕壤来进行栽种。道理是一样的，只是换了种方式。

到了下午晚些时候，乔治又出现在屋前，四处转悠。他蹲踞在从一楼凸出来的单层维多利亚式加建房的房顶上。他沿着护栏来回踱步，熟练地迈着他"我是一只喜鹊"

的步伐。他昂首阔步，一边行走——或者说行进——一边把腿伸直，保持与身子呈九十度角的姿势。早些时候，我还看见他在车库房顶上优雅地跳着舞——是真的在跳舞，展开双翅，拉伸双腿，舞动双脚。

当他飞过林梢时，我感到一种深深的失落。但只要他好，我也会感到快乐，我这样告诉自己。我只是希望他有一个回归自然的机会。在厨房里，他熟悉每样物什，什么锅啦，盘子啦，置物架啦，橱柜啦，餐桌啦，椅子啦，还有狗啦，他显得那么叛逆，那么野性十足。但在户外，他又显得那么胆怯，那么渺小，仿佛觉得天空随时都可能砸在他的小脑袋上，将他压扁。他是花园景色中一个微不足道的小点。

我很清楚，户外的一切对他来说都是完全陌生的。乔治生来并不知道什么是树，不知道树叶的样子，也不知道天空有多广阔，更不知道他能否抵达云层。于他而言，其他鸟类也是新奇的事物，将会让他大开眼界。

"让他去吧，"我不停地告诉自己，"他只是一只鸟而已。"但对我来说，他不仅仅"只是一只鸟"。他的一举一动都牵动着我的神经，因为即使他不在我的视线之内，我也能感觉到他的存在。我的脑海里不断地闪现着乔治的画面，想象着他在厨房里捣乱，在毛斯的篮子扶手上打盹，在我的餐椅上把盘子里的豌豆藏进我衣服后面的口袋里。他已经为自己开辟了一片天地，我也让他这么做。

我在花园里继续劳作，挖土、种植、规划连接两个圆形花圃的小径（剩下的最后一点杂草很快也会没有了）。我一直忙到天黑，才发现乔治已经回到了他熟悉的地方：家。他从窗户跳进了厨房。因为不忍心让他有家不能回，所以我就一直开着厨房的窗户。他停在靠窗的橱柜顶上，这是他近期最喜欢栖息的地方。

他任由我把他抱起来，于是我把他放在敞口纸箱里用扫帚柄做的栖木上，并不是把他关进笼子里。我感到欣喜若狂、如释重负。我的小喜鹊又安全了，而我没有把他囚禁在笼子里。他度过了自由飞翔的一整天——然后回家了。

有他在家里过夜真是太好了。我觉得，似乎这样这个家才算完整，而且老实说，在领略过自由之后，他还能选择再次回到我身边，这让我感到受宠若惊。

我看着纸箱里的他，停歇在用扫帚柄穿过去做成的栖木上，他小小的胸脯一起一伏，脑袋紧紧地贴着一只翅膀的上部，胸前的羽毛蓬松柔软。我是如此爱他。

最喜欢的颜色

6月25日　星期一

我八点起床,去放乔治从厨房窗户飞出去,但没想到会下雨。倾盆大雨下了一整天。地下室的积水深达三英寸,这是以前从未发生过的事情。积水浸泡了旧松木工作台的桌腿、装有锯末和木屑的纸箱,以及大量为装修房子而锯好的木材边料:门、橱柜、地板,还有用来安装地板的各种工具箱,推台锯的支撑脚和曲线锯,以及那一箱箱未整理出来、需要归类装进收纳箱的杂物,譬如螺丝、门把手、窗帘杆以及其他能钻孔或刨削木头和金属的工具。

就连宽阔的车道也被雨水淹没了,女邮递员不得不沿着中央花坛边上凸起的铺路石边缘行走,这样走到门口才不至于湿脚。我透过厨房窗户看着她在如此狭窄的砖路上保持身体平衡,湿漉漉的靴子扑哧扑哧地响,防水夹克随风飞扬,宽大的帽檐使雨水聚集在她眼前,形成了一道瀑布,不由得对她佩服得五体投地。这是一场可载入史册的特大暴雨。我吃着早餐,乔治像玩偶盒里的奇异小人一样在餐桌和椅子间蹦来跳去。尽管我一直为他开着窗户,但他既然已经历过雨水的洗礼,可不想再被淋湿了。

他时不时地跳上窗台，盯着窗外看，摇一摇他那充满疑惑的小脑袋，随后又在厨房里跳来跳去。显然，他非常向往自由，想要飞出去，但还没有笨到要去对抗这场如此强劲的雨水，或者遭受水涝，这可是会让他最近唯一能保持在空中飞行的技能荡然无存的。尽管我很开心他能主动回家，但我还是很担心他会依恋室内。毕竟想要他保持安静，那是绝对不可能的。

在上午晚些时候，我们的清洁工玛丽来进行每周一次的大扫除。这时乔治还待在厨房里。当乔治跳到她浓密的头发上时，她先是一惊，缓过神后，她似乎还挺高兴的。（我撒了个小谎，告诉她这其实是一种荣幸，不过她觉得头骨被啄有点难以接受，道歉很有必要。）在她仔细打扫卫生的过程中，乔治一直待在角落的橱柜顶上，密切地注视着她。他对玛丽感兴趣，这并不是个好兆头。我能感受到这一点。我禁不住想，她那浓密的波浪卷发在他眼里一定是道相当不错的树篱。

玛丽嫌弃地抽了抽鼻子，宣布她在厨房沙发靠垫下面发现了两小坨干狗屎。问题是，狗狗们一直被训练使用狗砂盆——就像猫那样——我把她们的砂盆放在杂物间的角落里。所以很显然，乔治是罪魁祸首。他无法分辨物体。只要是感兴趣的东西他都会玩一玩，然后藏起来。不过，为什么这小小的干巴巴的狗屎也值得收藏，令我百思不得其解。

玛丽走的时候已经是午餐时间了,雨势稍微小了一些。乔治冒险飞了出去。随后又飞了回来。一会儿飞出去,一会儿飞进来。然后他又一次飞了出去,回来的时候却搞错了窗户。这是个愚蠢的想法,因为那扇窗户是关着的,他一头撞到窗玻璃上,差不多把自己撞晕过去。那就是他一整天都在做的事,一遍又一遍,但在首次碰壁后,他就避开了那扇紧紧关闭的窗户——至少他长了点记性。

我现在确信红色是他最喜欢的颜色:他把一只已经熔化的红色的晚餐蜡烛啄得粉碎,把剩余的红色铅笔叼到外面某个地方埋藏起来,狗狗们某个玩具上的红色小绒球缀饰也不见了,而且,现在他知道我把各种东西都放在哪儿了,于是我从邮件上摘下来并收集在一起的红色橡皮筋又散落在厨房地板上了。那只红色杯子(用来装他扔给狗狗们搞破坏的红色铅笔)今天也被扔在了地上,摔得粉碎。我不知道不同的颜色对他有何种吸引力,还是他看到的颜色与我所看到的压根就不一样。我试着用一个绿色的线球逗他玩,结果,他不喜欢它,却被米黄色的线深深吸引。

晚上八点四十五分,我关上了厨房窗户,希望他能在里面安定下来。结果恰恰相反,他把炉灶旁陶瓷花瓶里的各种烹饪用具——长柄木勺、锅铲、土豆捣碎器、意大利面捞勺，各种各样勺子都试了一遍，看能否把它们取出来，但因为高度不够，一个也取不出来。接着，他又开始仔细检查我放在微波炉旁边的一盏小台灯的小灯罩，看看它的顶部、底部和侧面嚼不嚼得动。他还一遍又一遍地啄着台灯金黄色金属圆形底座上的光亮，试图啄掉它，好像他能抓住光本身似的。

越来越多的狗粮饼干被他藏在沙发坐垫侧边的下方，这让维吉特和斯尼克斯陷入了疯狂。她们闻到了饼干的味道，却怎么也弄不出来，尽管她们疯狂地刨啊刨。（乔治有这样的本领，他能像缝衣服一样，把小饼干块向前推进缝隙里；他会用力，他的头和喙就像针一样。狗狗们的鼻子小小的黑黑的湿湿的钝钝的，脑袋大大的白白的圆圆的绒绒的，根本没希望够到这些藏起来的零食。）

我给了乔治一块煮熟的螺旋意面——前几天我给他尝了一点，他很喜欢——然后我就不得不看着他在房间里飞来飞去，想找个地方把它藏起来。他停在一个又一个厨房用具上，一边把意面撕碎，一边大口吞咽。他停踞在杂物间的门框上，嘴里含着意面，试探着门上方合页和门框接合处的缝隙。但不知什么原因，他似乎都不中意，于是他试着把面塞进我挂在门后的两件工作衬衫的褶皱里。我以为他会把意面塞进某个胸前口袋里，但这些口袋的扣子都是扣上的。眼见为实，最终，我发现他把它塞进了其中一件衬衫的衣领里。

尽管我痴迷于乔治，把他当作我生活的一部分，但也不乏这样的时候，我真的想拧断他那细小的、黑白相间的喜鹊脖子。那天晚上，我没把他关进笼子里。因为他太难抓住了。心想"能有多糟呢？他大部分时间都会睡觉的"，我就让笼子门开着，由他和狗狗们一起待在厨房里。

永远无法认出他来

6月26日　星期二

我披上晨衣，匆匆下楼，急得连衣服都没穿好，就给乔治打开了厨房窗户。我不想他在室内多待一刻。我脑海里想象着他窒息的感觉，他仰望着玻璃窗外天空的沮丧，还有对横亘在他小小的身体和天空之间的障碍物的愤怒。

最大的一把菜刀掉在地板上，就像一个凶犯随手把它扔下的一样。一把木勺也从餐具盆里掉了出来，躺在炊具旁——显然，他试了一遍又一遍，直到成功将这些东西弄了出来。我注意到装木勺子的容器旁有一个蛋糕烤盘，这可能是他取勺子时搭脚用的。此外，和往常一样，地板上到处都有一小摊一小摊的鸟屎。随后我还发现有狗屎。天啊！这可是一件新鲜事。乔治把狗屎从狗狗们用的便盆里拿出来，撒在杂物间里他用过的笼子里——他这么做实在太恶心了。厨房沙发的上面、后面以及靠垫下面（这是他藏最喜欢的东西的地方）还有更多的狗屎。那时，如果我手中有网球拍的话，我可能会把乔治当作网球快速发出去。

我戴上黑色橡胶手套，疲惫地把它们清理干净。我用了整整一卷厨房卷纸和一壶强力消毒剂，同时低声数落着他顽劣的喜鹊本性。

乔治自己这时就像一只疯狂的蝙蝠。以前，他早晨看起来就非常狂躁，把他头天晚上友善的喜鹊样子抛在了脑后。他每天都像从头开始认识我一样。但是今天，他相当狂躁，相当疯狂。他惊恐不已地在我头顶上从房间的一头飞到另一头。我任由着他。他不仅没有从开着的窗户飞出去，还变得愈加狂躁。他惊慌得无法找到他通常飞出去的出口，而是试图在固定的物体间找到一条出路。他重重地撞到了墙上，又撞到了紧闭的门上。我只好听之任之，直到他最终似乎是不小心弹到了窗台上，用他越挫越勇之下焕发出的全部力量将自己推向天空。

随后我收拾心情，勉强地鼓起勇气，关上窗户，让乔治在外待上几个小时，自己照顾自己。这让我感觉自己像个坏母亲。我左右为难，既想鼓励乔治变得独立，又想让他一直待在家里，成为我永远的鸟宝宝。但一想到狗屎事件，又觉得他的离开或许是件好事。我再也不想面对这样的事情了。

到了下午，乔治像个小流浪汉一样在屋后的车库房顶上徘徊。他看上去感到迷茫又孤独，于是我走进小后花园叫他。他飞下来，坐在我旁边的栅栏上，但不肯到我肩头上来。我和他一起坐了十分钟，他让我抚摸他的喙，逗他玩。在户外唤一只鸟，招之即来，还可以抚摸他，这是一种奇怪的感觉。

为了犒劳乔治，我给他抓了几条虫子，但他不愿意像以前那样从我这里拿走。我把虫子放到地上，这时他才到我脚边来享用。我有点生气，他一直在和我保持距离——我们的关系也越来越取决于他了。

为了给他找到一条真正的**大**虫子，我搬起旁边的一个陶盆罐，盆底下果然有条特大的虫子。乔治对此很开心，但他没有整条吞下，而是把它撕成小小的碎片，我则因为想到虫子的痛苦而坐立不安。

晚上九点半左右，我从花园回到室内，发现乔治乖巧地在橱柜上的角落里安安静静地休息。这变成了一种快乐的模式，我欣然接受，就像我全心全意地接受了乔治一样。前夫不在这里，他已吃过晚餐，正在卧室看电视。在我看来，即使我们生活在同一屋檐下，见面也越来越少了。

我轻轻抱起乔治，把他放在纸箱里的扫帚柄栖木上。他任我摆弄，只发出一声微弱的抗议。这是我们心照不宣的中途之家——随后我会把他移到笼子里去。我很难不去抚摸他那蓬松的羽毛，拥抱他。他半睡半醒的样子和完全清醒时趾高气扬的样子完全不同。但他依然还是一只很小的鸟。当我在外面看到他父母时，它们的体量是他的两倍。它们吃得很饱，身体滑溜，神采奕奕。看见它们我感到很惊讶，因为我以为它们在暴风雨摧毁它们的巢穴后就已经永远离开了。我知道那是它们，因为它们似乎已经完成了部分重建工作。看到它们继续过着快乐、无情、愉悦的喜鹊生活，我感到一阵心酸：它们的孩子都消失了，这里有一只是我救回来的，它们却永远认不出来了。

两难选择

6月27日 星期三

乔治早晨的情况越来越糟，我也一样。我又起得很早——至少对我来说是很早的，才早上七点。一开始我感觉还好，但在一天接下来的时间里，我感觉像脸猛地撞到了墙上一样，眼睛感到刺痛——是累了吗？是压力太大吗？我是在睡梦中不知不觉哭了吗？还是我得了什么病？我顾不上刷牙，就径直下楼把乔治放飞，让他在外面度过这一天。

哦，如果说昨天他像个野东西，那么此刻他就更糟糕了。我像往常一样，打开厨房右手边的窗户（另一扇窗户没有窗镇[1]，无法保持打开），而乔治径直冲向左手边显然是关着的窗户。他把自己撞晕了，向后跌落在沙发上。在跌落过程中，他抓住了狗狗们用的毯子，刚好把自己盖住了。他像一只受惊的飞蛾落下来，上下扑棱着翅膀，耷拉着小脑袋。我抱起他昏过去的小身板，感觉他很热。他全身发烫。我呵护着他，对他呢喃私语，抚摸着他那受到重创的小脑袋，直到他苏醒过来。这样痛苦地持续了几分钟，此时此刻，在他珍贵的小生命面前，

---

[1] 英国老式建筑中用于保持窗户开关状态的一种铁制器材，一般为棒状。

狗屎事件突然显得微不足道了。

如果他真的死了怎么办?当他开始有微动时,我忍住把他抛向空中看他是否能飞起来的冲动,通过开着的

窗子的缝隙,把他放在外面窗台上。他站了起来,伸出一条腿,仿佛要表演蒙提·派森[1]喜剧团的滑稽步一样,刚迈出一步,就从窗台的边缘摔了下去,掉在地上,蓬成一堆羽毛。请原谅,我忍不住笑了。至少他还活着。

我趴在窗台上,看着他跌跌撞撞地站起来。他仍然有点眩晕,脚步踉跄。但两秒钟后,他就像一架低空飞行的轰炸机,用一种令人过目不忘的、信心十足的喜鹊姿态起飞了。他向着假山和橡树飞去,离他相见不相识的父母仅一树之遥。

当我在外头劳作,种树栽花,开挖更多的花坛,满足我想用开花植物和灌木种满花园的每一个角落的愿望时,乔治正在屋前蹦来跳去,这是他目前喜欢做的事情,但始终若即若离。他多次从开着的窗户跳进跳出厨房。有一次,他正在地面上,他的父母中的一位从房屋篱笆上方的冷杉树上飞下来看他。这只鸟看起来丰满而有光泽,绿蓝黑相间的翅膀很漂亮。它让乔治相形见绌。他落下来时,乔治抬头看了一眼。他的左翅膀比平时耷拉得更厉害了,头上的小秃斑让他看起来真像个小邋遢鬼:

---

[1] Monty Python,英国六人喜剧团体,是一个超现实幽默的表演团体,创作有英国电视喜剧片《蒙提·派森的飞行马戏团》,对喜剧产生了巨大影响。——译者注

对比之下，他是如此瘦小，如此寒酸。哦，我对他骤生一股怜意。

乔治看见那只漂亮的喜鹊正在审视他，突然惊慌地飞走了，落在前门旁一丛常见的月桂树灌木丛里，仿佛是被人无意中击落一样。当然，尽管乔治在厨房的镜子前坐了几个小时，但他并不知道自己是一只喜鹊，所以这只黑白相间的怪物一定把他吓了一跳。

近黄昏时分，乔治跳进了厨房，我九点半进屋时就把窗户关上了。他是如此平静，与早上的他完全不一样。这正是我喜欢他陪伴的时候。他很细心，也很顽皮。他用喙轻轻地触碰狗狗们，在地板上跟在她们身后踱来踱去，然后狗狗们又跟在他身后踱来踱去。我坐下来写字时，他就来拉拽我手里的圆珠笔，围着我在餐桌上涂鸦的笔记本来回踱步。无论我在沏茶还是煎西葫芦，乔治都在我的手肘边注视着我的一举一动。

我想着明天驱车去伦敦，该如何安置他。如果把他留在外面，那他就要在外面待一整晚。我担心他离地面太近会受到野猫的伤害。如果让他待在室内，我就不得不把他关起来，免得他把厨房弄得乱七八糟。我脑海里浮现出他疯狂想办法的画面，就好像是我看着我笼子的栏杆，而栏杆外是各种各样的玩具、广阔的空间和无限的自由。我体会到因无能而产生的强烈挫败感，然后渴望挑战极限，突破束缚，找到一个可以逃出去的漏洞。我可能会在我这片小小天地的边缘又撕又咬又踢。我可能会尖叫着要求被释放出去。最后，我筋疲力尽，痛苦万分，闷闷不乐。等我再次见到捕捉我的人时，我会因这次监禁而惩罚他们。

最终，我说服自己这只是二十四小时的事情，至少回家时他还活着。于是就像一个骗局，趁乔治温顺的时候，我把他从纸箱栖木上挪入笼子，以备不时之需。每次我去伦敦，这样的两难选择总是折磨着我。因此，如果乔治要成为我们的固定成员，那么我们就要抵制去城里的诱惑，避免一起出门。然而，我的生活肯定不应该只是为了满足一只喜鹊的需求吧？

不安的感觉

6月28日　星期四

我和前夫将驱车前往伦敦一天，于是我把乔治关在笼子里。笼子的一部分被盖住了，这样他就可以在昏暗处打盹。那是他仅有的安全空间。当我们驶出自家车道时，邻居家的一只猫咪正从我家花园从容走过，好像是在证明我的决定是英明的。

见了奥尔文后,我们参加了《泰晤士报文学增刊》举办的一个非常愉快的派对,回到家后却发现座机上有给我的留言,说我在《泰晤士报》上的诗歌专栏将从目前的整版缩减至半版。专栏不再称为"诗歌",而改为"周一诗歌",这不禁让我联想到了"周日布道"。我有种不安的感觉,我的专栏时日无多了。这种不安放大了我与前夫之间的收入差距。他目前根本没有收入,我的工作收入维持着我们的生计。

前夫说,失去专栏会是一个机会,让我有更多时间绘画,更经常地回归画展。这也意味着他能参加展览,因为我经常组织联合画展。

乔治在笼子里睡觉。他的栖木下方是多得难以置信的喜鹊粪便。我想知道他的消化道工作得有多快,才能在短短几个小时之内如此高效地完成从食物到粪便的转化。

一段疯狂的喜鹊舞

6月29日　星期五

在与《泰晤士报》讨论我的专栏后,我比以往任何时候都更有一种即将终结的感觉,这让我觉得自己好像站在一片流沙上。我不禁自问：我们活着为了什么？无论怎样我们都要努力过好每一天，这是我的原则，但如果一切都使人疲惫不堪呢？有时我觉得好像需要某个人来接手一些工作，承担一些责任，这样我就有时间喘口气了。

晚上，我坐在沙发上，给加利福尼亚的一位好友打电话，倾诉我对未来的担忧。这时乔治飞过来了。他跳起了疯狂的喜鹊舞，他小小的脑袋顶着竖立起来的羽毛，快速地旋转、回旋，把小脚踢向空中，像是在走鹅步。他趾高气扬地走着，快速地旋转着，仿佛他脑袋里有音乐在播放似的，而后又自己走回来，重跳一遍。他想引起我的注意，而且知道来段这样的表演就会产生效果。

他在笼子的盖子上休息。我轻轻地抱起他，抚摸着他温暖的小身体，然后把他放在笼子里的栖木上。他现在很高兴待在笼子里。当他在杂物间的时候，他就会飞进笼子里，在里面跳来跳去，或许笼子已不再让他感到害怕了。一旦乔治安全地待在笼子里，狗狗们也就安定下来过夜了。

我正在为我的书《走出灰烬》写诗。当下次乔治在我面前栖息时，我为他的表演写下了这首诗：

乔治

他翻弄着
胸部和翼窝里的羽毛
好像在洗衣篮里
找袜子。
始终找不到
他张开锋利的喙
摩挲每一根后翘的尾羽,
他的胡桃夹子伸到了每根尾尖
一根根掀起,几乎扯到耳边
他翻得那么一丝不苟
就像一个丢了钥匙的人。
他抖动羽毛
泛起黑白相间的小气泡
然后整羽停当
他的尾腺油光闪亮,
像开关一样忽上忽下。
他停下来查看牙签似的
伶仃细脚。
他试着向前挪一小步,
像在推一个小小的行李箱。
起步,跳跃,旋转,大步向前,

他加速继续转圈，

高抬腿，高抬腿，跳啊跳，

他在跳喜鹊舞

满脑子洋溢着喜鹊的旋律。

想要留住他的罪恶感

6月30日　星期六

建花园的头两年，我搅拌了二十五吨混凝土和砂浆，使用了一百吨石头，铺设了几千块铺路砖，对我来说，花园才开始初具雏形，但我想要打造景观、栽种花草树木的愿望没有丝毫减弱。我会一直坚持下去，直到用尽花园里的空间。我想，我还会在某个地方为乔治建造一座什么样的鸟舍……万一他不想离开呢。但建在哪里呢？很快，我便把这个想法搁置一边，因为这太难了。暂时就这样吧。

今天早上，我做的第一件事就是打开厨房窗户前的笼子，把乔治放出去。前夫劝我在他飞出去以后把窗户关上，希望阻止这只鸟飞进来。他听起来言之凿凿。虽然这样做可以减少室内的喜鹊粪便，但即便天气寒冷，我也宁愿开着窗户。然而,"我是在鼓励这只鸟**不要**回到野外去"的想法,让我对想要留住他产生了深深的罪恶感。

大雨断断续续下了一整天,到上午晚些时候,早早出门的乔治浑身湿透,在前院和厨房窗台上跳来跳去,显然是想回到屋里来。我心中生出一股强烈的怜悯之情,于是让他进来了,雨水从他的喙尖滴下来,湿透的羽毛紧贴着他瘦小的身体。

哦,他跳进屋,甭提多**高兴**了。他成了只落汤鸡。他趴在窗边的沙发上,尾巴左右摇摆,像一束柔韧的小桦树枝在轻拂、甩动。他用喙刮着翅膀和尾羽,用力把雨水刮出来。他一边把自己拧干,一边给自己涂抹油脂。但当他再次跳出窗外那一刻,我不得不关上窗户。我和前夫准备外出吃午餐,乔治太兴奋了,不能把他留在厨房里。自从他发现自己能从刀架上拔出切肉刀后,便经常这样做。无论他把什么东西扔在地上,狗狗们都能玩上好一阵子。

五点半左右我们回家时,乔治立马又出现了。他似乎一直在附近等,密切注意着我们。他从敞开的窗户跳了进来,像挥舞手臂那样张开双翅,在厨房里四处跳跃,在地面上东奔西跑,然后停在餐桌边挨着我的椅背上,盯着我正在吃的东西。他看见我似乎非常开心,事实上,是我看见他非常开心。你很难拒绝这样一只喜鹊：他滑过餐桌来到你手肘边，抬头看着你，头歪向一边像是在研究你，然后跳一小段轻快的舞蹈。

有一下他落在餐桌上，以一种几乎不可能的后倾角度滑到桌边，随后坐在毛斯的篮子提手上，往她身上拉便便，所以我又不得不用湿毛巾把她擦洗干净。

他探究各种事物，研究它们是否能吃，譬如我的鞋子、袜子、脚踝，餐桌上翻开的园艺书、钢笔、纸张、报纸、汽车钥匙，还有炉灶旁收纳盒里的厨具。他对一串房屋钥匙饶有兴趣。不管怎么努力，他都搬不动它们。于是他把它们拖到桌边，扔到地上，就地攻击它们，用喙啄它们，好像这样能够杀死它们一样——他不达目的不罢休。啄了几次后，他先用脚拖，后又用喙拖，试图把它们举起来，直到暮色降临，他精疲力竭才放弃。

我感到十分有趣，不想离开房间，但也没时间坐下来观看，于是我就在旁边做一点事。我准备了一些食物（削好皮的土豆、胡萝卜、欧防风和一些腌菜），或为我的《泰晤士报》诗歌专栏翻阅几本诗集。

当乔治停栖在他笼子的盖子上时，他就把头蜷在翅膀下，闭上眼睛，开始迷迷糊糊时，我就可以把他移走过夜了。我不知道要过多久他晚上就不再回家了——但我坚信他**总会**回家的。除非有人射杀他。

七月

慢性疲劳综合征

7月1日 星期天

即便乔治对我前夫表现出了明显的喜爱,但前夫还是越来越无法容忍。今天乔治一出去,他就根本不让我打开厨房窗户。但这可能与他正在做烟熏三文鱼、格鲁耶尔干酪迷你派和坚果小馅饼有关,因为我们要请三位近邻喝茶——而这些馅饼是乔治无法抵抗的美味。

今天我的背一碰就痛,于是我毫无睡意地在床上躺到了中午,但还是在客人来之前清理好了厨房,换好了狗的便盆。我感到一种慢性疲劳,同时对诗歌专栏版面的缩减感到一种隐隐的、深深的悲伤,因为我担心专栏时日无多了。我不知道这两者是否有关联。

整个下午,乔治时不时地、反反复复地落在窗台上,透过厨房窗户往里看,仿佛在纳闷我为什么不让他进来。

看着他那张充满希望的小脸,对这莫名的拒绝感到困惑,他的脑袋左右摇摆,似乎是为了让自己更引人注目,他又用尖细的喙轻敲窗户,试图吸引我的注意;他将胸脯紧贴在玻璃上,仿佛可以挤进去,试图透过玻璃表面的反光看进去,这让我感到很痛苦。

下午四点,邻居们都来了。有一阵,乔治三次飞到窗前,啄着窗户,要求进来,我不得不忍住。餐桌上食物太多了,连我也不敢贸然让他进来。

六点左右,我和客人们还一起坐在餐桌旁,一阵贯穿身心的疲惫感席卷了我——那是一种真正蚀骨噬心的、精疲力竭的、语无伦次的疲惫感。这种疲惫让我双脚、双臂无法动弹。我迫切需要离去,躺下来,太迫切了,但我又不能这样做,所以干脆直到邻居们离开,我都保持沉默,让前夫代表我们俩和他们交谈。我所能做的就是努力微弱一笑。我发现自从患上慢性疲劳综合征后,见人有时会让我发病,因为同他人打交道时,需要投入一定的精力,无论是精神上还是体力上。有客来访往往会耗尽我的精力。

1994年生活在澳大利亚时,我患上了慢性疲劳综合征。当时我迫于现实境况(完全是自找的)六个月无法绘画和写作,压力巨大:装修房子以出售、找房子、打包行李、搬家,再装修另一栋房子。我的每一根神经都在渴望回归工作。我想念我的颜料和电脑,每天都在数日子,直到我能拿起画笔的那天,然而又被说服再等两个星期,与我当时的伴侣和他的三个孩子一起"去度假"。正是这趟旅程导致我发病:我真的认为这个病是"不工作"造成的。有什么东西突然断裂了——我感觉到了。

何以开始

起初是一阵细微的

金属丝断裂之声

就像我头脑中的一根琴弦

在驶往澳大利亚南部的旅途中,

我,是一名乘客。

那尖锐而哀怨的音调

钩破我的心神;

不祥的预感随之而来

有点不对劲。

停车时,我发现

旅途中我的双脚

像被焊在了车底板。

我试着屈膝抬腿

但连着肩膀的

手臂关节

失去了支撑点。我的伴侣目瞪口呆

无法相信我不能动弹;

他怒气冲冲,

腾挪我的四肢,把我从车里搬下

强迫我站起来。

如果为了躺下我必须死

在那条人行道上

我将立刻倒地

魂归九天。

几周后,

这个病久治不愈

验血开始了,

随后是CAT[1]扫描

和精神检查

以排除抑郁症的可能。

他们发现我神志清醒

只是受ME[2]折磨。

---

[1] 计算机断层扫描,一种利用成像媒介(如X射线)与高灵敏度探测器,围绕人体或物体的某一部位采集数据,并重建出断面影像的一种成像方法。
[2] 即前文所说的慢性疲劳综合征,又称肌痛性脑脊髓炎,英文全称为"myalgic encephalomyelitis",缩写为"ME"。

我无法阅读,不能集中精神,
我双腿僵硬
寸步难行,也无法交谈;
我张口结舌
话不成声。
我血瘀脉阻,
如混凝土般滞涩,
使我的大脑无法工作;
差不多四年后
我才恢复阅读。
如今,茶里加糖与否
这么一个简单的问题
都能让我分辨不清,
睡眠不再是
休息和醒来,而是
跋山涉水,蹚过大脑的泥泞,
于是,等我睁开双眼
所有的体力和认知能力
都已消耗殆尽。
一天的行动如琴弦般
长久悬置。
尽管我愤怒不已

尽管我竭力反抗，
我所熟悉的生活
结束了。

因此，我需要不停地工作。对我来说，满足写作、绘画制作和创造的冲动就像呼吸一样。但是自从患上慢性疲劳综合征，我发现尽管看似痊愈，但这样或那样的压力都会导致它复发，这只是时间问题罢了。

* * *

尽管最初的疾痛从 1994 年 2 月持续到 1997 年 10 月，但之后的一切都变得更加困难——确切地说是更费力——因为我的专注力再也没有完全恢复。而同时患有读写困难和多动症意味着我不得不做出巨大努力，才能变得"够好"。我担心患病前思路清晰、反应迅速、思维敏捷的大脑再也无法像以前那样为我发光发热了。（我拒绝了开给我的治疗多动症的利他林，因为我知道大脑就是我能与其一起工作的大脑，多动症提供给我的精力能帮助我弥补慢性疲劳综合征带来的疲惫，只要我能集中精力，全力以赴。）

邻居们刚走,我就打开了厨房窗户,这时前夫也做出了让步。我呼唤乔治,他立即出现在眼前。他从外面的窗台跳到厨房沙发上。我如释重负。

电话铃响了,我坐在沙发上接听,乔治趴在我的膝盖上,仿佛是为了更加仔细地检查我的身体。他在沙发上跳跃,摇着喜鹊尾巴,昂着脑袋,左看右看。允许我和他一起玩耍,让我一遍又一遍地抓起他的喙。他似乎在戏弄我:"瞧,差点就抓住我了,但还不行呢!"

然后,他飞向厨房岛台,在那里他重新发现了打击乐器:他在所有面食罐的盖子上跳来跳去,然后又跳到两个又大又圆的蛋糕罐上,在上面跺脚,好像很喜欢这种声音。他的跺脚行为毫无逻辑可言:他不是从这个罐子跳到那个罐子,也不是在盖子上走直线。不,他只是在盖子上反复跳来跳去,砰,蹦一下,砰,砰,**砰**!

最后,乔治停在一只玻璃水果碗的边沿,小爪子紧紧地抓住碗边,羽毛蓬起来,头缩在胸前,直到我把他移进笼子里。感觉他的身体长了更多肉,似乎更结实了。

乔治是一只活蹦乱跳、不受管束的鸟,但我不可能不爱他。我无法真正想象他那小小的喜鹊脑袋里在想些什么,但对我来说,有趣的是他的滑稽行为使他变得人性化了——他有鲜明的个性、明显的癖好和非常清晰的思维过程。

想象所有鸟类的生活,不管是小鸟还是其他鸟,我想它们在孵化、羽化、迁徙、择偶的过程中一定历尽千辛万苦,它们小小的身体受本能驱使,靠可以想象得到的最细微的血管补给。我看着乔治的双脚,心想那毛细血管该有多细啊,然后把他与麻雀比较了一番。

瞧,我能飞啦!

7月2日 星期一

今天我又感到十分疲惫。难以置信的疲惫。昨天,在邻居来访时,突然一股沉重的疲惫感袭来,压得我喘不过气来。今天早上,情况更加糟糕。即使睡了八个小时,我也几乎无法从床上起身。玛丽来的时候,我勉强睁开双眼,含糊不清地给她交代要做的事情,却忘记提醒她备用浴室需要打扫。然后我和狗狗们一起倒在厨房沙发上,瞬间人事不省。我已经把乔治从笼子里放出来,让他飞出了窗外。我无法思考、行走、交谈或做任何事。我像卷心菜那样蜷缩着,直到玛丽下楼来打扫厨房。

我拿着报纸和一杯茶,回到了位于房子二楼的工作室。我想在再次入睡前喝点茶,这次是躺在工作室沙发上(或许这就是我在每个房间都摆放一张沙发的原因)。

我不可能睁开眼睛，思绪如渔网上的配重块般沉重。但我知道在这种情况下，对无法保持清醒而感到愧疚的话，只会让我感觉更糟糕。因此，我干脆决定等我能够站立和行走自如的时候，再更加努力、高效和专注地工作。

终于睁眼时，我感觉自己是在一个密不透风的箱子里醒来的。我决定强迫自己处理累积下来的一堆文件、邮件和信件。在此之前，我一直只集中精力处理那些非常紧急的事情，因为其余时间我都在外面打造花园。

乔治用喙敲打窗户的声音打断了我。工作室位于房子前半部分，可以俯瞰他喜欢玩耍的主花园。当我起身去看他时，他飞走了，仿佛在说："看我！我会飞！"

我在主花园种了常春藤和铁线莲，在房子和主花园之间的前院修建了石雕喷泉。整个下午的大部分时间，他一直在围绕石雕喷泉而建的五个蜘蛛网造型的黑色金属拱门上跳舞。

乔治羽毛蓬松，看起来漂亮极了，尽管他的左翼耷拉着，还有一些小秃斑。他一有机会就趾高气扬地翘起尾巴；他左右摇摆身子，抖动羽毛，搔首弄姿，翩翩起舞，不时飞向被前夫牢牢关上的厨房窗户边。尽管极不情愿，我还是试着支持前夫的做法，但至少乔治知道我在哪里，并确保我能看见他。

文书工作最终把我击垮，我感到疲惫不堪，傍晚一直瘫倒在厨房沙发上。狗狗们依偎着我,白天乔治几次在窗边叫嚷,最终还是获许进屋了。

一进屋,乔治就变得活泼起来。他给雷伯恩炉灶旁碗里的大蒜剥皮,然后试图把蒜藏在我躺在沙发上弯曲的膝窝里。接着,他又把它放进我牛仔裤的褶皱里,用喙把它往里推,尽可能塞进最里面。做完这一切后,他又把狗狗们碗里的一块饼干藏到沙发上其中一条狗毯子的一角下面,还不时走回来看饼干是否还在。每次他都故意掀起毛毯边,相当引人注目。斯尼克斯看着他,在乔治第三次查看饼干后,她用鼻子把饼干拱出来,然后吃掉了。所以乔治再来查看饼干时,困惑不已,四处找寻,看它是否掉了下来,或者滚到了什么地方,然后又检查原处,以防它再次出现,或者是他弄错了——让我感到好笑的是,他几次折回寻找饼干。他把目光投向沙发,又低头看沙发下面,然后走回来,再次掀起毛毯一角。饼干不见了:太神奇了!

晚餐时,乔治跳到离前夫最近的椅背上,接着跳上他的右前臂,然后又侧着身子上行到前夫肩上——绕过他的后脑勺,再沿着另一只胳膊往下走,还一直往他耳朵里面看,啄他马尾辫漏扎的头发,仿佛是为了把它们整理好。令我惊讶的是,前夫居然平静地容忍了乔治对他的检查。

乔治像个淘气的孩子。他把三只带磁性爪子的白色小玩具狗从微波炉上拖了下来（它们只有三英寸长，让我想起了我那三只真狗狗）。他以前就这么干过，斯尼克斯抓住了其中一只。她咬下了玩具的小鼻子和小眼睛，让它几乎面目全非。

常常不翼而飞

7月3日　星期二

今天有个好消息，我那半版诗歌专栏的稿酬将和以前一样。我瞬间轻松了很多。我的编辑打电话告诉我，他们不得不裁员三十人，而且为了节约纸张和油墨，报纸需要减少四个版面。能维持原有的稿酬，我已经非常幸运，我也明白这一点。

与此同时，现在无法忽视的事实是，斯尼克斯和乔治相互之间有了某种关系意识：今天乔治和往常一样，在外度过了一天，但好几次回来透过厨房窗户对着斯尼克斯欢叫，斯尼克斯则坐在窗户下面的沙发上，兴奋地期待着与她长有羽毛的零食供应商不时交流一下。因为乔治是和狗狗们一起长大的，和她们一个碗里吃饭，一个碗里喝水，和她们一起玩耍，所以一点不怕她们。

乔治晚上进屋时，像往常一样在厨房里蹦蹦跳跳、手舞足蹈，直到他看到厨房餐桌上我手肘边放着他最喜欢的皇家邮政的红色橡皮筋。我用它绑我正在写的笔记本的纸页。我之所以一直保存这些橡皮筋，是因为它们非常有用，但最近它们常常不翼而飞。我以为是前夫拿去用了，但也从没想过问问他。

乔治伸出喙去啄橡皮筋，他侧身悄悄地靠近它，同时从我身边移开。然后他试着用喙抓住它，但我紧紧地攥住，坚持不撒手，他拉了又拉，但因为他站在光滑的桌面上，所以一直朝我这边滑来，最后他放弃了。等他稳住脚，在几张报纸上站定，我又把橡皮筋递了过去。他果断地、出乎意料地一拉，把它猛地从我的手指间拽了出去，然后把它放到沙发扶手上，用一只脚踩住，同时用喙不停地拽。当然了，橡皮筋是有弹性的，因此每次他松开喙，它都会弹回来，啪的一声弹在他的脚趾上。他把自己的脚打得"啪啪"直响。

我大笑着跑进另一个房间去拿摄像机，但等我回来时，他已经把橡皮筋放到了窗户边高高的橱柜顶部。我爬到沙发上一看，发现那里有一大堆一模一样的红色橡皮筋。

乔治发现餐桌上有一碗葡萄,于是飞下来偷了一颗。他用喙啄这颗葡萄,直到把它从茎上摘下来。他依然把葡萄含在嘴里,飞出窗外。外面某个地方藏着许多葡萄,它们很快就会变成葡萄干,除非他吃掉它们。

窗户清洁工到来时,我提醒他要注意乔治。但当我从位于房子二楼的书房窗户往外看到乔治猛冲向面包车敞开的车门时,顿时惊慌失措。我飞快地跑下楼,双脚重重地踏在光秃秃的木踏步板上,差点从前门摔出去。乔治可能会做让自己陷入危险的事,我非常着急,脑海里浮现出他偷东西和调皮捣蛋的画面。我跑到屋外,发现车门开着,窗户清洁工正坐在面包车的驾驶座上,在阳光下享用他的三明治。乔治趴在一只男士工作靴上,啄着从磨破的皮革中露出的银色鞋头。窗户清洁工若有所思地嚼着三明治,注视着乔治猛烈地攻击他的鞋头。

吃饭时所有的乐趣

7月9日 星期一

乔治又一次被前夫禁止在傍晚时进入厨房,因为他在前夫准备我们的晚餐时偷走了食物。他先是叼起一大块花椰菜飞向空中,看起来像是一束喜鹊花,然后又叼起一块西蓝花。乔治会把他的战利品埋藏在前院的一处花盆里，或者一个新的花坛里，每次都会隔上几秒，然后他再回来偷别的东西。如果是我做饭，我一定会非常好奇，想看看在我眼皮子底下，乔治的偷窃行为到底有多肆无忌惮。

乔治并没有意识到他是多么容易就会变成一道咖喱喜鹊。他是一只投机取巧的鸦科鸟，而不是一只能学会礼仪礼节的鸟。但是，当我一边吃着乔治没有偷走的那部分食物，一边不得不看着他的小脑袋在用喙拼命地啄着窗户时，我还是非常痛苦的。因为斯尼克斯就在附近转来转去，凝望着他，满世界地寻找，那神情就好像渴望自己有本事能让他进来一样。乔治不停地用急切而高亢的叫声呼唤着斯尼克斯，像是在恳求她打开窗户。

只有在我们吃完饭后，我才有可能把乔治放进来，而不会与前夫发生争执。虽然很少有人会反对把用餐和喜鹊合理分开这种做法，但对我来说，这剥夺了我吃饭时所有的乐趣。

我注意到乔治的脚有些跛。我希望它有所好转，但他自始至终把一只脚抬起来，当需要用它来保持身体平衡或站立时，他才会用它。但一旦稳住身体后，他就会把那只脚收回腹部的羽毛里，让人看不见。当电话响起，我和朋友电话聊天时，乔治并没有停下来，而是继续在我身上（头、肩部、膝盖、脚）跳来跳去，狗狗们这时蜷缩在厨房的沙发上。他每次都这样做，这让我很着迷。

乔治不见了

7月14日　星期六

只要稍微有点精力，我就全力以赴地工作，何况我今天感觉更有力气了。然而，今天并不顺。

我打开厨房窗户让乔治出去玩一天，看见他在花园尽头的树梢翱翔时，我感觉他每次都飞得越来越远。

尽管我很渴望到花园里修剪、造型、种植和清理，但是我最终还是在建筑商那儿花了很长时间挑选柱子和篱笆桩固定钉，用来修建一个三开间的堆肥堆。这也就意味着我无法在乔治周围陪他玩耍。

下午三点左右，我回到了家，接下来的下午和晚上我就有充足的时间出去应酬了：我和前夫要去参加在卢德洛城堡举行的筹款晚宴。我既期待有个理由能脱下园艺装，精心打扮一下，同时又担心乔治。我努力不去想他那黑白相间的小身体在厨房窗台上徘徊，想要进去却无人在家，而两只迷迷糊糊的狗狗也爱莫能助（我没算上毛斯）的画面。我白天没让他进屋，因为我觉得晚上再把他赶出"窝"就有点反了,我担心这样做只会让他更加困惑。但他还是不见了踪影,仿佛有什么要事在身。

我们回到家时,天早已黑了,可并不见乔治的踪迹。我呼唤他,吹口哨叫他,却没听见他在空中掠过、飞进敞开的厨房窗户时那欢快的振翅声。我尽力不去想他栖息在了某根低矮的树枝上,可能会被猫或者狐狸抓住。我在想我所做的是否正确,我怀疑他明天是否还会回来。如果他不回来呢?我睡得很不好,只盼着天亮,想着如果他不回来,那都是我的错。

鱼和熊掌不可兼得

7月15日　星期天

我早晨醒来的第一件事是赶紧打开厨房窗户,呼唤第一次在外面过夜的乔治。我喊了一遍又一遍,乔治终于出现了。如果他足够大只的话,我一定会张开双臂拥抱他。他似乎很开心,有点警觉,也有点好奇。我习惯性地给窗台上的餐盆加满狗粮,然后又让乔治出去玩一天。但我放心了:他回来了,他没有死在泥泞田野的某个洞里。这让我非常开心,更加深信他一定会回家。我非常确定夜幕降临时他会回来——他确实回来了。

这晚,我又坐在厨房沙发上打电话。乔治格外开心,似乎是因为他又待在屋里了。当我把一只脚跷在另一条腿的膝盖上时,他就停在我的这只脚上,开始用喙梳理自己的羽毛。他站在我穿有拖鞋的脚背上,小身体的重量让我感到十分安心。在我人类的思维里,他似乎就是真的想要亲近我。然而,当我看到他衔着一坨干狗屎站在厨房壁橱上时,我的感觉就没那么好了。显然,他把它藏在那儿许久了。我追着他在厨房里转了一圈又一圈,想迫使他扔掉,结果随后就发现他在厨房沙发垫的一角还藏有一坨更新鲜的狗屎。

既然乔治在外面过夜没受到任何伤害,我觉得可以再把他关在外面,但也有点犹豫,因为我是个有分离焦虑症的软弱笨蛋。于是我把窗户打开,让乔治自己做决定。他变得越来越强壮、越来越活泼,这是件好事。我希望他能更多地待在户外。不过我也希望他一直回家。这就是所谓的鱼和熊掌不可兼得。或者说,我想要一只喜鹊,但不想要一只把干狗屎塞满厨房边边角角的喜鹊。

第二天,一场暴风雨即将来临。我让乔治在外面待了一会儿,但乌云压顶,雷声滚滚,暴风雨越来越近。我打开厨房窗户,大声呼唤着乔治,万一他想躲这场即将来临的暴风雨呢。现在已是晚上七点。他几乎是卡着点儿回来的，一下子跃进了厨房。随后，天空像是裂开了一道口子，电也停了几分钟——停了两次——倾盆大雨持续了二十分钟。真的像天上有人在倾倒浴盆一样。

乔治没再出去，而是吃起了我那块吐司上的扁豆泥，他一直啄着它，然后我又给他倒了一勺水果酸奶。我现在越发频繁地在餐桌上吃饭时喂乔治。我发现只要给他一小杯牛奶和一小碟属于他自己的食物，他就不会偷吃我的。他似乎正在形成所有权的概念：一种属于我的——属于他的意识。

斯尼克斯和维吉特非常想和乔治一起玩耍，因为他现在是一只水果酸奶味的喜鹊棒棒糖。她们使劲舔他，直到把他从沙发扶手上舔下来。然后他的小脑袋里有什么东西让他想起了狗狗吃的施玛科斯零食，他从我藏在水槽边折叠好的茶巾下的包装袋里偷了一点。他对我的观察很仔细，精确地记住了我放它们的位置。现在他逮住了机会，实际上，这些茶巾既数量很多，且一模一样，尽管这样，他还是准确无误地把脑袋钻进茶巾之间，如探囊取物。

早些时候，在烤好吐司后，我犯了一个错误，又忘了用茶巾把烤面包机盖住，结果乔治把一块施玛科斯狗狗零食塞进了其中的一个卡槽。随后我又发现了他藏在茶叶罐后面的狗粮饼干。或许他以为他已经把那里塞满了，于是想找一个新地方。昨天，当前夫在厨房餐桌上吃晚餐时，乔治想把一个橡皮筋藏在他的屁股下面，前夫难以置信地看着他，想知道这只鸟究竟要干什么。当然啦，他一如既往。

晚上十点左右，在书房工作了几个小时后，我下楼，把能看见的喜鹊尿液擦干净，然后把这只趴在笼子盖上昏昏欲睡的鸟放进笼子里。

我发现他正在长成年的飞羽。在他的一些翼羽根部，长有一层黑色管状幼羽。这些幼羽是新长出来的，且在不断变长。他对飞行也越来越有信心了。

就这样，乔治每天早上从厨房窗户出去，晚上回家，这种模式继续进行。现在他早上没那么狂躁了，好像他已经养成了一个习惯。我强烈希望这个习惯能够持续下去，一直持续下去。

一天，我在花园里看见一只很眼熟的喜鹊飞上了那棵巨大的大西洋雪松。我称它为"**那棵树**"，似乎它是唯一的树，因为所有其他的树顶多有它一根树枝那么大。它那巨大的树冠看起来似乎别有洞天。

那只在高远处的喜鹊被一群乌鸦团团围住，它们对它表现得饶有兴趣。它跳跃着冲出了重围，姿势和乔治的一模一样。我确定它就是乔治，于是我叫了他一声。那只喜鹊飞下几层树枝，这样我就能看清楚他那有点茸拉的左翼。它**就是**乔治。我的心抑制不住地狂跳起来——我欣喜若狂，那就是他，他在回应着我，让我感觉自己仿佛置身于某个曼妙的夜晚，将奔赴一场和我梦寐以求的王子的约会，他打开他那辆阿斯顿·马丁跑车副驾驶座的车门，于是我就灵巧地蜷进真皮座椅里。

乔治当然不会为我打开任何车门，而是又跳回那棵树的树梢。我朝那只小鸟呼唤，向他挥手。然后，他**翱翔**起来，那是真正的翱翔，飞出树冠，俯冲向下，越过石雕喷泉（那里有些高低不平，他不得不突然减速，否则可能会撞上），径直向我飞来。他离我非常近，然后从我头顶上方腾空而起，落在三层楼高的屋顶上，俯视着下方，仿佛在说："瞧瞧我的本领！"他着陆时仍有许多不足之处：站立不稳、动作笨拙。他在地面上弹跳了几下，完全停下来时，还需要跳几步才能稳住身体。不过他的新羽毛还在继续长出，他看起来不怎么像一只瘦弱的幼鸟了。

争吵一触即发

7月23日　星期一

前夫又想让乔治在外面过夜,眼看争吵一触即发,我感到很不安,只能以妥协来避免。他态度坚决,试图说服我这是最好的选择:"乔治是只野鸟,他现在就应该离开。"我心想,乔治在适当的时机自己就会做出决定的,但我觉得现在有必要先安抚前夫。

不过,午餐时我还是让乔治进屋来了。这时,他抓住机会,充分利用了在室内的时间。他围着餐桌蹦蹦跳跳,在地板上跳舞,追赶狗狗们,啄得她们夹住尾巴,然后又让狗狗们来追他。他从餐桌上的碗里偷了一颗葡萄,然后飞了出去。但是,在前夫的劝阻下,我整晚都忍住了,没有理会乔治对窗户的拍打。他小小的脑袋摇来晃去,一直向厨房窗户内窥视,纳闷我们为什么不让他进来。

我感觉我像是在缓慢地扼杀某些东西。我不忍目睹他越来越绝望的样子。我在内心深处咒骂前夫,但我也想知道他是否是对的。狗狗们跳上了沙发,对着窗户喘粗气,乔治在窗户外面对着她们叫喊,又拍打了几下窗户。

我的意志力和同情心拉扯之大,以至于让我想哭。

但这是一个不争的事实：乔治是只野生鸟，如果他不早点回到野外，气温即将变冷，也许他需要适应一下。

然后，夜幕降临，乔治没有像往常那样坐在厨房两个窗台中的一个上，等着进屋。取而代之的是一只肥硕的深棕色鼻涕虫。这只鼻涕虫发现了一点狗粮，正准备开始享用。它嘴里来回咀嚼着狗粮，一副津津有味的样子，我把这一幕拍摄了下来。我从未见过鼻涕虫吃东西，也从未见过如此硕大、能被我拍到进食的鼻涕虫。

我情不自禁地偷偷溜出去找乔治。他停在隔壁邻居家的烟囱上。看到他我欣喜若狂，看见我他似乎也极其开心。他飞下来玩耍，围着我又蹦又跳，从沥青碎石路面腾空而起，又在我的膝盖上蹦跶弹跳。我怎么忍心让他离开呢？

我回到屋内，前夫已不在厨房。于是在九点钟左右，天色变得相当昏暗时，我打开厨房窗户，乔治立马飞到窗台上。他一直在等待和观察。我微笑着迎接他的到来，把他放在厨房沙发后面的阴暗处，希望在前夫发现之前，他能进用毛巾遮盖着的笼子栖息。然而，他却停在杂物间的门头上。当光线太暗，看不清回笼的路径时，他就会这样做。于是，当我觉得他已经安静下来时，我就站上椅子，坚定但又轻柔地抓住他，把他放在笼子里的栖木上。他可以在那里一直待到天亮，没有人会注意到他。

乔治观察世界

他好奇的黑眼睛
擦亮了目光所及之处
万物尽收眼底
向左,向前
他的右眼重复着同一轨迹。
我不知道他的两种视线
是同时,还是分别显现,
每一种都由半个喜鹊大脑控制
指引他小心翼翼的喙尖伸进
我给他的冻干狗粮。
他的剪刀嘴又戳又撕
把袋子捅开,然后把头伸进
自己挖的洞
好像能找到什么东西;
他的方法,他的目的,
一只金色的窗帘环。

令人讨厌的习惯

7月24日 星期二

乔治的问题在于,他养成了一个尤其令人讨厌的习惯。这成了我越来越担心的问题。每次和陌生人接触时——实际上每个人都是陌生人——他都会跳到他们的头上。

开始,他只是围着他们在地上来回踱步,上下打量他们,好像在判断他们有多高似的。然后,他敏捷地向上振翅一飞,落在他们头上,弹跳着,也许一下,也许两下,然后再次落在地上或飞走,有时他还会发出咯咯的声音,仿佛在大声嘲笑别人。对毫无防备的人来说,这无疑是个惊吓——头骨上传来砰的一声,羽毛翻飞,或者颅顶微肿,几处爪痕。

今天,当邻居希拉前来给我几个会修缮屋顶漏水的工人的电话号码时,乔治一直在入户处,也就是在两根砖柱支撑着的两扇铁门处徘徊。他从一根门柱跳到另一根门柱,然后在铁门上方沿着边缘,侧着身子快捷而无声地行走,一只脚紧跟着另一只脚,看着我和希拉交谈好一阵子。我知道他在仔细打量希拉的头顶,于是我提醒她乔治可能会跳到她头上,但没有恶意。我向她保证不会伤害她,希望我说得没错。

起先，我还能用手挡住乔治，但最后，他像个足球运动员避开守门员一样，振翅向上一扑，落在她头上，在她头顶弹了一下，好像是为了测试她的头颅是否坚固和结实。希拉以她非凡的毅力忍受着这次鸟脚的袭击。当每个人都看着乔治时，他似乎从没有如此开心过：他在铁门顶端蹿上跳下，转身，滑行，再来个转身，俯身看我们，目不转睛。随后，他又在门柱间跳来跳去，穿过门洞，围着每根门柱的压顶石跳舞，然后又跳回来。我向希拉坦言，问题在我，不在这只鸟。我说，如果把这只鸟放在外面过夜，他会很好，我努力让自己听起来更有说服力，也许并不令人信服。因为我昨晚食言，前夫再次坚持要把乔治留在外面。

我**确实**让乔治在外面待了一会儿。我带狗狗们去花园里遛弯，乔治也跟了过来，一路连跑带飞，飞一段，跑两步。九点进屋时，我设法把他留在了外面，但不管怎样，他并没有在窗台周围流连徘徊。

事实上，他一直在远处待到九点半，那时天色更暗了。顿时，我于心不忍，打开了窗户。我以为不会发生什么事，乔治可能已经蜷缩在某棵树上过夜了。但大约十分钟后，他就像火箭般地飞了进来，展翅翱翔，径直穿过敞开的窗户，停在沙发靠背上。他似乎由衷地对回家感到高兴，围着椅背跳了半个小时。我坐在餐桌旁吃零食——前夫不在，由于我们还没整理好客厅，他就在卧室里看电视。我把灯光调暗，希望乔治像昨晚那样，在被前夫发现在屋里之前就已经睡着了。有那么一会儿，他确实停在杂物间的门头上，是我把他放在那里的。我非常希望他就待在那儿，如果他能抵住诱惑，不让前夫发现，那么就皆大欢喜。但乔治的胃出卖了他。

前夫饿了，走进厨房，想给自己做一份香肠三明治。刚开始的时候，一切都还好。我看见前夫前后六次从厨房走进杂物间，头也不抬地从乔治身下走过。乔治一直在连接门的顶端休息，头缩在一只翅膀下面，似乎睡着了。我忍住笑，一直看着，直到香肠的香味浓得让乔治无法忽视，他从羽翼中抬起头来，眼中闪烁着光芒，跟随前夫来到冰箱前。前夫转过身，发现乔治站在他身后的地板上，探询地仰望着他，想吃香肠。

哦，不，但事情并没有就此结束。乔治非常想吃前夫的香肠三明治，以至于当前夫因为这个不速之客的回来而非常恼火地坐下来吃东西时，乔治走上了餐桌，站在前夫的餐盘前，双腿叉开，好像在谈生意一样，看着三明治一块一块地消失进前夫的嘴里。他紧紧收拢翅膀，歪着脑袋，眼睛紧盯着三明治的每一个去向：上到前夫嘴里，下到餐桌上，一上一下，一上一下。前夫铁了心要逼走这只鸟——所以，一点香肠末也没有给他。

乔治等着，看前夫是否会改变主意。但他没有。在这种情况下，乔治可能意识到情况不妙，没有试图发起攻击。

何等炫耀，何等嬉闹

7月25日 星期三

今天下午，我在花园里推着割草机转悠时，发现乔治在屋顶上。我呼唤他，他就朝我飞了下来。请允许我试着描述当我说"飞下来"时，他是怎么做的。

他在离我有三层楼高的屋顶上高高振翅，然后俯冲下来。我说的是真正的**俯冲**，翅膀紧贴着他身体两侧。当他朝我劈面飞驰而来时，可能来了两次转身。他就像一支离弦之箭，我只能看见他那圆滚滚的身子和疯狂的小脑袋直接瞄准了我。有那么一瞬间，我目不转睛地盯着他那张小脸，我发誓他在咧着嘴笑。我知道他不会撞我，但我想以这样的速度撞向地面，他一定会撞死自己。但他没有——在最后一刻，他张开了翅膀，仿佛突然打开了降落伞一样，被拉到了我头顶上方的空中。他飞向我身后的树枝，发出喳喳嘎嘎的叫声。这是何等炫耀，何等嬉闹呀！

我割草的时候，乔治就跟在我身后。当我清理割草机底部堵塞和压实的青草时，他就在一旁，喙里含满了草，然后把它们藏在敞开式花园工棚里的工具下面。他在我脚边跳来跳去，让我拉他的喙——不知道为什么，他似乎对此并不介意。

整理完草坪后，我让前夫和狗狗们到外面来，这样我们就可以在阳光几近明媚的地方坐下来，喝点什么。我之所以说几近，是因为天气有点暖和，但天空灰蒙蒙的，只有一点散射光照过来。乔治高兴得发狂。他和狗狗们一起嬉戏玩耍；他将前夫的胳膊、肩膀、膝盖和双脚爬了个遍；他在我周围蹦蹦跳跳；他偷走了我用来逗弄他的一只黑色橡胶园艺手套，还把它乱扔在草地上。斯尼克斯发现乔治在一个花坛里藏了一块面包。她把面包挖出来，随后坐下来津津有味地吃起来。乔治看到了她，便去一探究竟。我呼唤斯尼克斯回到桌上，她连面包也一同带过来了。我发现那是一块很大的面包。

乔治紧随其后，用他好奇的喙乱推斯尼克斯的脸。然后突然，他抢过面包，带着它飞进了树林。斯尼克斯赶忙追上去，但没有翅膀，她也只能望而却步。

前夫给自己做了一份香肠三明治，带到了户外，给我做了一份瑞维他芝麻三明治，加了布里干酪和马麦酱[1]。我让乔治尝了一点，他很喜欢薄脆饼干和干酪，尤其是马麦酱。九点半左右，我们回到屋内，给乔治打开了窗户。前夫今晚没有表示反对。两分钟后，乔治兴冲冲地飞进了厨房。

他看着前夫给自己做了一份有薄脆饼干、干酪和马麦酱的三明治，和我之前吃的一样。他实在无法抵抗此等诱惑。当前夫转身放马麦酱时，乔治偷走了整整两块薄脆饼干。

前夫没有看见他的食物被偷走的有趣画面，但没关系：我替他看到了。我一边笑着，一边把饼干从乔治的嘴中拯救出来，把剩下的碎块喂给狗狗们，只留给他一小块布里干酪。斯尼克斯对布里干酪的喜欢不亚于烤鸡，为了不让她得到那块干酪，乔治叼着它拼命跑遍了整个厨房。最后，他把它塞进了维多利亚风格的窗户扣。非常好。趁他不注意，我把它拿出来，放进了他笼子里的碗中。

---

[1] 瑞维他（Ryvita）成立于1925年，是一家专注于生产健康零食的英国公司；马麦酱（Marmite）为英国一种酵母酱。

不同程度的疼痛

7月26日　星期四

几周过去了，我始终很难面对这样一个事实，我似乎无法摆脱慢性疲劳综合征复发的困扰。现在我的下背部疼痛难忍，早晨起床时我不得不慢慢滚下床，四肢着地，然后强忍着疼痛站起来，穿上衣服，给自己绑一个有弹性的背部支架，才能勉强坐到厨房餐桌前。

我的背痛会随着运动量的增加而减轻，尽管它永远不会离我而去——自我十七岁那年乘车遭遇一场车祸以来，它已伴随我三十多年。当时我坐在一辆20世纪70年代的迷你车（一辆老式的小型迷你轿车，没有正规的现代汽车那么大）的后座上。我们被一辆速度约76英里每小时、逆向行驶的福特科迪纳正面撞上。

两名消防员不得不锯开车门，把我从车里救出去。由于汽车被撞瘪了，我坐的后排座位被挤压在了前排副驾驶座下面，我也就屈膝弯腰地被卡在里面了。而座椅被掀翻的乘客被重重地扔到引擎盖上，又穿过挡风玻璃破洞，重重地跌回座椅上，他的体重则把座椅底部的气压杆压在了我的下脊柱上。然后，他仍然半躺在引擎盖上，因为他的座椅压在了我蜷缩的身体上。我发现自己被困住了，蜷缩在一个极小的，小得让人难以相信能容得下一个人的空间里，旁边还有两名昏迷的同伴。

从那时开始，不同程度的疼痛持续了我的一生。我发现锻炼能控制疼痛。每当我痛得直不起腰时，我也会去看整骨医师（非常有用）和整脊医师（毫无用处），偶尔也会服用止疼片，但我不喜欢吃药，因为有副作用。至少，如果我通过锻炼来缓解疼痛——以及后来关节炎发作时，我通过饮食来控制——我知道我的身体在应对什么。

然而，如果我生命中的两块石头夹击我，让我卧床不起的话，乔治会非常生气的，除非我把他从笼子里放出来。我必须想办法下楼把他放出来，哪怕在他飞到外面的天空后，我瘫倒在沙发上。但是今天，我一开始就根本无法下床——根本不可能。我连一只胳膊也抬不起来，就像海星一样躺着，茫然、无助、害怕。慢性疲劳不像过度劳累，它更像一种无力感，几乎无法思考，只知道什么地方出了非常大的问题，四肢动弹不得，随后陷入昏迷。无奈之下，我只好求助前夫把乔治放到花园里去。

尽管我的注意力和阅读能力已经衰退，而且我经常在极度疲惫的感觉中挣扎（太频繁了，我都懒得写在日记里），这种感觉已经变得非常明显，但是园艺的乐趣和拥有乔治的快乐给予了我一些借来的能量。

如果我感觉足够清醒，能够工作到很晚，我就必须趁着精力充沛的时候把它用掉。我是无法养精蓄锐的，早睡并不意味着我醒来精神焕发——往往恰恰相反。

今早九点四十五分，一个朋友打来电话。通常情况下，这个时间点我已起床，要么在整理房间，要么在花园里忙碌，也可能在忙着我的诗歌专栏，但最近没有，今天也没有。我睡得很沉，梦见自己参加一个颁奖仪式，但没有人穿华丽的长裙，大家都穿着时髦的紧身包臀裙和时尚受害者衬衫。我正在决定如何"定制"一件像麻袋一样的所谓时装时，电话铃声把我拉回到现实……一阵简短的交流后，我继续睡觉，一直睡到了午饭时间，完全忘记了和谁通过话。然后我还是无法起床。乔治最终被放出去待了一天，我非常高兴这只小鸟能够照顾自己了。

我躺在床上，旁边放着一堆诗集和我自己的诗歌文稿。它们是我拉扯四肢，从床垫上爬起来，设法从楼下二楼的书房搬上来的。这趟简单的出行耗尽了我的意志力，差点让我在楼梯平台睡着了。我读一会儿，睡一会儿，然后再读一会儿，再睡一会儿。我想，这还不行。

为了把每一秒清醒的时间都用在刀刃上，我开始为我在《泰晤士报》的诗歌专栏列一份我想评论的新诗清单。这样的话，这些诗歌选自哪些诗集，需要得到哪些诗集出版商的许可，报社就一目了然。我列出了好几周的清单，因为最近一周的清单快要写完了。拿着报酬阅读他人的诗并写评论，这真的是一种特殊待遇。

我想，生活真是无常啊，昨天我还在修剪草坪，今天我就卧床不起了。下午五点左右，我终于挣扎着起了床。前夫没怎么露面，但我们在厨房吃饭时，还是有交集地对着坐的。

一开始我穿着睡袍，但当我需要清理狗便盆时，就很不方便，于是我换了一身衣服。我本打算事后再回到床上，但我还是努力坚持下来了。我把小客房里五斗柜和一个衣柜里的杂物清理干净，这样明天铺地毯的工人来施工时，就更容易挪动家具了。三年了，我终于把顶楼的一个小房间（极小）——仅仅放得下一张双人床、一个衣柜和一个五斗柜——装修好了。这是客房。朋友们来了，可以住这里，只要他们离得开城市。

今天我还在和突如其来再次发作的慢性疲劳综合征做抗争，但傍晚早些时候，我又和前夫一起坐在厨房里，准备吃他做的晚餐了。乔治在窗边，因为偷吃的习惯而被关在外面。现在他急切地想要进来。他两次飞到窗边，小脑袋贴着窗玻璃，喙一会儿向左，一会儿向右，目不转睛地盯着屋内，一副有所求的样子。他坐在窗台上，紧贴着窗户，这样就能避开玻璃表面的反光看到里面，他紧紧地盯着我们，似乎想知道我们是否已经看到了他。他这一连串动作是如此急切，以至于我与前夫据理力争起来。他认为这是把乔治永远留在外面的绝佳时机，而我觉得乔治的存在能够带来快乐和惊喜，我不想舍弃。

这只鸟还好，但我遭受着分离焦虑带来的极大痛苦，并愤恨前夫把他关在外面。看到乔治如此渴望回到室内，我意识到我根本无法拒绝他。但我也在努力接受这样一个事实：我们俩住在同一个屋檐下，势必有一人只能在痛苦中忍受着这只喜鹊。

在这期间，我也在努力完成我诗集的校对工作，我的疲惫感有增无减。哦，我太喜欢这本书了。我把它命名为《镜之书》，它描绘了我童年生活的方方面面，还包括野鸡三部曲。现在我对用第一人称写作没那么害羞，我的诗歌也变得越来越个人化。

然而，回想起来，乔治仍然是我每日生活中最大的快乐源泉，甚至超过了我耗尽时间和精力的花园。他的每一次歪头，每一次拍打小小的翅膀，都令人入迷。

小时候（我想应该是1971年——当时我十一岁），我父亲和他的诗人朋友理查德·墨菲[1]带我和弟弟到爱尔

---

[1] 理查德·墨菲（Richard Murphy，1927—2018），爱尔兰诗人。

兰海岸一个名为高岛的小岛上,我也感受到了同样的魔力。那个岛真的很高——而且很小。它从海上升起,光滑的岩石悬崖阻挡了所有来访者。只有在涨潮时,才能去那里。

海浪此起彼伏,我们乘坐小船到达。父亲和理查德负责划船,靠岸后不得不把小船挂在岩石的一个尖角上,然后我们必须爬上那些岩石,方能到达上面的野草地。上去后,我发现那就是一个伊甸园!小岛面积可能不到一英亩,但到处都是兔子和小海鸥。即使从未见过人类,它们也并不害怕。能够走近一只野兔,抚摸它,或是走近鸟巢里的一只小海鸥,用手指轻轻划过它的羽毛,它却毫不介意,这是一种多么不同寻常的感觉。它们的无所畏惧让整个登岛之旅如梦如幻,我真希望能永远待在那里,再也不用面对人类的妄自尊大和喜怒无常。我把手伸进一个兔子洞,摸到里面有只兔子,我轻轻揉了一下它的屁股,然后不再打扰它。

在我十几岁的时候,我有一种非常强烈的愿望,那就是离开人口稠密的地方,过上更多以动物为中心的生活。我发现人类太好评判、挑剔,难以相处。我想隐居在达特穆尔[1]中部的一个小屋里,与宠物、笔、颜料、纸

---

[1] 处于英格兰德文郡中部穆尔兰地区,是一个受保护的国家公园,此处为野生动物提供了栖息地。

张和画布做伴。现在我宁愿在威尔士过这种生活。

我们不得不匆忙离开高岛，因为潮水已转向，并快速地下落。爬下犬牙交错、被海浪猛烈拍击的岩石，回到摇摇欲坠的划艇中，我这才感到不寒而栗，因为新露出的岩石又湿又滑，汹涌的海浪随时可能把我们拖入湍急的水流。现在爬下岩石的路更加艰险漫长，小船几乎垂吊在系链上。

对野兔毛和海鸥蓬松羽毛的回忆像救生衣一样紧紧地裹住我，抵挡着浪花和小划艇的颠簸，把我带回了陆地。我从来没有忘记被野生动物和鸟类完全信任的感觉，仿佛我是它们中的一员。我想成为它们中的一员，或者至少能置身于它们当中，被接受，和平相处，过上一种与世无争的、不为他人的无理要求和居心叵测所羁绊的生活。我也不想再次经历那次可怕的划艇之旅了。我想比起有点害怕，我更不喜欢寒冷和潮湿。

最终，前夫让步了，同意我让乔治回到厨房。这只鸟以喷气式飞机之势，像一颗羽毛子弹，从推开的垂直推拉窗下部豁口飞进来，似乎害怕立马又会被关在外面似的。他的翅膀动作越来越敏捷。他一定在进行大量训练。

今晚刚过六点，他从厨房窗户进进出出数次，直到九点半夜色深沉时，他进屋后才没有再出去。他吃了我餐盘中的一些食物。事实上，他拿走了我做的最大的一块放在菠菜和土豆泥上的三文鱼，然后飞出窗外，把它藏在某个地方。每当我给他吃他喜欢的土豆泥时，他都会糊在喙上，然后就在我放在餐桌上的杂志上擦擦。（我最大的乐趣之一就是，一边享受美餐，一边读点什么——基本上任何内容都可以，但读一篇关于强子对撞机或者肠道细菌对一个人情绪和幸福感的影响的有趣文章则是纯粹的快乐。）

我给了乔治一颗腰果，他试着把它藏在厨房某个地方，为了一颗腰果不惜跟喜鹊拼命的斯尼克斯跟着他满厨房乱跑。只不过，乔治从厨房地面飞到壁式橱柜顶部，又飞到置物架上，再飞到一堆干洗碗布上。他不再在地板上疾跑，不给斯尼克斯任何偷吃的机会。

在厨房岛台凸出来的插座下面，我发现了乔治藏的半截燃烧过的白色蜡烛，几天前他就对它产生了兴趣。我把它放回餐桌上叶形金属矮烛台里，但今晚他又看见了它，把它从烛台里取出来，用喙紧紧衔着它的两边，好像给它合上了一把剪刀似的——尽管煞费苦心，克服了不少困难。他把它拿走了，埋在置物架最上层的园艺书之间。

我和三只狗狗一起坐在沙发上，看着乔治玩着那个现在空空的、叶形的轻金属烛台。噢，乔治在满桌子滚动着这个烛台。他用喙和爪子把它翻来翻去、滚来滚去，试着把它搬走，甚至还搬了一小段距离，随后他发现狗狗们正抱在一起。尽管他不想要真正的拥抱，但他看起来想要近乎拥抱的动作。于是，他过来了，趴在我的膝盖上、脚上和肘部。他将我裤子前面的小口袋一一拽了个遍。我捋他的喙，逗他玩，他似乎很喜欢这种关爱。

我一直在等待有一天，乔治会遇到另一只喜鹊，看见陌生的鸟时，他不再感到恐惧，而会因为好奇以及对外面环境愈发熟悉而变得更加勇敢，这可能会让他更有勇气去结交朋友或寻找同伴。

当我打扫客房准备铺地毯时，我看见窗外有只野喜鹊——它看起来比乔治更高大，也更强壮——飞入了厨房窗户外栅栏边的冷杉树。乔治一直在屋前草坪上玩耍，他好像知道这只喜鹊来了，朝另一边的树林飞去。这只野喜鹊慢悠悠地走出来，走到一根树枝边，所以我能清楚地看见它。它盯着厨房窗户看了一会儿，好像是在思考种种可能，然后又慢悠悠离开了我的视线。我几乎以为走进厨房会发现一只完全陌生的喜鹊，而不是乔治。

今晚，乔治飞过厨房窗户，再次歇息在杂物间的门头上，不一会儿，他又回到敞开的笼子里睡着了，这让我大吃一惊。我关上他身后的笼门时，却看见一只长得像马蝇的东西。这东西侧着身子，以一种奇怪的、相当缓慢而又鬼鬼祟祟的方式钻进乔治的羽毛。我之前就注意到它了，乔治在厨房里跳来跳去时，它就趴在他背上。我心里记着白天光线好的时候必须找到它，然后弄死它，因为如果它寄生在乔治身上，它就会叮食乔治。

为了让我一天的生活正常化，我努力让自己忙忙碌碌，一直坚持到晚上十一点，才瘫倒在卧室的电视机前。和前夫一起又看了一遍《黑客帝国》。他经常看这部电影，而我很久都不看电视了，我觉得那些广告太不可思议了。我记不清一个节目穿插了多少广告，反正多得让我很难记住故事情节。我不知道究竟是什么更让我震惊：广告的数量，还是我刻意避开任何有意义的电视的时间长度。

一只蝇虫安了家

7月27日　星期五

昨晚在乔治身上看到的那只蝇虫让我很不安。今天早上，我做的第一件事就是把手伸进乔治的笼子，拿出他来回扭动的身子，找到那只虫子。它看上去令人毛骨悚然，好像知道接下来会发生什么。它已经在乔治颈背部的羽毛里安了家。它试图溜走,先钻进了一片羽毛,然后又钻进另一片羽毛,但因为它移动得非常慢,所以我能用一张厨房卷纸抓住它。这是一只深藏不露的、凶恶的、嗜血的蝇虫。它被杀死时,乔治的血在白色的纸巾上溅了可怕的一大摊。

比我想象中聪明得多

7月28日　星期六

今天,我得以短暂起床。早上七点半左右,在进厨房前,我去了趟书房,拿出我正在写的一部儿童小说,读了几页。我决定必须重写,但我的身体无法保持直立。我的大脑有种堵塞的感觉,思绪一片混沌,然后精疲力竭地瘫倒在地板上。我的胳膊和头沉重得抬不起来,双腿也难以迈步向前。我不得不折回床上,而到床边就已经耗尽了我全部的力气和意志力。这让我恼火,也让我虚弱。前夫还在睡觉,全然不知道发生了什么。

十一点半再次醒来时,我仍然感觉到慢性疲劳。我慢慢爬过去套上我的园艺服,心里想着,如果能站在混凝土搅拌机前,把沙子铲进去,如果能每次移动一点点,如果能把微小的努力汇聚成实际的成就,我肯定会感觉好一些。

这需要非凡的意志力。但是如果一天中我能完成一点事,这总会产生积极的影响。我吃了一点烤面包片,喝了一杯茶,然后不得不躺在厨房沙发上。这时,我开始神志不清,就像有一股厚重的烟雾在我全身弥漫开来,使我失去了知觉。经验告诉我,若是对此感到生气,只会加重我的慢性疲劳。

然而,狗狗们却觉得这样好极了。她们都躺在我身上。这是多么令人欣慰啊。有三只白色的小动物蜷缩在我身上。她们放松的小身体紧紧地压着我,让我感觉沉重,也让我感到温暖。

大约一个小时后,当我起身时,我仍然感到几乎不能行动。做每件事情我都必须小心翼翼。一开始我戴着背部支架,但当背部疼痛减轻近一半时,我就把它取掉了。虽然疼痛没有消失,但戴着背部支架也行动不便,尤其在户外工作时,我需要保持灵活。除此之外,我一活动起来,疼痛就会减轻——如果我能一直处在运动状态中,我想疼痛程度是可以控制的。

我的背部疼痛似乎没有因为体力劳动而加剧。只是在我移动的时候,我才会感到疼。然而,一旦我停下来不动,我的背部就会僵硬,变得像个易碎品,感觉只要稍微碰一下,它就会断裂,而且每动一下都会痛得难以忍受。站着不动是让我最痛苦的事。我只能坚持几秒，然后疼痛剧增，直到我听不清周围人在对我说什么，意识也逐渐模糊。这时我就会露出僵硬、尴尬的微笑，我不明白自己为什么这么有礼貌，连找个座位都不愿意。

疼痛逃不掉，但至少在控制疼痛这方面，我还是颇有成效的。为此，我顽强地通过体力劳动来增加我的力量：铲沙子和水泥、使用角磨机切割铺路材料、挖掘。这一切都有助于增强我的核心力量。

我所做的每件事都让我对自己感觉好一点——让我觉得自己是有用的，是有创造力的，是在为了远大目标而努力奋斗着的。

有次茶歇时，乔治跟着我进了厨房。今天下午，我把窗户一直开着，这样他就可以随意进出。前夫在别的地方，我就充分把握好这个机会。乔治也尽情地享受着我可以下床活动的时光。他实在太活泼贪玩了。他一直在外面与一群寒鸦在一起。这些寒鸦成群结队地飞向屋前草坪，捡食我早些时候扔下的棕色面包。他似乎想和它们一起玩，也可能是想让它们注意到他的存在。三周前，他可能还会朝另一个地方飞去。不管怎么说，它们都飞走了，独独留下他，他会狂躁地拍打着翅膀，在花园桌子下从一个凳子窜到另一个凳子，速度快到我几乎无法追上他。他好像是在寻找他的伙伴们——或是在跟这些闯入者道别——我分不清究竟是哪一种。

他在室内也是同一副疯狂的模样。他围着桌腿跳来跳去，或趴在狗狗们的背上。他在斯尼克斯背脊上走来走去，她呢，耐心地站在那里一动不动，眼睛也不眨一下。乔治在斯尼克斯的屁股上跳舞时，好像跳的是快速两步舞。斯尼克斯毫不退缩。我想，这也真是奇怪了。

我的午餐是昨晚的剩菜，正吃着，这时乔治从我餐盘中叼走了几颗绿豆，于是我不得不也给了狗狗们一些。至少，这样他们就都吃到了绿色蔬菜。

我沿着花园小径路缘挖了一条窄沟，准备铺铺路石。我正在处理最后一车砂浆，把它铲进窄沟里，这时乔治过来凑热闹。我试着把他赶走，因为我担心他会吃这种灰泥，但他不肯离开。然后他就在手推车里的砂浆中跳进跳出，间或在手推车的边沿上歇歇脚，每次我都会喊着"不"，跳上前赶他走。泥浆在他脚趾间吱吱作响。他叼起一大口，挑衅地看着我，混凝土从他微笑的嘴角两边溢了出来。我在旁边的一个花钵下面找了几条虫子，试着想让他吃这些而不是混凝土。但他丝毫不感兴趣，一心只想着砂浆，并含着它飞走了，在我用来坐着干活的旧牛奶箱的孔洞里留下了一小堆奇怪的筑巢材料。我曾想象他的喙被混凝土封住了，或砂浆在他肚子里凝固了，但好吧，好吧，他肯定没那么傻吧？

然后，就在我弯腰时，乔治跳到我背上，在我身上爬来爬去。在我清理前夫那天修剪树篱留下来的枝叶时，他就在我脊背上来回地走。我的邻居鲍勃带着他的斑点狗经过门口时，看到了我，善意地提醒我说，我屁股上停了一只喜鹊。几天后，一只知更鸟也做了同样的事情，我在想我是不是在花园里待得太久了，变成了一个固定物，就连野鸟也不怕我了。

乔治从手推车的砂浆中挑出几颗鹅卵石，然后把它们藏在了某个地方。他还转移了之前藏在牛奶箱里看起来像筑巢材料的东西，因为当时我似乎离它太近了，他不喜欢。我想乔治是不是担心我会把它拿走。

我当时正在收拾六根粗木条，计划用它们标记院子里的车位，乔治紧紧跟着我。我把其中一根枕木移到新的位置时，闻到了一股恶臭、腐烂、坏死的味道，却看不见任何东西。乔治出现在我左边的空中。他跳进了我脚边的塑料箱，拿出了我早些时候看到的以为是筑巢材料的东西。现在我看清楚了，那根本就不是什么筑巢材料，而是一具腐烂的老鼠尸体，他一直想把它藏起来不让我看到，显然是害怕我把他的宝贝偷走。

修补屋顶漏洞的布朗先生来了，我指给他看我需要他帮忙更换哪里的几块瓦片。他是一个少言寡语的人，我觉得自己的话太多了。布朗先生像比萨斜塔一样身子向左倾斜。我问他是否能修补好屋顶，他说可以。我俩都没提他身子歪的问题。我只希望他不会从屋顶上摔下来。他和我握手时轻得奇怪，好像他生怕捏碎了我的手指似的。

乔治赶都赶不走。他跟在布朗先生身后昂首阔步，抬头盯着他的平顶帽。我知道乔治想干什么，他想落到这个人头上。他几次飞过布朗先生的肩头，在空中与他擦身掠过，然后停在我的车顶上。他从我这儿拿了一些狗粮，但这并没有让他的注意力从他的预期目标上离开很久。我明显感觉到乔治的注意力在别处。不过，谢天谢地，布朗先生离开了，没有被当作蹦床——或许是他的平顶帽让他免遭此劫。

我用最后一车砂浆在狭窄的路基上铺设镶边的铺路石，直到九点左右才完工，乔治来来回回地忙他自己的事。当我收拾好工具准备休息时，乔治跟了进来，我从前门走进屋时，他从厨房窗户飞了进来。我走进厨房时，他正站在餐桌上等我，两腿叉开，想象中的喜鹊手背在后面。那样子让我忍俊不禁。

越来越疏远

7月30日　星期一

和往常一样，乔治陪着我在花园里散步，身后还跟着斯尼克斯、维吉特和毛斯。乔治和她们仨并排跑着吃零食。但是今天他有些不同，虽然我也说不上来。反正他和平时不一样。

我给他和狗狗们分了一些狗零食，他把他的那份埋进身边小路上的鹅卵石里,当狗狗们毫不意外地闻出了狗点心的位置时,他变得非常狂躁。他上蹿下跳,展开翅膀舞动着,叽叽喳喳地指责着,好像是在警告毛斯。我把狗狗们带进屋时,维吉特像往常那样,在门口踟蹰不前,看着对面鲍勃和希拉的房子,因为有时我们会走过去跟他们打声招呼。乔治看着她站在那里,看了好一会儿,然后跳上了她那圆圆的小脑袋,但她的头实在是太小了,而乔治已经变得大多了,也重多了,所以她一低头,乔治就从她的鼻尖滑落下来,跳跃几下着地了。

她没有走开,乔治又故技重施。她本来昂着头,现在把头低下去了,于是乔治又一次从她的鼻尖滑落下来。她还是没有走开,乔治又这样来了第三次。维吉特走了几步后,他就停了下来。我不知道乔治的目的是什么,但他选择为难维吉特,这很不寻常,毕竟维吉特是狗狗中最小、最温和的。

他还是照常从我手指间叼走 HiLife 狗狗零食(一种干狗粮,小小的,呈小管状,像切成小块的蠕虫,每块大约半英寸长,水分充足且易吞食,是完美的喜鹊零食),但他容易受惊,好激动,好像有什么重要的想法让他心烦意乱。我有点不安。早上我正在搬运石块,但他没有像往常那样在我的身边玩耍。我和前夫吃完晚饭后,乔治进来了(像往常那样从敞开的厨房窗户进来,虽然有时候他也试图跟着我从门口进,但总会被过道上那些未打开的箱子挡住去路),我让他和狗狗们一起玩耍,然后消停下来。他有好几天没有进笼子里了,于是我不得不把灯关了去抓他,但那天晚上他已经进去了,只是一看见我来关门,又跳了出来。于是,我就消失一会儿,让他自己跳进去,然后我再偷偷溜回来,确认他已经安寝。我感觉他对我越来越疏远了。

一种相处模式

7月31日 星期二

今天我继续使用混凝土搅拌机,想为砌高的花坛加筑挡土墙(这是看得见的成果,激励着我去栽种更多的花草树木),这时乔治来到我身边玩耍。他从泥浆里偷走了很多表面裹有水泥的鹅卵石,还从我用来冲洗橡胶手套上的泥浆的水桶里喝了不少水。我挖出了一个蚂蚁窝,里面还有蚂蚁卵,为了吸引他过来看看,我不得不向他挥舞着我的一只手套——他喜欢玩弄这些手套。我把手套扔在蚁穴旁,这样他就看到了蚂蚁。他兴致勃勃地落在它们旁边。他无法忍受那些潮虫以及它们犰狳般脆硬的外壳,然而蚂蚁让他很开心。他尽可能多地捞起那些蚂蚁，直到最后几只溜进了地面缝隙和缺口里，逃过一劫。他在我的背上趴了一会儿，在我工作时啄我的右耳，他的平衡感极好。我只希望在他靠我这么近时，没有幸存的蚂蚁从他嘴角爬出来。

今天傍晚，我和前夫在户外吃晚餐。我们坐在屋前车辆掉头区中央草坪上的花园餐桌旁，这时乔治开始了表演：他站在葡萄酒瓶顶部，像蜂鸟那样悬停着保持身体平衡。然后他从花园的一侧飞到另一侧，向我们俯冲过来，直逼我们的脑门，又在空中来了个急转身，像是在向我们展示他那与日俱增的飞行技术，还顺便偷走了我盘子中的一根香肠。一整根香肠啊！我已经给过他和狗狗们一些香肠了，但他一反常态地视而不见——显然他盯上了更大的口福。他一直盯着我和香肠，抓住最好时机猛扑过来。我起身追他，趁他还在地上跑时抓住了他，因为带上那么重的东西，他根本就来不及起飞。然而，我实在笑得不能自已，几乎不可能一直抓住他。然后斯尼克斯抓住了香肠的一端，我又不得不把香肠从她那里夺过来。我才不会让她独自享用一整根香肠呢：跟着乔治扫荡食物，她的腰身已经够圆的了。

我每天都在花园里工作，晚上才进屋写我的《泰晤士报》诗歌专栏，这为我和乔治营造了一种相处模式。

无论什么时候，他都知道我在哪里，然后来找我玩。他是我忠诚的小伙伴。同时，我发誓他一定在监视我。有一次，他看见我在花园里一个僻静的角落里干活，他不知道从哪里冒了出来。我们盯着彼此看，我也就有一搭没一搭地和他说着话，他突然从我手底下飞快地往前一蹿，逮住了一只在我膝盖上爬行而我浑然不觉的大蜘蛛。乔治站在那里抬头看了我一会儿，我们彼此凝视着。蜘蛛腿像折断的树枝一样从他的喙两边露了出来。他对我微微歪了歪头，然后一口咬碎了蜘蛛。蜘蛛的肚子在他嘴里爆裂开来，蛋黄色的黏液喷出来飞溅到了旁边的石头上。他舌头一卷，迅速把蜘蛛吞了下去，然后又用喙去啄石头上的黏液，它的喙在石头上左啄右啄，最后用下喙向上一刮，把一摊子全都刮进了嘴里。

后来，我发现了他几天前拿到外面来的一截红色蜡烛。他把它藏在了前院的一根栅栏桩底下。

八月

原来你就是那个养喜鹊的女人

8月4日 星期六

生活中一切都是美好的。当然,这也只是在它变得不美好之前,有时我们根本就不知道它并不美好,直到有人告诉我们。今天,一位邻居告诉我,乔治永远离开家的那天,她会打开一瓶葡萄酒来庆祝一番。乔治在左邻右舍中确实有很强的存在感。他不仅不怕他们,还总是捉弄他们,跳到他们头上,调皮捣蛋,甚至小偷小摸,让人紧张不安。

有人告诉我,隔壁邻居珍——一位我一直非常尊重和喜爱的老人,明显对乔治感到非常害怕,而我却一无所知。她太客气,没有亲口告诉我,但其他人已经注意到她的害怕。

现在我知道了,乔治的问题必须解决,他的自由必须受到限制，否则我就得带着他进行一次非常遥远的公路旅行。

我的邻居问我，如果这只喜鹊伤害了那些过来玩的小孩子，该怎么办？我只字未提昨天玛丽离开时，乔治是怎样又在她头上弹跳，让她落荒而逃的，我只是不知道该怎样去阻止他。如果他继续这样下去，这种特别不好的习惯一定会让他失去自由。

我打电话给一位拥有大片土地的朋友，问他是否知道当地哪里有合适的树林或地方可以安全放生我的喜鹊。他说，他的土地附近没有，因为他的猎场看守人会射杀它。事实上，他们会把喜鹊关在笼子里，用来引诱其他喜鹊，以便杀死它们。这不是我想听到的。

我又给另一位住在卡马森附近乡下的朋友电话留言，问他是否想要一只半驯化的喜鹊。他回了电话，我得到的答复是直截了当的"不"。

如果乔治能再乖一点，那他就更容易控制一点；如果他再野一点，那我就不用担心了。我几乎说服自己，第二天就把他带到某个地方去，给他留下一堆他最喜欢的 HiLife 狗狗零食。但这个想法让我难过得哭了一场。遗弃我的羽毛小伙伴，把他扔在一个陌生的地方，让他无依无靠茫无头绪，也没有现成的食物，这似乎与遗弃一只狗或一只猫同样糟糕。一想到这一点，我就有一种深深的失落感。而且，鸦科鸟类有自己的领地——好像差不多有 12 英亩。所以我必须把他带到足够远的地方，他才不会回来。我看到了我的小喜鹊茫然无措、迷失方向又饥肠辘辘的样子，这让我非常难过。我想，我真没用，这一切都是为了一束羽毛、一张鸟嘴和一对鸟爪子。啊，是的，我的脑子里的声音说，但是想想他奔流的血液、心跳，还有那把他带回家带到你身边来的喜鹊思维。所有这些认知理性，都来自一个始终在积极学习的大脑。难道我想让他学习被抛弃的滋味吗？

我努力安慰自己，乔治是不会饿死的。我想起有一天，我让一个当地的小伙子在花园里帮我干活。他没有戴手套，在我们搬石头、堆肥袋和木块时，他表达了对蜘蛛的担忧；他一点也不喜欢蜘蛛。这时乔治飞过来加入我们，我指了指堆肥袋上几只又大又肥的蜘蛛。乔治立刻把它们都吃掉了，还啄起我们脚边其他昆虫的残肢断骸，一扫而光，片甲不留。看着乔治搜刮得干干净净，没有放过任何一只爬行的爬虫，那个年轻的小伙子简直不敢相信自己的眼睛。

在我们搬动的一个袋子下面，有一只老鼠腐烂在黏土上积成的水洼里。我知道我必须把它溃烂的小尸体处理掉，可我不知道它是不是已经腐烂到一碰就散架的程度。那个小伙子满是嫌弃地看着它，突然，乔治俯冲过来，甚至没有落地就把整只老鼠叼起来，然后带着它飞走了。鸦科鸟类名声不好，人们主要诟病它们是食腐动物，但实际上，公路上被车撞死的动物和动物尸体，大多被它们清理了。不过，我还是担心我的某个邻居可能会在他们汽车排气管里或花盆下发现一只腐烂的老鼠，因为乔治会想把它藏在某个刚好能放得下的地方，便于他以后能吃到。

那天下午晚些时候，乔治不见了。我产生了一个可怕的想法，他最终还是遇到了有枪或有车的人。后来，我看到我的另一位邻居在他家的前花园里干活，就问他，乔治是否惹过麻烦。他说，乔治曾在汽车升起的后备箱盖上栖息。他说那一定是乔治，因为他的妻子提起过他。乔治曾跳到他妻子的头上。他对乔治感觉还好，但没说他妻子是不是也这样。我恳求他，如果乔治在任何方面冒犯了他们，请一定要告诉我。我想让尽可能多的人知道，这只喜鹊是一只宠物，而不是应该被灭杀的害鸟。

我从卧室的窗户向外看，发现乔治在车库屋顶上。我打开窗户叫他，他马上飞到了我的身边，落在窗台上，让我抚摸他的喙。我尽量不去想必须想办法把他赶走的事，但我已经认识到，现在这是一个无法回避的问题。

他成了我的身份标志。我和前夫在路边的酒吧里，一位住在附近的女服务员为我们点单。哦！她说，原来你就是那个养喜鹊的女人！我心里一沉，回答说，噢，亲爱的，我希望他没有给你造成困扰。完全没有，她让我放心。她告诉我，她知道他一定是某个人的宠物，因为他是如此温顺。这可不是什么好消息。乔治到底飞了多远？他还向谁介绍过自己？我的喜鹊还过着另一种我完全不知道的生活。看来，他认识的人比我还多。

我还发现，乔治最近和我们在村里的一个朋友——还有他的狗——一起去散步。他和他们一起走了相当长的一段路，一路蹦蹦跳跳，完全没有表现出恐惧（当然不害怕，他以为自己是条狗）。看来他很快就被大家认识了。但事实上，还是有人会为他的离开干杯，这让我越来越不安，不得不盯紧一些邻居们。我希望每个人都关爱他，然而……

很享受被大家关注

8月12日　星期天

我邀请了几位女性朋友到家里来，一起在屋前草坪的桌子旁喝茶。我的准备工作激发了乔治的好奇心。吃完厨房餐桌上小花瓶里的红玫瑰花瓣后，他看到我换了新的厨房卷纸，一下子抓起用完的空纸筒。于是，我和他之间又进行了一场拔河比赛——不知何故,纸筒从我手中滑落(或许是因为我不够用力?),他赢了。然后他飞出窗外,纸筒从他嘴里直直地伸出来,使他看起来更加矮小。我不得不去前院把纸筒捡回来。当我拿着它回到厨房时,发现杂物间里的水槽塞子半埋在沙发垫子里,然后我又不得不在厨房里追着乔治跑了好几圈,让他把嘴里衔着的厨房里用的粉色海绵扔掉。如果被狗狗们拿到了,她们一定会把它变成粉色的碎屑。

带着些许疲惫焦虑,我回到户外朋友们的身边,乔治也跟了过来。他好调查研究,而这些朋友正是他调查研究的新对象。他不时啄她们的脚,由于她们都穿着时髦考究的夏季凉鞋,被他这样一啄是很疼的。而且,他似乎对涂有指甲油的脚趾很着迷。他还一直盯着我一个朋友的头发看,这个朋友剪了蓬松的白金波波头,看起来非常厚实。我看得出来,乔治真的很想把爪子伸进去。他在她坐的长椅旁边的地面上走来走去,仰望着她的头顶,我越来越担心。最终,他跳到了朋友坐的长椅靠背上,试图从一个更方便的起飞点飞上她的头顶。他每尝试一次,我都像驱赶一只巨大的黄蜂一样,挥手把他赶走。

那位头发漂亮的女士拿出了相机,而乔治随即认真表演了起来:他跳到我的头上和肩膀上,啄我的眼睫毛。

当感觉到他的喙碰到了我的眼球一侧时,我很不安。他沿着长椅靠背慢慢地来回晃悠,围着我玩耍,一会儿啄我的耳朵,一会儿又去抓微风吹拂着的散落的头发。他知道所有的目光都落在他身上,并且很享受这种关注。他又站上我的头,又是刮擦又是跳舞。他是个讨人喜欢的家伙,他也知道这一点。

我的朋友几天后看了她拍的照片,不满意地说:"但他只是一只小小鸟。"他确实如此——她想要拍出他强烈的个性,但拍到的只是他相对于周围环境的渺小身影。

乔治睡觉后,我在毛斯的篮子里发现了被乔治藏起来的卡拉麦克巧克力包装纸碎片——可怜的小狗——还有一些揉成团的纸巾和杂物间的水槽塞子。

一遍又一遍地呼唤

8月13日　星期一

我把乔治留在厨房里,把厨房的窗户开着,让他与狗为伴,而我在二楼书房里写我下周的诗歌专栏。但是前夫在做晚饭的时候把厨房的窗户关上了。这意味着,乔治急切想进屋过夜时,却进不来。而我因为在忙工作,完全不知道他被拒之窗外。直到我下楼吃饭的时候,才发现乔治不见了,因为他没有办法进来。即使到了八点,他也没有出现在厨房窗户前,这早已经过了他平常进屋的时间。

为了不打乱他的睡眠规律,我对又一次不定期执行"不让喜鹊进来"任务的前夫发了一通脾气。然后我带着狗狗们在花园里散步,一边呼唤乔治,一边习惯性地吹两声口哨,以引起他的注意。但是他仍不见踪影。正当我把狗狗们带回屋里的时候,我听到从邻居家院落里某条路上传来一只喜鹊的叫声。我站在门口,一遍又一遍地呼唤着。我能听出自己声音中的绝望。突然,乔治从厨房窗户上方的平顶上飞过来,然后落到窗台上,准备进来,他那小鸟的脸紧紧贴着玻璃。等我一打开窗户,他就像离弦之箭一样,嗖的一下飞了进来,似乎很害怕再次被关在外面。我想,我得多注意一点前夫的举动。然后,我用一只喜鹊般大小的杯子,给乔治倒了一杯牛奶,他贪婪地喝了起来,每次吞咽时都把头往后一仰。

又在为乔治道歉

8月15日　星期三

我发现自己又在为乔治道歉了,这次是向那对为邻居珍打理花园的园丁夫妻的丈夫道歉。我站在隔开我们两家的旧铁艺围栏的门边，能感觉到这位园丁对我说的每一个字都在表明他的强烈不满。

不幸的是，乔治跳到了园丁的头上，然后又蹦下来，好像他的头是一个垫子似的。他置我于不得不向园丁道歉的地步，不过，这也好让园丁知道乔治不是一只他应该铁锹相向的喜鹊。

"好吧！"他硬邦邦地回答，声音让我想到了从金属棕榈树上剥下薄薄的叶片时，发出的嘣嘣弹响。"他要是跳到你的头上，可就不太好了。"他无意表现出任何幽默感以缓和他的批评语气。

"乔治这样做是为了打招呼，"我解释道，"如果他打扰到您，请用水管滋他，我知道您手边就有。"

"好吧，他其实还可以。"他接着回答，语气突然变得缓和多了。

这时，乔治停在了小门上方的拱顶上，我对他说："乔治，如果你不跳到别人的头上，你就完美了。"我抚摸着他光滑的黑喙，园丁在一旁看着，强调说如果乔治再来打扰他们，他和他妻子一定会告诉我的。

看来，我对待乔治的方式，无意中造就了一只半驯服的喜鹊。他与人类交往的自信，或许比其他方式更容易招致来自他们的风险。

我想到了那只在花园里肆虐的鼹鼠。我为它感到难过。我费了很大劲才搞到一个相对人性化的捕鼠器，因为大多数捕鼠器都是直接把它们杀死。这是一个透明的塑料管，必须把它插进洞穴（需要戴着手套，这样鼹鼠就闻不到人类的气味了），然后盖上盖子。接下来每天都需要检查，因为鼹鼠一旦被困住，就不能动弹，也就吃不到东西。

昨天是我第一次没有检查它，因为我从上面看时，它的一边显然挖出了一条通道——明显有土脊隆起，所以我就懒得把它挖开。但是今天我把它挖出来搬走时，那只鼹鼠就在里面，死透了。我把它埋在其中一个洞穴里，虽然我曾想过把它留在某个地方让乔治享用。我对自己恼火了很久，其实我并不想杀死它，更何况我还从来没有见过一只活的鼹鼠。现在仍然没有见过。

就在这一天，我还找到了狗狗们晚上一直狂吠的原因。原来并不是我以为的刺猬来了。以前我发现过一只刺猬偷偷地住在屋里，对她们造成了惊扰（这只小动物一定是在某天晚上从前门溜进来的，当时门没有关）。这只刺猬非常虚弱，我发现它蹒跚地走在走廊上，已经无力躲进几箱平板包装的厨房组合柜和一堆被遗忘的物品中了，我们入住三年了，这些东西仍然堆在墙边。我喂了它几天，直到它有足够的力气离开。然而，这次新出现的夜间骚动是由一只大得多的动物引起的。

当时天已经黑了，借着从厨房窗户透出的灯光，我向外望去，看到一只好像迷了路的拉布拉多犬正抬头望着窗台上的狗粮，那是我每天下午留给乔治的。它站在窗台下，身材高大，四肢修长，毛发金黄。我赶紧从冰箱里拿出一块火腿，悄悄地打开前门，扔给了那只动物，结果惊诧——惊奇——惊恐地发现，那不是一只狗，而是一只狐狸，一只我从来没见过的狐狸。我们站在原地，相互对视了几秒钟。

这是我见过的最大、最瘦高、颜色最浅、四肢最颀长的狐狸，而且它似乎并不怕我。我又扔给它一点火腿，它后退了几步，过一会儿又折了回来，把肉吃掉了。它是如此高大，以至于显得很不正常。我想多留它一会儿，这样我就可以盯着它多看一会儿，于是就给它多喂了几块火腿，直到它吃完。它的腿之颀长让我吃惊。

我依旧为那只鼹鼠感到难过。

那天晚上看到乔治时，我发现他像猫头鹰吐食丸般咳出了一团难以消化的东西。作为一只鸦科鸟类，即便他吃了小型哺乳动物尸体和带骨头、毛发和羽毛的鸟类，我也没想到他需要处理这些难以消化的食物。这对于我来说并不常见，因为直到最近，他还一直以狗粮为主食，而狗粮中没有什么东西是他消化不了的。这也就意味着,乔治成功地为自己找到了食物。

兄弟姐妹之间的争宠

8月16日　星期四

仅仅几个小时后,太阳升起来了,乔治明显有些不一样:比平时更疯狂,更急躁。我把毛巾从他的笼子上取下来后,花了三分钟为狗狗们准备食物。在这几分钟内,也就是在厨房里多走一圈的时间里,乔治变得非常狂躁。我把乔治的笼子抱到打开的窗户前,打算放他出去的时候,他已开始惊慌不安,拼命挣扎,一次又一次地试图把头从铁栏杆里挤出来,这很不像他。他平时可不是这样的一只笨鸟。

一放出来,他立刻就从厨房窗户直接飞到外面的长椅椅背上。他没有像往常那样先转身吃几口我伸出的手里的狗粮,而是飞走了。我举着拿狗粮的手,感觉自己被粗暴拒绝了。我问自己,我怎么能为了这样一只见鬼的喜鹊而被这种感觉吞噬呢?

从楼上的一个后窗望去,我看到乔治大摇大摆地走在我住的那条死胡同尽头的建筑工地上,探头探脑地打量那幢建成一半的房子。我想他是在寻找那些工人，我猜，他们会喂他一些残羹剩饭。

乔治的成长有一个演变过程。他的飞行技术已经提高到可以猛冲、转弯、猛然转身盘旋，以及在空中滚桶式飞行。他对奶油食品也产生了兴趣，现在吃饭的时候总是有自己的一小杯牛奶，无论我和前夫正在吃什么，也都有他的一小盘，这似乎可以阻止他偷吃我们盘子里的食物——除了有一次他从厨房窗户飞出去时，顺便叼走了前夫的半个香肠三明治。

他似乎已经放弃了尝试发出听起来像人类语言的声音，而只是认真地听我说话，有时张开嘴似乎想做出回应，然后又突然闭上，似乎想着这样更好。

下午，在我喝茶休息的时候，他会飞到屋前的草坪上来，和我在一起。这时我可以看到他在花坛里捉虫子。他把虫子一股脑儿全塞进嗉囊里，然后再试着为这些美味佳肴找寻藏身之处。当然，有些虫子还是半死不活的，所以当他把这些虫子吐出来，摊在铺路石上，重新排放整齐，然后再吃进嘴里时（似乎是为了把虫子收拾得更整齐一些，以便吞下更多的虫子），几只飞蚁试图爬走，这使得他不得不再次狼吞虎咽。

有一次，他把虫子吐到花园玻璃桌面的一个支架上，用喙把它们啄成90度角的样子。所以，如果他的受害者还有任何生命迹象，也都会被压扁。

当然，当他嘴里吃的是长有腿的虫子，而这些虫子又蠕动着，想从他嘴边爬出来时，那样子就不那么可爱了。有一次，他试图把一只奄奄一息的长着细长腿的虫子塞进我的裤腿里，引得我大喊大叫以示抗议。

我每天都会注意到关于乔治的一些小细节。譬如，当他闭上眼睛时，每只眼睛的内眼角到外眼角之间都会有一层薄薄的眼睑膜——一层透明的瞬膜——闭合起来，眨眼时眼睑膜下面的外眼睑从上往下闭合。睡着时，他的第三层眼睑向上闭合。这与猫头鹰的结构何其相似。

一天晚上，当我准备把他放进鸟窝时，他差点从笼子里低一点的栖木上掉了下来。原来，打盹儿的时候，他好像站立非常不稳。他挪了挪脚，靠近旁边高一点的栖木，把喙和头靠在上面，然后又闭上了眼睛。我以前从未见过他这样做：把头靠着保持身体直立。

乔治背部的黑色羽毛下面长出了一层颜色深一点的褐色羽毛。在睡觉时，他会把这些羽毛抖出来，像披风一样披在肩上。这些羽毛从外面闪亮的黑色羽毛底下冒出来，就像是一条柔软的隐形毛毯。很难描述这样的事情，但可以把它想象成一种更换羽毛以改变外观的行为。

乔治对狗狗们的感情近似于兄弟姐妹之间的争宠：一天晚上，我给每只狗狗都发了一块骨头，当然啦，乔治晚上回来时，骨头已经没有了。于是，一场争斗就此发生了。毛斯和维吉特不肯让出她们的骨头，还朝着乔治追咬，不过他设法让狗狗们小小的尖牙利齿咬不到自己的身体。他发现斯尼克斯的骨头——最大的一块——丢在了一边，于是他居然设法用嘴叼起这块骨头，飞出了窗外——或者用踉踉跄跄来形容更恰当。我到前院从他那儿抢回了骨头。最后，他发现了狗狗们遗弃的骨头里的残渣，因为她们的舌头无法伸进骨筒里取出骨髓，但是乔治的喙够长。

我坐在沙发上，三只狗狗坐在我的腿上，乔治也想加入我们，但没地方给他了。他先是咬毛斯和斯尼克斯，然后把喙塞进斯尼克斯的背下，似乎想把她从我的腿上撬下来。每次我都用手挡住她们，嘴里说"不"。乔治看到我总是用一个简单的"不"字来警告狗狗们，然后又看到她们确实停下了动作，所以他也听进去了，退开了一点。我挠了挠他的喙，想着是否有可能像训练狗一样训练他。也许到那时，他就不会让隔壁的珍那么害怕了。

当心，喜鹊跳头

8月24日　星期五

我梦想着乔治能和我们一起过上无忧无虑的生活，但看来要落空。今天，把乔治永远关进鸟屋的问题再次提上日程，而且我没办法置之不理。

擦窗户的清洁工来后告诉我，今天早上他已经看到乔治好几次了。乔治又在附近的房子周围转悠了。这让我很是担忧。

下午，我去拜访了珍，鼓足勇气当面问她对乔治的看法。她告诉我，乔治让她感到害怕，如果知道他在外面，她就不想出去，因为鸟类一般都会让她感到害怕，一想到鸟会落在她的头上，就足以让她在开门时考虑再三。如果确实要走出去开车，她已经习惯戴上一顶帽子。

更糟糕的事情还在后面。珍承认，她根本分辨不出乔治和住在自家花园树上的野喜鹊——至少有三只。所以现在她对它们都很害怕，万一是乔治呢……我的心沉了下去。他将不得不住进鸟屋了。

我没有告诉珍，那天早上我在工作室忙完后在花园里干活，这时乔治从花园凉亭的屋顶跳下来，真的把我的头当作跳板，跳到了空中。我并没有感到难受，只是有一种奇怪的软绵绵的感觉，就像被一个缓慢滚动的壁球撞了一下（再快一点就疼了）。我仿佛看到大门上挂了一块牌子，上面画着一只欢快的喜鹊从一个人的头顶跳下来，咧着嘴开怀大笑，牌子上写着："**当心，喜鹊跳头。**"

建造一个超大的鸟屋

8月25日　星期六

今天，我开始收集必需的材料，准备在房子后面建造一个超大的鸟屋。在空间允许的情况下，尽可能最大。这是一个绝佳的位置，几乎要占小后花园一半。反正，小后花园里到处长满了羊角芹。我会从杂物间开一扇门通往鸟屋。

如果乔治必须关进鸟屋，那我就把鸟屋建得巨大而舒适，有花坛、水池和一个小喷泉。尽管我心里知道，这项任务艰巨得难以想象：谁能帮我建造这样一个鸟屋？要花多少钱？把乔治关起来，只是为了让他不打扰我的邻居，我会有什么感觉？

乔治完全可以自由地离开，但他没有这样做。除了鸟屋，另一个选择就是带他进行一次非常漫长的汽车旅行，而且希望他最好没有信鸽的本能。但我实在不忍心这么做,况且,珍依然搞不清楚那些野喜鹊是不是乔治,因为他还是有可能找到回家的路,随时可能落在她的头上。所以,除非乔治自愿离开,否则鸟屋就是答案。

乔治飞走了,嘴里习惯性地叼了两口狗粮。我把他的笼子放在沙发扶手上,他直接从笼子里飞出厨房窗户,这已经成了一种定式。他会在窗前长椅椅背上停一下,然后转过身来,从我伸出的手上叼起两口狗粮——他总是在叼到第一口后,立刻再叼一口。

接着,我开始在建筑商那里为鸟屋寻找立柱,我可以买到差不多12英尺长的。还有一卷卷焊接网,用于支撑横梁的托梁带,以及用于固定焊接网的U形钉——用于钉子枪,我可以把它连接到我的大型空气压缩机上……我意识到,如果我想要在情况变得更糟之前建成鸟屋,就必须迅速安排好一切。

可我的问题在于,尽管我已经对整个花园进行了景观美化(完工时,共用了125吨石子,搅拌了65吨混凝土),但我并不想造什么鸟屋。我已经厌倦了建筑活儿。但我和一个在德文花园中心做兼职的人聊了几句,发现他曾经是一个专业的木匠,而且还保留着所有的工具。他看了我梦想中的鸟屋草图后,同意为我建造鸟屋。

它大约18英尺宽30英尺长,高度超过11英尺。然后我会在里面建一个花园，修建更多加高的花坛和天然石墙。

当我和约翰在屋后一起讨论鸟屋时，乔治飞过来看了一眼约翰，但一开始，他和我们保持着一定的距离。我在一块石头下面发现了一条虫子，就朝他扔了过去。他从电话线上俯冲下来，把虫子叼走了。那可是一条大虫子，所以虫子的两端在他的喙中来回摆动，他就这样叼着这条大虫子，大摇大摆地走了好一阵子。他还时不时地把虫子的一端踩在一只脚下，又用喙拉扯它让它像一根橡皮筋一样弹回来，似乎是为了在找到一块合适的铺路石肢解这只虫子之前，让它不再蠕动。接下来他就是这么做的。约翰看得目瞪口呆。

为每样东西找到一个合适的地方

8月29日　星期三

隔壁传来了阵阵修剪树篱的嘈杂声，一想到乔治——他一直觉得人类的头是不可抗拒的落脚点——可能会被剁成肉酱，我就很不高兴。所以我一听到树篱切割机的响声，就打开厨房窗户叫他。他神奇地出现了，先跳到窗台上，然后又跳到沙发靠背上。接下来的一天里，我一直把他关在家里，每次进厨房都要清理一摊摊鸟屎，我也只好认了。

乔治很顺从。他既没有敲打窗户要出去，也没有坐在窗玻璃边眼巴巴地望向天空。相反，他充分利用在家里的时间，与狗狗们一起玩耍，把我放在杂物间里的工具和各种清洁用品翻了个遍。噢！他的小脚丫伸进装有螺丝刀、扳手、钻头和除尘器的箱子里时，甭提多高兴了。

然后我又在厨房沙发罩的褶皱下面发现了杂物间的水槽塞子。这一次，我从旁边找来了一根闲置的"**非常**"重的短链条，把它拴在塞子上。半打链环的力量就足以把一辆卡车从流沙中拖出来。我很怀疑乔治现在还能不能把它移开，这个塞子已经被多次扔到窗外花园的花盆里，积累了好几英里的飞行里程。我不想永远失去它。我不可能找到另一个塞子来配这个独特的老式水槽。

过了一会儿，我听到厨房地板上传来"**砰**"的一声，接着是某种金属类的东西被慢慢拖过粗糙表面的声音。是乔治。他设法把水槽塞子从排水管道中拔了出来，但

由于我在上面拴了六个环的大金属链条，他再也提不动了。所以他在地板上把链条拖到窗前，为了借力，他小小的脚丫紧紧地抓住地板。到了窗前，他几次试图抓起塞子，但链条的重量让他飞不起来。乔治看着眼前的窗台，一次又一次地尝试，直到筋疲力尽才罢休。

然而，最让我不解的是那些消失的灯泡。乔治并不总是偷红色的东西或偷东西吃。有时他会认为某些东西是有用的，这就像强迫症一样。他看到一件感兴趣的东

西，就会想办法把它拿走，然后必须把它放在他记得住，而且特别合适的地方。长东西放进狭长的空间，大东西放进宽敞的空间，灯泡也是如此。对乔治来说，生活可能只是为每样东西找到一个合适的地方，然后把它们放在那里。也许他认为这就是在"整理"。我从根本上认同这一点。从小时候起，我就一直尝试把我的生活归档：信件、日记、工资单、催税单、结婚和离婚物品。

一天晚上，我在厨房里，狗狗们对着杂物间新热水器旁边地板上的一个大洞狂吠，那个洞上面临时放了六块小木板，可以踏过去，但洞的一部分仍然清晰可见。我探头朝洞里和木板下方看去，想看看是不是有老鼠，但我只看到灯泡。很多很多灯泡。

搬进这座房子的时候，我就把所有旧的、不得不废弃的灯具中还能用的灯泡取下来，放进一个塑料碗，再把碗搁在通往地下室的楼梯顶上。每次我需要一个新的灯泡时，我就会去那里取。乔治显然花了相当长的时间来清空这个碗——只剩三个灯泡了。他在这个深洞底部的水管下面已经塞了大约二十个灯泡，甚至有一个小灯泡连包装袋还没有拆。

九月

专门跟玛丽过不去

9月3日　星期一

不可否认的是,乔治似乎专门跟玛丽过不去。老实说,一旦他下定决心做什么事情,就很难阻止他:他会记住什么东西让他感兴趣(或让他恼火),并想一切办法在可能的情况下仔细观察。或者,具体到玛丽这个情况,就直接对她进行攻击。我知道鸦科鸟类很容易记仇,所以我怀疑玛丽趁我不注意的时候威胁过乔治——或许向他扔过什么东西驱赶他?他无缘无故地如此凶狠地针对她,这很奇怪。他对她如此具有攻击性——而且只对她,这实在令人费解。

一天早上,玛丽做完几个小时的清洁工作准备离开时,乔治跳到她的脚边,试图把他衔着的纸板埋到她的脚跟和凉鞋底之间。他**使劲**地啄。然后他扔掉纸板,试图继续抓她的脚——刺啦,刺啦——显然很疼,因为她尖叫了起来。我护送她去车上,但乔治紧追不舍,扑扇着翅膀围着她飞来飞去,好像他是一只蜜蜂,而玛丽浑身涂满了蜂蜜。他像往常那样抬头盯着她的头看,似乎在考虑从空中发起攻击。

他一跃而起,从玛丽的一边肩膀弹跳下来。于是,我搂着她,把她护送到车上,一路上都在驱赶乔治,但他不肯放过她。他就像黄蜂一样贴身紧追。玛丽爬上驾驶座,乔治就坐在她的车门顶端。这样她根本没法在不夹住他的脚的情况下关上车门。她想把他推开,他却落到了她的车顶上。然后,他就像滑雪一样,顺着她的挡风玻璃滑下来,停在她的车窗雨刷器上。他转过身来,透过挡风玻璃面对着她,就像一部迷你喜鹊恐怖电影中的怪兽一样。他在对她穷追猛打,可这是为什么?为什么会是玛丽呢?

甚至在玛丽慢慢开车离开时,乔治还在她的车前跑来跑去,手舞足蹈,仿佛要阻止她开车离开——我一次又一次地赶走他,但他不断飞回来,然后再次攻击,我真担心玛丽会撞到他。到了街上,玛丽不得不再次因为他停车,我试着去抓他。但他只是在地上绕着汽车跑来跑去,直到最后我赶他越过树篱飞回花园,他停在一扇门的顶端,向下瞪着我。我盯着他看了一两分钟,但我刚转身，他就又飞去找玛丽的车了。建造鸟屋现在变得更加紧迫了，这种恐吓事件绝不能再次上演。

为了让乔治不再对玛丽"痴迷"，当我在花园里喝茶、吃海绵蛋糕小憩时，我就叫他跟我一起。我坐在雪松树下花岗岩小圆桌旁的一个花岗岩石凳上。三只狗狗和前夫也跟我在一块，乔治急切地跟过来，生怕遭到冷落。我给大家都分了一点蛋糕，剩下的四分之一留在盘子里。乔治根本没有理会我分给他的那点，而是直接跳到桌子上，带着剩下的整块蛋糕飞走了。前夫坐在一旁看着，惊讶得完全没想起来阻止他。"他把剩下的蛋糕全拿走了。"他叹服地说。

我去追乔治，跨过花坛，在灌木丛之间奔跑。他飞得很低（因为蛋糕很重），我把他逼到花园工具棚后面。但他已经把蛋糕塞到了我铺在那里用来盖住杂草（希望它们会死掉）的黑色厚塑料膜下面。我把蛋糕捡了回去，然后乔治又飞回去看了看，确定我是不是真的拿走了蛋糕。

那天晚上，我拿出了我打算用来建造鸟屋的厚厚的焊接网的样品，趁乔治正在栖息时，我牢牢地抓住他，把他的头塞进其中一个2平方英寸的方孔，这让他非常生气。他的头刚好能穿过那个孔，肩膀却不能。我想，这应该没问题了。

的的确确把这颗红浆果给了我

9月8日　星期六

在花园里干活的时候,我听到附近田野里传来枪声。我顿时感到一阵恐慌袭来。我疾声呼唤乔治,结果发现他像一个顽皮的孩子一样,正在我的花园手推车下面跳来跳去,我难以置信地松了一口气。这一天的大部分时间,乔治一直都在我身边跳舞,我很高兴他能留在我身边。我把厨房的窗户也打开了,所以他想进去的时候就可以进去。我停工吃午饭的时候,他也跟着进屋,还叼走了几小片我的奶酪三明治。

晚餐我是在还没挖开的那一小块屋前草坪上吃的。乔治飞到桌子前,做了一件非常奇怪的事。他走到我面前,把一颗红浆果——这个世界上他最喜欢玩的东西之一——放在我的盘子旁边,然后站在后面,抬头看着我。乔治的的确确把这颗红浆果**给**了我。他以前从来没有这样做过。他通常是个索取者。那颗浆果在我吃饭的整个过程中一直在那里,而他在我的盘子边上跳来跳去,一门心思偷大块的食物,根本看不上我给他的几小块。

吃完后,我把乔治给我的浆果还给了他。在那之前,他都不愿拿回去。但一拿回去,他就开始设法找地方把它藏起来。

乔治甚至把这颗浆果——有那么一会儿——塞进了前夫短裤裤裆的褶皱里。他还把褶皱拉过来盖住浆果,这样别人就看不到了。但他还是不满意,又把浆果拿回来,想把它藏在前夫运动鞋的鞋带之间,没有成功,他又把它塞进了长椅的两根板条之间。

晚饭后,乔治又开始玩弄汽车天线。他在天线的末端上下跳动,好像他是连接在天线上的一个空中玩具,然后他又跳下来,想把天线从底座中拉出来,然后上下飞腾着,像是要把天线给拔出来。

一只壁虱

9月13日　星期四

不出所料，今天早上玛丽再次来打扫卫生的时候，乔治已经做好准备，等着她的到来。她按门铃的时候，我正在一楼书房，所以我匆匆忙忙地，以最快的速度，花了一两分钟时间走到门口。但令人不解的是，玛丽一直在不停地、几近疯狂地按门铃。打开门的时候，我发现玛丽就像被钉在门上一样背靠着门；她差点倒我身上。在她的脚边（尽管今天她穿了鞋）——对她怒目而视的——是乔治。他利索地把她紧逼到了门口的一个角落里，她吓坏了。

玛丽在楼上我工作室擦窗户玻璃的时候，我站在院子里，看着乔治跟着她从一扇窗户到另一扇窗户。他直接扑向窗玻璃，冲撞啄击、拍打，想方设法攻击她。我试着告诉玛丽这是所谓的"单相思"，但她才不会上当呢。

当我尝试用一些狗粮贿赂乔治，让他不要再盯着玛丽时，我注意到他的脖子上有一只壁虱。我从来没有见过这么大的壁虱。它挂在乔治的脖子边，就在他的喙下面，看起来像一个多出来的下巴，所以当乔治叼啄食物时，他的下颌就会受到影响。前一天还不明显，也许它还不在那儿，或者还不够大，所以没被发现。我试着用毛巾把乔治裹起来，但他不肯就范，而是钻进每一个架子、角落或其他藏身之处。我知道必须等到晚上他安定下来睡觉时。

但那天晚上，我在厨房里追赶着乔治，他在我前面激烈地上蹿下跳，我们就这样围着岛台转了二十圈。然后，我冷不防杀了个回马枪，用一件衬衫把他套住。噢！这只鸟如果不甘心被抓住，就会咬人。要抓住他，唯一的方法就是忍住痛，而且很痛。

我在乔治后背上喷了杀壁虱和跳蚤的喷雾剂，然后设法用镊子夹住他脖子上那只巨大的、吸了满满一肚子血的壁虱。这时，乔治挣扎起来，想用他剪刀似的喙啄掉我的手指，但这是不可能的。

我拿着一张厨房用纸，用指尖牢牢地夹住了壁虱。乔治猛烈挣扎，我担心他可能会折断脊椎骨。可惜他已不再那么温顺，只是把头歪向一边。不过，这样我就更容易驱除他身上的寄生虫。

我小心翼翼地把壁虱捉了下来，还得确保它的头部没有残留在乔治体内。这只壁虱轻易就长到了我的小指头那么大。我可以看到它那像头发一样细——而且很小，几乎看不见——的黑腿从较尖的一端垂下来。我需要一个放大镜才能看到它身体的组成部分，但是，天哪，它的液囊又如此之大。我赶忙把它塞进厨房卷纸里，用力一挤。它爆炸了，溅出一摊乔治的血。

我抱着乔治，试图让他平静下来，但他尖叫着，又啄又咬。我灵机一动，用吸管往他的喉咙里滴了三小滴桃味杜松子酒，这似乎能让他平静下来。我想，他连刷窗户的白漆、木材防腐剂、湿水泥和防水剂都喝过，一点桃味杜松子酒算得了什么，不至于要了他的命吧。何况这只是一点点，其实，也就几小滴而已。

当我把乔治放回笼子时，我不知道他尖叫是由于讨厌被人抱起，还是我弄乱了他现在完美无瑕的羽毛，因为他后来足足花了十来分钟重新整理每一缕羽毛。他还不停地挠着脑袋两侧，先挠这一侧，再挠另一侧，然后垂下每一只翅膀，挠翅膀上面。也许是因为喝了那一点点烈酒的缘故，他的身体还有些轻微地摇晃。不管怎么说，经过一番彻底的捯饬，他看起来开心多了，还让我抚摸他的脑袋，不再扑咬我，就好像我们又重归于好了。睡觉前，我在耳塞上涂了点消毒液，抹在乔治的脖子上，我想，照这样下去，他可能会变得很想离家出走。

* * *

九月匆匆而过。我不知道在乔治能永远自由地飞翔之前，我和他还能在一起生活多久。但我向自己保证，如果鸟屋完工后他还在这里，没有飞走，那么这里将成为他的家。在内心深处，尽管我很想留住他，但这**并不是**我希望他拥有的未来。

朋友们来我家里住的时候，他们对我家这位长有羽毛的房客不会发表任何意见，但离开后，有些人就再也没有消息。多年以后，一位朋友跟我说，她觉得我家很恶心。家里养一只活蹦乱跳的本地鸟超出了她的容忍度，尽管鸟粪及时擦干净了，喷了消毒剂。当然，那时我也好像住在一个建筑工地上，这可能影响了她的判断。从那以后，她就再也没有来过这里。

解开了我两只鞋的鞋带

9月16日　星期天

花园开始让我感到筋疲力尽。基本上每周我都需要再搅拌一吨沙子和水泥，用来再砌一道毛石墙。因此，我强迫自己整天在外面闷头工作，不敢停下来，否则我就无法再继续下去。只是在外面下了十五分钟暴雨的时候，我才坐在厨房的沙发上喝了杯热茶。当然啦，雨停之后，地面湿漉漉的，泥土散发着清新的芳香，植物闪烁着半透明的水珠。

我和狗狗们坐在一起,乔治以惊人的毅力解开了我两只鞋的鞋带。他解开第一根鞋带时,我又系上了,然后拍下了他重复解开这根鞋带,以及解开另一只鞋的鞋带的动作。我注意到狗狗们现在对乔治越来越戒备了,因为他的喙让他有种锋芒毕露感。他的喙尖似乎变得更锋利了,边缘像刀子一样。

自由的日子不多了

9月20日 星期四

到现在为止,虽然我在花园里取得了实际进展,但我还是感到相当沮丧。我想,也许是我精神上过度疲劳,因为除了背痛难忍和每天劳作让我疲惫之外,我还在写报纸专栏和其他各种文章来维持收入,同时还要打理这栋破旧不堪的大房子。在我和乔治一起生活的日子里,我慢慢地翻新这个房子,从电路布置、水管布局到供暖设计,都由我规划和绘制所有的图纸。

尽管我很高兴《每日邮报》同意发表我写的关于建造和种植花园的四篇系列文章,我还为《泰晤士报》另写了两篇文章,但我有时还是感到力不从心。我一个人包揽了三个人的活儿。我的工作强度已经到了极限——

而且我还有一个秘密,我一直瞒着所有认识我的人,除了一个在美国的朋友,我在电话里向她倾诉过……事实就是,我和前夫貌似幸福,但我们的婚姻正在慢慢走向崩溃。

我每获得一个小小的成功,似乎都会把他从我身边推开,因为他不能旗鼓相当,我们之间的经济差距已经成为一道鸿沟。这似乎只加剧了他想在"等他老一点"时回归澳大利亚的渴望,而这种渴望现在越来越趋迫切。在澳大利亚,他有名气、人脉、相对成功的艺术地位。而在这里,他觉得一切都要依赖我,而我又力不从心。他必须自己打拼。

* * *

今天早上,乔治在撕扯一张报纸,而狗狗们正围着那个和她们差不多大小的灰色死猫玩具撕咬。她们三个一起叼着它,拉拽它的四肢,她们尖尖的小爪子将这只猫玩具各持一端,好像它对她们中的任何一个来说都太笨重了。每次看到他们这样玩耍,这个世界的其他种种,对我来说似乎都不那么重要了。但很多时候,譬如现在,我只想坐下来痛哭一场,因为我知道我与前夫的关系已经不一样了,而我却无能为力。我知道,我在任何事情上越成功，我们之间的隔阂就越大，即使我觉得我做的事没有任何进展，我也会努力争取成功。我必须继续努力。这也是我的天性使然。

只有在我为前夫筹划艺术展，而且他能卖出画作的情况下，我们的婚姻才会有起色——但也好景不长，因为这意味着我没有时间和精力专注自己的工作。我在伦敦的时候就已经经历过这种情况，尽管他的画作好极了，但卖不出去，因为他在这里没有名气，没人知道他是谁。

不过，我还没有准备好打破我们之间幸福美满的假象——这种关系曾经如此真实——也不想因为倾诉我的问题破坏我们社交生活的种种。这暂时还是我的秘密，是我暂时无法解决的问题。

当然，我还是有能力为乔治解决一些问题的。一想到他的小小心跳，温暖的身体，他抓在我肩膀或膝盖上的小脚丫，我就有种满满的幸福感。但是，每过一天，就离乔治被关起来的日子越近。

我把乔治笼子旁边碗里那只已经发黑的香蕉做成了香蕉冰，加了三罐淡炼乳。在制作过程中，我对这个配方产生怀疑，因为我从来没有用过淡炼乳。我甚至都不知道为什么会有几罐炼乳！

乔治从窗户飞进来，栖在烤面包机上看着我。为了以防万一，我用茶巾盖住了烤面包机。然后我试着用勺子给他喂了一些香蕉奶昔。他吃得津津有味,所以我想味道还是不错的。因为乔治跟我在一起,不离左右,我想他今天不太可能惹麻烦。但我还是错了:水管工伯尼一到来,乔治就向他飞去。伯尼正在慢慢地按部就班地装散热器、锅炉、淋浴器、浴缸和台盆……多年来,我一直在收集二手台盆,还有二手灯具和窗帘,并从伦敦一家商店的陈列柜里淘到了半打漂亮的大理石台盆。(我的收集癖好现在开始发挥作用了。)

伯尼来到室内,抱怨乔治在攻击他。然而,乔治从他的头上弹跳了一下后,现在已经对他不感兴趣了,因为他找到了新玩具——伯尼的皮卡货车后面的所有东西。乔治一整天都待在伯尼敞开的工具箱里。乔治可能想偷的东西都在一个地方,而且已经打包好,随时可以运走。他要做的就是学会驾驶卡车。

唯一让他分心的,就是当玛丽来家里打扫卫生进出家门的时候。我不得不紧紧护住她上下车,因为乔治对她发起集中的猛烈攻击,并试图越过我的胳膊和腿去抓玛丽的东西。

今天鸟屋的柱架到货,紧接着就是柱子和网。乔治自由的日子不多了。

我们午餐吃的是意大利饺子包,我吃不完,就用毛巾盖住餐盘，放在水壶旁，等会儿再吃。但乔治从毛巾下面自己动手，先把嘴伸进去，掏出一个又一个饺子包。后来，我发现乔治拖着一个饺子包在地板上走来走去，后面跟着满怀期待的狗狗们。等我去查看时，乔治已经偷走了**所有的**饺子包，只剩下最后一点残渣。

最后，当我从花园进屋，坐下来看厨房餐桌上的报纸时，发现乔治把一块狗狗们吃的饼干塞进了内页。我还注意到挂在我旁边椅背上的一件旧工作衬衫的衣领里，也塞了一小块饺子包。

麻烦在于，乔治是个捣蛋鬼，他还鼓动其他几个加入捣蛋行列。

我不在，勿扰

9月22日　星期六

我们晚上要出门，我去厨房看看乔治，然后关上了窗户。我发现厨房里一片狼藉。除了常见的需要马上清理的喜鹊粪便，还有火柴。乔治找到了我藏在厨房架子上一个小罐子里的火柴——他之前弄坏了火柴盒，所以我留下了火柴。现在他又把罐子打翻在地，地板上到处都是火柴，他还把纸巾盒里的纸巾一张一张地抽出来，直到把盒子抽空。然后狗狗们又把这些纸巾撕碎，厨房看起来好像被暴风雪袭击过一样。乔治站在沙发的中间座位上，双腿叉开，嘴里叼着一整条跟铅笔一样长的施玛科斯狗狗零食棒。斯尼克斯和维吉特被如雪的纸屑团团围住，她们后脚着地，前爪搭在沙发上，期待乔治大发慈悲（只是我不认为乔治有这样的本性），施舍一点。乔治似乎对自己吸引了狗狗们的全部注意力感到着迷，也似乎很享受拥有狗狗们最喜欢的食物，却不会与她们分享的权力。我迅速抢走了乔治的施玛科斯零食棒，清理掉喜鹊粪便，但剩下的我不得不留到晚点再处理。我抓不到他，我明白，必须等到他黄昏栖息时才能抓住。

但晚上我们回来时，厨房变得更乱了。一包未开封的摄录像机专用迷你CD扔在地板上，而且完全打开了，因为狗狗们已经咬掉了所有纸板。地板上还有两大盒厨房用的火柴，它们之前放在另一个架子上，用一罐啤酒压着（为了防止乔治把火柴盒拆了）。现在啤酒罐滚到了房间的另一侧，两个火柴盒上都啄出了大洞。其中一个盒子微微打开，几根火柴被取了出来，散落在地板上的碎纸屑中。装在塑料包装袋里的面包本来放在厨房组合柜的一端，现在被挪到了另一端。乔治飞到了从毛斯的篮子旁边的木块中伸出的铁锹柄上，把它当成栖木坐在上面，假装一副老实样……他舒展了一下翅膀下的羽毛披风，如蓬松的斑点云般的羽毛在背上舒展开来，仿佛在说："我不在，勿扰。"清理工作似乎没完没了。我搞了多久，他就看了我多久。

我必须彻底清理干净，因为有一个艺术商正准备过来看我的画，打算为我办画展。我本来希望给他看一个干净的厨房和几只礼貌的狗狗，但我还有一只喜鹊，他把她们带入了歧途，在他身后像火车一样拖着长长的烂摊子。至少我还有一些完成的画作，可以给那位艺术商看看。

正在成为他人生活的一部分

9月23日　星期天

我带前夫和那位艺术商去路边的酒吧吃晚饭。酒吧女服务员告诉我，她女儿有一只六周大的小狗，今天早上小狗在他们家后花园里玩耍时，乔治飞去跟它打招呼。这情况让我更加担心，因为乔治正在成为他人生活的一部分，而且他似乎总有一种理所当然的感觉，这样可能会被哪只不管不顾的狗一口咬掉小脑袋。

我们回到家时，雨下得很大，我想让乔治赶快进屋。我一遍遍地呼唤他，他终于回来了。噢！他进屋的时候真是个湿漉漉的小家伙。他一点没躲雨,似乎特别高兴回家,在雷伯恩炉灶旁边跳来跳去,休憩,和狗狗们玩耍,像一块拧干了水的黑白抹布在地板上滑来滑去。在厨房餐椅椅背上安顿下来后,他开始用喙刃有条不紊地梳理每一片触手可及的羽毛——尾巴、翅膀、胸部——尽可能多地把水挤掉,直到他身体下方渐渐积了一小摊水。

非常非常生气

9月26日 星期三

今天我有一种冲动,无论如何都要把乔治的鸟屋建好。毕竟,我已经计划好了,还物色了一个人帮我建造。我还订购并收到了 Metpost 牌水泥钉,所以我现在只需要安排:运送木材、焊接网、钉接板、螺丝钉、平头铆钉枪和水泥。乔治实在是太聪明了,当我开始把他关在笼子里的时间比平时长(或许他可能看出了我在打什么主意),或者我白天把他关在厨房里不开窗户时,他对我的态度就会不一样。他不理我,我叫他,他也不过来,也不和我玩,而是把他的注意力加倍投向其他地方。

最近,我买了一个能找到的最大的狗笼。我可以把关乔治的小狗笼放在里面。如此一来，早上我把乔治从小狗笼子里放出来时，虽然他不能完全出去，但可以在大笼子里自由活动。这样，如果我离开家一天，我也不会因为把他关起来而感到内疚，而且我也不希望他在厨房里捣乱。他现在太灵活、太有创造力了，在没人看管的情况下，不能放任他在一个堆满潜在危险物品的房间里游荡。

等乔治发现自己被关在一个笼中笼时，他恨透了。他微微张开嘴，我后来才知道这是惊恐的表现。他在笼子里跳来跳去，试探着把头伸出栏杆，看自己能不能钻出去。幸运的是，虽然他的头能挤出去，但无论他怎么伸展、推挤和扭动他的脖子，他的其他部位都不行。乔治坐在他的小笼子顶上，时不时地滚落到大笼子里铺着报纸的底部，气急败坏地制造出巨大的金属撞击声。他非常非常生气。

我在笼子里放了一些喷漆塑料盖子、一个厨房卷纸筒，这样他就有东西可以肆意破坏。我还在里面挂了一副旧的安全护目镜，这样他也有东西可以啄了。他也确实这么做了。他开始疯狂地攻击护目镜，就好像是玛丽戴着它一样。

大笼子里的小笼子

9月27日 星期四

在和前夫出发去伦敦之前,我把乔治的小笼子放进了新的大笼子里(我选了一个足以容纳一只圣伯纳犬的大笼子),小笼子依旧用毛巾盖着,笼门开着。他太活泼,疯狂地想逃跑,我实在受不了,干脆用一条毯子把大笼子也盖了起来,因为他在阴暗处会更安静。我安慰自己说,他有更多的空间跳来跳去,里面有食物、水,还有我扔给他玩的东西。

我们回来时,我看到他栖息在大笼子里的小笼子里。我关上小笼子的门,把它拉出来,然后连它带乔治放回到餐具柜上。乔治表现出一副对看到我很感兴趣的样子,好奇地把头伸出栏杆看了看我。我把大笼子折叠起来,因为它实在是太占空间了。

关进笼子里的日子渐趋临近

9月28日 星期五

建鸟屋的木材运到了。在司机和他的伙计卸货时,我为他们准备了茶和咖啡。还有水管工伯尼,他正站在及膝深的泥沟里铺设通往房子的新水管，这条水管正好要穿过鸟屋。

屋后车道上的废料桶可以当桌子，上面像以往一样堆满了垃圾。从这个位置可以很好地看到房子的后面，我们都站在那里，一边在阳光下喝着热气腾腾的茶，一边打量着面前一个大约21英尺宽28英尺长的泥坑。这里曾是一个宽阔的铺砖路面，还有一个长满了羊角芹和荆棘的简陋花坛。这个长方形的泥坑会被改造成一个高台花坛，用花园无纺布将新土与杂草丛生的旧土分开。

在用光滑的河石砌成的挡墙内，我将种植一片灌木丛和一丛小树，让乔治在里面玩耍。我还想为他创造一个绿洲。另一端会建一个池塘，这样，鸟屋将高达12英尺，很是壮观。我还想种植常春藤和铁线莲，任它们爬满支柱架，把鸟屋变成一个绿意盎然的房间。

乔治飞了过来，停在废料桶的边缘上。他紧紧盯着卡车司机：一个戴着平顶帽的中年威尔士人。卡车司机回头看了一眼，对一只喜鹊近在咫尺感到有些困惑。我解释说，乔治是一只宠物，然后为乔治可能会从他的头上弹跳下来而提前道歉，因为我注意到，乔治那双小圆珠般亮晶晶的眼睛一直盯着那人的帽子。这只鸟的心思昭然若揭。乔治从废料桶的边缘跳到地面上，眼睛仍然盯着那顶平顶帽。然后他又跳到邻居家的绿色木栅栏上，再跳回废料桶的边缘,似乎在确定这是飞到那人帽子上的最佳时机。

然后他成功了。他跳到卡车司机脚边的地上,站了一会儿,然后又飞到那人的帽子上。落下时,他把双脚像活塞一样从身体里推出来,朝那人的后脑勺弹射过去。卡车司机站在那里,脸上露出不可思议的表情。乔治弹跳结束后,就不再理会他。不过,卡车司机对一只喜鹊——一种出了名的警惕性高的鸟类——蹲在6立方码[1]的废料桶后面盯着他表示了惊讶。

这些天我净忙着推进把乔治关起来的事了。每天我都要处理各种挡道的东西:盆盆罐罐、石头和一袋袋瓦砾。

---

[1] 英美制体积单位,1立方码约合0.765立方米。

十月

我发誓他一定在笑

10月1日 星期一

今天是一周的第一天,也是新的一个月的第一天。我决心要更好地安排自己的工作。因为我发现自己在工作室、书房、画室或花园里工作时,注意力不够集中,达不到应有的效率。而且我写日记的时间也太长了,因为我在日记中写了很多关于乔治的事情,记录了他的点滴长进、俏皮的动作和激动人心的特技飞行。

今天早上八点我把乔治放出来的时候,他不像往常那样只从我手中拿走几个 HiLife 狗狗零食,而是尽可能多地往嗉袋里塞,直到他的下巴鼓鼓囊囊,像一个装满锡罐的手提袋。正当我嚼着吐司当早餐时,他又回来敲打窗户,但我不能让他进来,因为玛丽马上就要到了。我想乔治如果再次攻击她,会让她辞职不干的。

我在建鸟屋的地址上挖土,这时,乔治飞到房子后面来找我。我用戴着黑色橡胶手套的手指指着一些小蜘蛛或小虫子,他就用他的喙尖叼起来,就像用镊子夹珠子似的。然后他把注意力转移到我的手推车上,他在扦插的枝条中翻找——就像一个人在内裤店折价区挑挑拣拣一样——把土块从一边扔到另一边,搜寻隐藏的昆虫和蠕虫。他在手推车的两个把手和我的铁锹柄之间跳来跳去。最后他不见了,我突然感到非常孤独。他的离去让我心里明显空落落的。

不过,在玛丽离开后,我就打开了厨房窗户。在晚上的"工作时间",我下楼到厨房泡茶时,乔治在里面,他坐在狗狗们的床上方的铁锹柄栖木上。他应该在厨房里待了一段时间,因为餐桌上小碟子里的五颗烂葡萄不见了,那是前夫准备扔掉而被我特意留下来给他的。我希望他把它们藏在外面的某个地方,否则我翻开园艺书时,书脊里总是塞有腐烂的葡萄。

我把牛奶倒进他细小的喜鹊杯里,他喝了起来,完了在烤面包机上擦了擦嘴。

我在厨房餐桌旁刚读完报纸上的一篇文章,乔治就跳上了放在我旁边椅子上、用来记录后院工作的文件夹。我着迷地看着他拽我堆在文件夹上的A4纸和剪报。这些东西实在太重了,他不可能一下子都叼走,让我感到惊讶的是，他没有像平时那样只拿一点就飞走。相反，他用喙衔住所有的文件和剪报，脖子伸得长长的，还用充满指责的眼神看着我。然后他向前走了一步，用脚和身体把嘴里衔的纸楔推向我，并直视着我，似乎在说："**帮我把这些东西拿起来。**"

于是我照做了：我抓住纸楔的边缘，举起来给他看。乔治又从纸楔下方俯身跳到文件夹的顶端，把嘴伸进封面下面，掏出一大块我昨晚给他的奶酪吐司。原来我放在文件夹上面的一沓纸增加了重量，使他很难把喙伸进去拿到。面对这样的深思熟虑，我差点惊掉下巴，乔治不仅找回了自己的食物，还要求我和他一起通力合作，而且还记得数小时前他把点心藏在哪里了。

更让我印象深刻的是，傍晚我们正准备吃饭时，乔治飞到外面，叼回了早些时候从杂物间偷走的一包 3 安培的保险丝。他还拿出了几天前我给他的一根狗狗磨牙棒，他把它藏在几块破布的褶皱里。

后来我出去了，从"工作时间"抽出身，到后院鸟屋区喷漆线，标出我想建高台花坛的位置。我看到乔治在家里，站在杂物间的窗台上，看着我在瓢泼大雨中越淋越湿。他在抖动羽毛，开始精心梳理起来。我发誓他一定在笑。这样的场景很不协调：我在外面淋雨，而乔治，那只喜鹊，却安然待在屋里，漂亮又干爽。

整个晚上都暴雨如注,但前夫和我一起蜷缩在厨房里,维吉特、斯尼克斯和毛斯待在她们的篮子里,乔治栖息在她们中间的栖木上。雨水无情地拍打着两扇巨大的垂直推拉窗,让我庆幸屋顶的漏洞已经修好——也庆幸乔治没有把修屋顶的工人吓跑。

为了建造乔治的鸟屋

10月2日　星期二

目前,我还能保持我生活中的经济泡沫完好无损:我与《泰晤士报》的合作似乎有保障;乔治依然和我在一起;我的自传体诗集《45》已经在美国出版并热销;很快,我的新诗集《镜之书》也将出版。我的慢性疲劳综合征的复发似乎有所减少,尽管我的背痛越来越严重。但是,如果我一直休息不动,生活就会变得更加痛苦——再说一遍,如果我能够一直保持运动状态,我就可以把疼痛保持在一个较低、较容易控制的水平。

今天早上,因为昨晚很晚才睡,所以我很晚才起床,我睡得像根木头似的。这意味着我一夜没动,身体已经完全僵硬了。我不得不把自己从床上拖下来,滚到地板上,最后才能站起来。我的后背、双腿和肩膀都很痛。

我设法穿上衣服,放乔治从厨房窗户出去。

乔治来到小后花园找我,我正在那里挖坑筑鸟屋里的室内花坛,我的身体关节终于又开始工作了。我一旦开始干活,就停不下来。我觉得自己好像在和时间赛跑,却无法找出造成这种感觉的原因。我感觉时间如同风一般从我耳边呼啸而过,越早实现目标,我就能越早停下来。我现在仍然有这种感觉。但到最后,总会有新的挑战——然后再有更新的挑战(其实都是自作自受)——所以对我来说,与时间赛跑是没有尽头的。

整整一天,我都在把长有羊角芹的泥土装进盆栽堆肥袋里,等清空之后扔进废料桶里。

每当我坐下来喘口气的时候,乔治就飞过来坐在我的膝盖上,或者在我身边跳来跳去,叼起小蜘蛛和小虫子,从房子的墙上啄出他认为可能有趣的碎片。

黄昏时分,我艰难地脱下沾满泥土的靴子,又花了几个小时修改下周一《泰晤士报》副刊的诗歌专栏,进行最后定稿。(约翰·多恩[1]的《跳蚤》,在这首诗中,叙述者似乎通过跳蚤吮吸他和他爱人的血来进行伪性行为——我无法绕开这首诗。)

---

[1] 约翰·多恩(John Donne, 1572—1631)17世纪英国玄学派诗人、教士,他在中文世界有名的诗歌是《没有人是一座孤岛》。

看呀，这只跳蚤，看这里
你对我的拒绝是多么微不足道；
它先咬了我，现在又咬你，
在这跳蚤肚里，我们的血融为一体；
要承认，此事不能说成是罪行、
羞耻，或你贞洁的损失，
  可是它未经求爱先得快意，
  合我俩的血为一体，吸得大腹便便
  唉，它让我们望尘莫及。

哦，住手，一只跳蚤背负三条命，
它体内，不仅有我们的婚史。
这只跳蚤是你是我，是我们的婚床，
我们的婚庆殿堂；
尽管父母怨恨，你也不从，我们照样相会，
且隐居于这活生生墨玉般的四壁之内。

如何在不直接描写性行为的情况下写性。

因为有阅读障碍，我必须一遍又一遍地检查做过的每一件事，从来都无法确定是否遗漏了需要注意的东西，所以我做每件事的时间都比预想的要长。这样的工作需要与一种不可动摇的信念直接冲突，那就是越早建成鸟屋，我就能越早停止担心乔治的安全和邻居的愤怒。

为了建造乔治的鸟屋,我必须预见日后可能需要在该区域进行的任何工程——并且现在就去做,譬如埋设新的主水管道。另一件大事是铺一条新的电缆,这样就可以用一个电表取代房子里的四个电表,它们是房子曾经作为四个公寓时留下的。然后,还需要修复非常美观、宽敞的维多利亚式砖砌排污管道,有些部分已经破损,还需要安装新的检修舱口。最后,还要清除几吨长满羊角芹的泥土。乔治的鸟屋迫使我尽快解决房子里的各种问题,而我宁愿把这些问题留到以后再解决。很久以后。

希望他只关注我一个人

10月4日　星期四

今天,我把乔治放出去后,他就飞得无影无踪,直到很晚才回家。他没有像往常那样,在外面和我玩耍。天快黑的时候他才回来,从开着的厨房窗户飞进来,安顿下来过夜。他一整天不知去向实在太不正常,这让我很不安,因为难道他现在必须"巡视"、看望那些已经成为他扩张领地一部分的邻居?他肯定花了很多时间与死胡同尽头建房子的工人在一起。

我不相信嫉妒——因为这是一种破坏性的、徒劳的情绪，我们应该为他人的成功和幸福感到高兴——但在我想象着乔治对陌生人的那种关注时，我感到了嫉妒的痛苦，我希望他只关注我一个人。

没有回来

10月5日　星期五

因此，今天把乔治放出去的时候，我留心观察了一番。我看着他是如何将我手心上的狗狗零食把脸塞得鼓鼓囊囊，就好像在为一次非常漫长的旅行打包干粮一样。然后他就消失了。他没有像往常那样在上午晚些时候回来。他没有像往常那样在午餐时间回来。整个下午他都没有回来。他没有像平时那样在六点左右和狗狗们一起散步。我对着空旷的天空不停地呼唤，但我心里已经预感他不会回来。我脑子里一直在回想他离开时，把脸塞得鼓鼓囊囊的样子。我感到空气中弥漫着令人不安的缺失感。他在我的生活里留下的空间是巨大的。我继续在屋后干活，在院子里挖坑，准备安装鸟屋的立柱，但每隔一段时间，我就会停下来吹口哨呼唤他。他依旧没有出现，随着时间的推移，我的不祥之感越来越强烈。

我希望进屋时，乔治已经像往常那样进笼睡觉了，但他不在那里，也不在厨房里。我带着三只小白狗到花园里散步，想看看她们的身影是否能吸引乔治离开附近的树枝，但乔治没有过来加入我们。我想象着他的小脑袋在厨房窗户前摇晃着，一副想要进来的样子，但他还是没有出现。我热切地期待着他第二天会回家。我记得他以前被关在外面一整晚后就回来了。如果这次他不回来，那我就真的相信他已经死了。不然的话，他是不会突然离开的，但他肯定会时不时地离开，就像一个十几岁去上大学的孩子，然后在假期回家。难道他是在慢慢地训练我去适应，直到最后彻底离开？

那天晚上，我伤心欲绝。我担心乔治已经死了。我给前院的花盆浇水时哭，我抱着狗狗们坐在厨房敞开的窗户前的沙发上哭。我和狗狗们都在等乔治回来，但他始终没有回来。窗框上也没有熟悉的砰砰声，那是他降落时的声音，他会往房间里张望，看看我们在哪里，下一步就飞到哪里。有时，他干脆从最窄的缝隙中飞进来，落在烤面包机或微波炉上。

狗狗们在窗边守望着，直到夜幕降临很久后我关上窗子。我喝了一些直接从冰箱里拿出来解冻的火鸡汤——

我才知道这汤有多么不新鲜。我像往常一样搂着狗狗们，但没有乔治在我的脚上栖息，也没有他拉着维吉特的尾巴。我真希望自己不要再哭了；我的眼睛生疼。

早些时候，我问一个最近才和妻子一起搬到这条街上的邻居，今天是否看到了乔治。他说没有。但他说乔治曾经跳到他的背上。哦，天哪。但他也坚持说他并不介意。他告诉我，他十五岁时养过一只喜鹊。他把它关在鸟笼养了两年。但人们给它食物的时候，它经常咬人（乔治没有），而且脾气总是很坏。我暗自笑了。我想，喜鹊太聪明了，当它们意识到自己被囚禁时，会变得很愤怒。有一天，鸟笼被什么东西咬了一个洞，他的喜鹊逃出去了。他试图用食物引诱它回来，但它飞走了，再也没回来。我想，应该是他的喜鹊使出了剪线钳绝技。

眼泪不时流下来

10月6日 星期六

说来惭愧，昨晚上我是哭着上床睡觉的，醒来时也泪流满面。如果乔治是个小混蛋，我会很高兴他突然就离开了，连一句再见都不说。如果他每天都把厨房搞得一团糟，啄我，哼哼唧唧，别别扭扭，那他最好不要回来。但他不是,他会坐在水壶上,从我为他举着的迷你杯里喝牛奶。他从我的指间叼走食物,他坐在贮存罐的上面看我做饭,一旦外面的天气很不好时,他就坐在狗狗们的床之间的栖木上。他是我小家庭中的一员,我实在无法理解他的离去。

我起床后第一件事就是打开厨房的窗户,整整一天都没关,但依旧没有看到乔治的身影。天气也非常寒冷,但我没在意。狗狗们紧紧挨着雷伯恩炉灶取暖,这个炉灶驱散了厨房里的寒意。

我在工作室工作时,眼泪不时流下来。我感觉就像我最好的朋友死了一样。乔治每天都和我一起玩耍,和狗狗们做伴,在花园里陪伴我。我在楼上的时候,他甚至会来看我,无论我在哪个房间,他都会飞到那个房间的窗户上。能做到这一点的小伙伴是多么惹人喜爱。这几只狗狗是很贴心的忠诚的朋友,我深深地爱着她们,但乔治是我带回家和我们一起生活的一只野生动物,而且直到现在,他还选择留下来。如果我知道乔治还活着就好了。

傍晚时分,我问前夫是否愿意到花园里来喝杯茶。虽然天气很冷,但阳光很好。

一开始,我们曾是一个真正的团队,一起为未来的生活而努力。但有一次,一位心理学家朋友问我,当我们在澳大利亚认识时,我和前夫都处于什么状态。在我们相遇的那个星期,我被诊断出肠道痉挛,需要进行紧急手术。我饿了好几个月,因为这个手术让我无法进食——一个简单的三明治就会把我送进医院——而且这是我患慢性疲劳综合征的第二年。但我很快乐——尽管有些瘦弱——我热爱生活、绘画、写作,还有我在西澳大利亚丛林边缘的单层小房子。

"那时你病得很重,"我的朋友说,"所以你们扯平了。后来你又好起来了!"这是真的,当前夫把患有慢性疲劳综合征和肠道手术后腹部还没拆线的弗里达接回家时,没有料到弗里达会有过山车般的变化。不过,在手术缝合钉取出之前,我就在他的花园里用镐头一点点地进行美化,搬来沙岩块给他建了一个隆起的草坪,这应该让他有所了解。

我们在他的画室一起画画。他是唯一知道我患有慢性疲劳综合征的人(除了我的一个美国朋友)。每当我突然失去知觉,昏倒在他贴心准备的放在画架旁的床垫上,醒来后总会发现他从我手中拿走了画笔,把它放在颜料稀释剂里,还经常在我的手肘边留下火腿卷作为午餐。

现在我怀念在一切变得不对等之前的岁月里,我们之间曾有过的情谊。因此,当我对乔治的离去深感悲痛时,前夫是我可以求助的人。在这样的时刻,我们之间的矛盾就消失了。

父亲曾经告诉我，女人不应该比她的男人更成功。尽管我提出抗议，主张平等，但他坚持认为，进化论决定了男人必须是养家糊口的人。许多年前他捕猎野牛，而现在他挣钱养家，为家人遮风挡雨。

我和前夫坐在凉亭旁的花园一隅，两把花园木椅被一圈小灌木丛围绕着。下午最后的一缕阳光能照到这个地方，我觉得很舒服。温暖的空气让一切变得柔和，似乎让时间本身也变慢了。有那么一刻，我放松下来。直到我听到厨房里传来狗狗们疯狂的叫声。前夫进屋去看看是什么东西惊扰了她们，而我则努力控制住心里翻腾的那股希望，我觉得可能是乔治。我很不情愿地跟了过去，在回屋的路上，还扦插了几根枝条。我实在不想进厨房后失望。前夫走到前门，招了招手。"是乔治回来了吗？"我问道，试图平息我内心的恐惧，生怕这完全是别的什么东西引起的一阵骚动。他点了点头。已经是六点半了，天黑得很快。随着冬天的到来，我们每过二十四小时就会少一点阳光。

当我走到屋前时，我口干舌燥，难以忍受。我看见乔治蹲踞在厨房的净水壶上，双腿张开，头歪向一边。我松了一口气，几乎哭了出来。我想用双臂抱住他小小的身躯。我从冰箱里拿出他的小牛奶杯，递给他。他大口大口地喝着。我让狗狗们坐下来吃无盐腰果,乔治也排好队,抢着要吃,好像饿极了。

因为乔治一整天都没进屋,所以我把一碗夹心橄榄放在屋外,碗上只覆上了一层保鲜膜,乔治那锋利的喙可以一触即破。他自己拿了一颗大橄榄,去折磨那些紧紧跟在他身后的狗狗——先是把橄榄藏在一个狗篮子里,然后在觉得狗狗们快要找到时再把它挖出来,并想办法

到处藏,这里、那里,任何一个可以藏东西的角落。今晚,他非常热衷于从我这里获取食物。有趣的是,这只聪明的鸟,拿着已经有点发干的 HiLife 狗狗零食,全部丢在狗狗们的水碗里,将其泡软,然后再把它们叼出来放在碗边,把它们扯开,再吞下去。

他趴在微波炉边时,我又给他倒了些牛奶。他跳到贮存罐上,然后停在灶台上一个金属水壶的把手上。我把小玻璃杯放在操作台上,但他不想跳下来喝,而是歪着脑袋(这样子让我觉得他是在摇头),意味深长地看着我,直到我把杯子举到他嘴边,他才开始蹲在那里喝起来。他倒是把我训练得很好。

更加不愿意把他关进鸟屋

10月7日　星期天

我的第一件事就是把乔治放出去,并祈祷他当晚能回家。他一飞出厨房窗户,就停在那边长椅的椅背上,转过身来,再次尽可能多地把我手掌上的狗粮塞进嘴里,就像在为长途旅行打包午餐盒饭一样。周四也是如此,他在外面待了一整天,直到六点才回来。还有星期五,他根本就没有回来。今天白天他也没有回来,而是在六点差十分钟左右进了厨房——我进去时,发现他趴在烤面包机上,蜷缩着右腿。有那么可怕的一瞬间,我以为他失去了一条腿,但他只是因为不需要用这只脚来保持身体平衡或着陆而把它收了起来。他对我很疏远,但很乐意从我这里拿到腰果——他一把夺过去,迫不及待的样子——他还和狗狗们一起排队吃奶酪或火腿等狗狗零食。

我忘了把牛奶瓶子收起来,结果他拉开了它的锡箔盖子(都这个年代了,我们还在送这种老式的牛奶瓶),把身子拉得老长老长的,想把脑袋伸进瓶口。令我惊恐的是,他的整个脑袋滑了进去,伸到瓶颈较宽的部位,两个眼球挤压在玻璃壁上,样子十分狰狞。我不得不抓住瓶子,轻轻地把他的头拉出来,生怕他被吸力卡住而最终不得不砸碎瓶子,这样他才能呼吸到空气。

然后,我给他平常用的小玻璃杯倒满牛奶,放在一边让他自己喝,但是不行,那没有用。他趴在烤面包机上等着,看看牛奶杯,又看着我,意味深长,就像上次一样。看来只有我举起杯子喂给他喝,他才会高兴。他就像一个小小的真空泵,把牛奶吸起来,然后把脑袋向后仰,让牛奶沿着喉咙往下流。

我拍摄了一些乔治和狗狗们一起玩耍的镜头。他飞

得很低，嘴里叼着奶酪，戏弄着维吉特，如果他飞得慢一点，维吉特就能够抓住他，把奶酪从他嘴里抢走。他叼着奶酪飞到沙发上，维吉特噔噔噔地迈着小短腿追上他，试图把奶酪从他嘴里舔落下来。乔治站在沙发扶手上，像鸽子一样发出咕咕的声音，然后放下奶酪，凑上去狠狠地啄了一下维吉特。维吉特疼得从沙发上跳下来，发出一声尖叫。乔治又捡起奶酪，叼着它跳到地板上，双脚开跑。他在深色的橡木地板上飞奔，维吉特在后面紧追不舍。

乔治围着厨房岛台，几乎贴着地板飞来飞去，维吉特不停地追赶着他。突然，乔治消失在岛台的另一头，接着有那么片刻，厨房里寂静无声，我不知道这期间发生了什么，过了一会儿，维吉特得意地出现了，嘴里嚼着乔治的奶酪。

乔治在笼子里栖息时，我把他从栖木上抱下来，检查他的脚。他的喙没有任何问题，而且他基本上可以用它啄碎骨头。检查他的脚时，我发现他的后爪有一点血迹，我的手指头摸到了一个凹痕。但他爪子的其他部分似乎没有问题。也许我应该把他的后爪放在稀释的消毒剂里泡一泡。那会把他弄醒的！而且等我把他放回笼子里的栖木上时，他一定又会花半个小时来重新整理羽毛。我轻轻地抚摸着他那固执的小脑袋，这样就不会把他碰倒或弄乱他的发型了。

乔治回来了，但我对他安全的担忧也回来了——他新获得的独立只会让我更加不愿意把他关进鸟屋，而这个鸟屋现在已经快要完工了。

仿佛怀着某种深深的渴望

10月8日 星期一

今天早上，乔治直接飞到了前院，而没有从房顶上飞回来，然后再飞走。我心里清楚，我在观察他可能发出的离家信号。

他在前院玩了一会儿。我取完报纸回来，他飞过来坐在汽车旁的一块石头上整理自己的羽毛，把自己弄得蓬蓬松松像个羽绒小气球。然后，他又突然消失了。

直到六点差一刻，我才再次看到他。我喊他，仅几分钟的时间，他就来到了窗前，但我怀疑这只是一个巧合。他蹦蹦跳跳地进来了，叼起我递给他的那根煮熟的螺旋意面。随后，乔治和维吉特又围着厨房地板、沙发和狗窝展开了一场"不喂就飞"的游戏。整个晚上，乔治都在从我这里叼走食物，还把这些食物塞得到处都是。我烤三明治的时候，他就已经准备好了，在旁边等着。我给了他一点，他急切地抢了过去。

他还从厨房桌子上他的小杯子里喝了牛奶，从碗里叼走了最后的几颗葡萄。我给他拍照片，尽管有那么一会儿，他也只是坐在那里，任由维吉特去抢他嘴里的食物。我感到很奇怪，在这个最受欢迎的游戏中，维吉特已经取代了斯尼克斯的位置。很快夜幕降临，乔治不再玩游戏，而是坐在沙发上看着窗外。那是一幅多么令人感伤的景象。乔治一动不动地坐在坐垫中间，小嘴上扬，凝视着上方的天空，仿佛怀着某种深深的渴望。他一直看着天空，看着它从云雾蓝变成紫灰色，然后变成墨染般的普鲁士蓝。这是他从来没有过的。

才几分钟的工夫，天就黑了下来，在黑暗中就更难看清乔治了——但我仍然没有把厨房的灯打开。我总觉得，他好像在渴望着什么东西，那东西在遥远的地方呼唤着他。

等到外面完全一片灰暗的时候，他才转过身，从沙发跳到地板上，忽闪着翅膀，走向餐具柜前，他的笼子所在的地方。我只看到他透过昏暗的光线向上窥视。他跳到笼子敞开的门前，在那里站了一会儿，好像在想自己为什么要这么做。他的样子就好像回答了某种强迫性的问题，但现在对这种强迫性产生了质疑。然后，他跌跌撞撞地走到底部铺着报纸的笼子里，跳上了他的栖木。

我听到他急促搔头的声音,接着是他呼呼拂动羽毛的声音,他伸出下层的羽毛,像披肩一样蓬松地盖在了翅膀上面。

在黑暗中,我轻柔地抚摸着他,然后把笼子轻轻地关上,让他好好睡觉。我有一种强烈的感觉,我要永远地失去他了。

在一起的时间有限

10月9日 星期二

尽管我很担心,乔治还是在上午回到屋里待了一会儿,因为他不喜欢这场瓢泼大雨。这让我几乎产生了一种虚假的安全感。我给他喂了一点吐司和橘子酱,但他还有别的想法:他从窗户飞了出去,叼着一整片面包,从他嘴边露出了我涂的橘子酱面包条。我当时笑得太厉害了,没来得及抢回来。两分钟后,他又回来了,想偷另一片。他在我的盘子边上跳来跳去,等待我放松警惕的那一刻,只要我分心足够长的时间,他就会跳上前来抢夺他的战利品。当我吃最后一片橘子酱面包条时,乔治好像不敢相信似的盯着看我吃每一口,直到全部吃完。

瓢泼大雨意味着我得在工作室待一天。大约一个多小时后，天空稍微放晴，我发现乔治从厨房里消失了。直到六点十五分，我下楼休息时才见到他。他不可能在家里待那么长时间，因为厨房里的鸟粪并不多。因为一年中的这个时候天总是黑得太早，六点十五分似乎是他的入眠时间。

我又给乔治拍了一段视频。他正在想办法把一个鞋底大小及形状的狗咬胶藏在沙发前面与维吉特的棕色天鹅绒小凳子之间的缝隙里，这个小凳子紧紧地靠着沙发。然后他从他碗里叼出我留给他的几块吃剩的吐司，用来挑逗维吉特。他干掉了水壶顶上的几颗葡萄，然后从桌子上碟子里的小蜡烛座中拔出一截蜡烛（最近一次停电时用的），在厨房里到处乱转，试图找到一个能放得下的地方。他先是设法在毛斯用的狗篮子里找缝隙，接着在沙发垫子下面找，然后又在我放在地板上、供他玩耍的小篮子里的旧T恤下面找，最后在挂在杂物间门后的羊毛衬垫工作服后面找到了地方，那有三排的挂钩，蜡烛安然地放在衬衣领后面的挂钩托架里。

拍了他半个小时后，我又花了半个小时为他画了一系列速写，因为我觉得和他在一起的时间很有限。他喜欢我画他。他又蹦又跳，快乐地玩耍着，还试图把素描本从我手里拽走。他戏谑而可爱地望着我，把茶巾从烤面包机上扯下来，而且一点一点地离我越来越近。当我的注意力全部集中在他身上时,他看起来更加自在而快乐了。

然后他像一个乖孩子一样进了笼子。不过,他是在把茶包从我泡在水壶边的杯子里拿出来之后才这样做的。我抬头一看,他正站在烤面包机上盯着我,热气腾腾的茶包挂在他的嘴角,茶水滴到了杯子里。他把茶包扔在杯子旁边的柜台上,然后跳下来,睡觉去了。

没有像上次那样悲痛欲绝

10月10日　星期三

五点钟,约翰完成了鸟屋的全部工程,我心力交瘁。我给他搅拌了整整六车混凝土,用来固定 Metpost 立柱。接着我又利用傍晚时间,反复修改我准备发在《泰晤士报》的那篇文章,力求精益求精。我还给我刚从德文花园中心买回来的、用来装饰金枪鱼喷泉(三条会喷水的腾空金枪鱼)的四个两英尺高的陶罐做了防水处理。三年来我一直想要建成这样的一个喷泉,我的耐心终得回报(我买得很便宜,因为其中一条金枪鱼的鼻子末端断了,短了六英寸)。我打算在鸟屋里建一个锦鲤池,用河边的圆卵石镶嵌在表面光滑的混凝土中,在外面形成一道起伏的墙,内侧则由丁基合成橡胶砖砌成长方形。我脑海中清晰地浮现出这幅画面,这给了我极大的动力。

在花园里遛狗休息时,我呼唤着乔治。但他没有出现。

如果他离开了,而且还活着,那我就为他感到高兴。我一直这样告诉自己。我已经决定,即使没有乔治,我也要建成这个鸟屋,因为它也会成为小狗狗们的理想狗舍。我还想种植铁线莲,让其向上生长,覆盖整个焊接网,把鸟屋打造成一个真正的仙境。它感觉像是房子后面的一个房间,而且可以放心养锦鲤,让它们免遭每年都来前花园池塘偷吃金鱼的鹭鸶的袭击。所以,我应该感谢乔治。不然我永远也不会想到要在巨大的棚架上安装网罩的。

那天晚上,乔治没有回家。但我没有像上次那样悲痛欲绝,我有了更多的心理准备。第二天早上醒来时,我预感到乔治白天不会回来了,不过我希望他晚上能回来。我觉得**还好**,因为他头天晚上不回来的话,第二天就一定会回来。

玛丽打扫卫生时,在厨房岛台柜台上的插座下发现了一支蜡烛。我也再次发现了那截我曾见乔治塞进挂在杂物间门后的羊毛工作服领子后面的蜡烛,放在三个并排的挂钩托架上,而我完全把它忘了。我还在篮子里的一块清洁布中发现了狗狗零食。

我惆怅地望着压在我用来杀死蛞蝓的两罐啤酒下面的厨房用的一大盒火柴。(我不是用啤酒罐来压死蛞蝓,而是用有糖的啤酒做诱饵,引诱它们来吃糖,但它们会被啤酒溺死。)某天晚上,在我给乔治画素描时,他从分量不轻的啤酒罐下面拖出来这个盒子,叼着它在厨房里飞来飞去。然后,他当着我的面在地板上设法打开了这个盒子,顺便在上面啄了一个洞,然后掏出火柴,扔给等在那里的狗狗们。没有乔治,我的生活会变得安静许多。

五点半,我带着狗狗们在花园里散步(她们急着要出去,小眼睛亮晶晶的,充满了渴望,小舌头伸着),我感到乔治不在的失落感,他一直像第四只狗那样陪伴在我身边。

我们朝花园的尽头走,当我弯腰去拔一根杂草时,熟悉的翅膀拍打声在我耳边响起。乔治俯冲过来,擦过我的肩膀,落在一根巨大的横着生长的雪松树枝上,我把这根树枝当作烧烤炉旁的吊椅。他停在树枝上,紧盯着我。我蹲下来与他平视,他还让我轻摸他的喙。他似乎累坏了。然后,他低低地飞过灌木丛,跟着我们来到房子前,从敞开的厨房窗户冲进去。我还没打开前门,他就已经在水壶上落脚了。

他坐在水壶上满怀期待地盯着我,然后毫不客气地吃起狗狗们碗里的肉罐头来,又在外面窗台上的水盆里喝了一大口水。我担心他可能会再次飞走,但他没有,而是飞过来,蹲在沙发垫上,啄了一下斯尼克斯的脚后跟,让她给他挪个地儿。

我坐在他身边,他让我轻抚他的喙,抚摸他的头顶。他太累了,一点也不反抗。等到他主动进笼子里过夜时,我心里涌起一阵怜爱和惊奇。

想要搬到世界另一端去的愤怒男人

10月12日　星期五

今天早上,我把乔治从笼子里放出来时,我没有像往常那样把笼子搬到厨房的窗边。而是直接把他放在厨房里。我以为他会马上离开,因为窗户是开着的,已经为他做好了准备,但他没有。他在厨房里玩了一会儿,自顾自地享用起狗狗零食来,他先把它们放进狗狗们的水盆里,然后撕成小块吃掉。今天早上,他一点儿也不像一只野生的蝙蝠类动物,而像一个好奇的五岁小孩。

我给我年迈的邻居打了电话,告诉她乔治现在经常整天不在家,他跳到她身上的可能性几乎为零。我不确定"几乎为零"是否足以让她放心,但这肯定是一大进步。

接下来,我又感到非常内疚,因为乔治整天都在屋里屋外转悠,虽然大部分时间都在家里。

他的行为发生了明显的变化,因为屋后的建筑工人已经好几天没有看到他了,马路对面的邻居也没有见到他。我喜欢想象他去探险了,或许在划定一片新领地的边界。

下午晚些时候,我从花园里劳动回来,准备去厨房泡杯茶,忽然听到杂物间里有动静。我循声望去,发现乔治正在做他最喜欢做的一件事:整理塑料碗里散落的灯泡。这些灯泡他一度藏在地板下方的一个洞里,被我全部收了回来。后来我又发现了一个他试图塞进踢脚板洞里的灯泡,还有一个还没拆封的灯泡被他放在冰箱顶上。我打开冰箱时,几块狗狗零食滚落到地板上。乔治把它们塞进了冰箱门顶部橡胶密封条的褶皱里。

* * *

等我在花园里忙完,又在工作室处理了几个小时的电子邮件和书面工作后,乔治已经不知所踪。随后我听到地窖里有声音——通往地窖的台阶紧挨着杂物间。下面有一盏灯一直亮着。乔治以前只冒险下过几级台阶,但现在他正在用所有的钉子、螺丝、螺丝刀、铰链、锁头配件和门把手欢度一个喜鹊假期……有些东西我可能再也找不到了。我叫了乔治一声,他就跟在我后面,沿着满是灰尘的、肮脏不堪的水泥楼梯,一跳一跳地往上走。他每跳一步,都会环顾四周,好像在往上爬的过程中看到了什么有趣的东西一样。

我得继续把草坪修剪完,这时前夫已经干脆利索地把乔治关进笼子里,然后上楼躲进卧室里,看天空电视台播放的一部施瓦辛格主演的电影。不知道为什么,当我加入他时,他很生气。他一直闷闷不乐,抱怨说,我们哪儿也去不了,而他的表情告诉我这没什么好讨论的。他告诉我,我们没有生活,他觉得自己像个奴隶。我很伤心,提醒他,我一直想让他和我一起去某个地方:韦尔努伊湖、巴拉湖、西海岸。我也想去威尔士探险——它是如此美丽——如果我们俩能一起去,我会非常高兴。我们可以带着素描本——这是他从未做过的事,但在认识他之前,我就经常这样做。而他总是拒绝,因为他没有兴趣。他甚至不愿意去野餐或看戏。显然,他所说的目的地是巴黎、威尼斯、纽约和罗马。

在我看来,修缮房子和建造花园是一种手段,目的是创造一个美丽的工作和生活环境,并以此来出售我们的画作。而在他看来,这是他与他所渴望的生活之间的一道屏障,而他所渴望的生活似乎与我所希望的或负担得起的生活大相径庭。今天上午,他还是一个充满爱意的丈夫,但今天晚上,他又成了一个想要搬到世界另一端去的愤怒男人。

又心心相印了

10月13日　星期六

在花园里干活时,我注意到有两只喜鹊从雪松树顶飞到路边的银桦树上。我完全没有想到,其中的一只竟然是乔治,因为我从来没见过他和别的鸟有过什么关系。但我还是没有忍住,大喊了一声:"乔治!"其中一只喜鹊就抛开另一只,从高空中直接坠落到我脚边。我目瞪口呆,它就是乔治。他陪了我好几个小时,栖息在我背上、头上、旁边的岩石或树枝上。

有一会儿,我正跪在地上拔杂草,他过来了,啄掉了我靴底的草和泥土。然后他跳到我背上。那一瞬间,我还以为他会把满嘴的泥巴塞进我的衣领后面。但是没有,由于我的身体向前倾斜,他也只是在我的肩膀上跳来跳去。然后,我的头发突然四散开来,披在脸上和脖子上。原来是乔治拔出了我用来固定头发的圆珠笔。我把头发拧成了一股紧绳,盘成发髻,然后就近抓了一支尖锐的东西插进去。

乔治衔着那支圆珠笔飞上了花园工棚棚顶,在那里对它着迷了十分钟。无论我怎么哄骗他,他都不肯还回来。我只好等他失去兴趣后,找来梯子把它拿回来。

乔治注意到水池里的水正在涨满。我当时正在用软管往一个两英尺见方的水池里注水，它位于加高的椭圆形水池和长方形水池之间，里面的水已经溢出来了。他站在水池壁上一块突起的石板上，那是我为青蛙们准备的，方便它们翻越陡峭的池壁。然后他向前跳进水中，拍打着翅膀，抖动胸前的羽毛，开始洗澡。

他飞到花园工棚旁的一个树桩上，停下来整理羽毛。他用喙夹住翅膀上的每根羽毛，捋干其中的水分。然后他把自己鼓蓬起来，猛烈抖动，让全身羽毛呼呼地通气，尾巴左右甩动，像柳树新枝一样摇曳不定。

在我和前夫去朋友家吃晚饭之前，他一直待在厨房里的笼子里，看起来纤尘不染。他又在家了，我实在太高兴了！

这是一个十分有趣的夜晚，我们吃完饭后，主人希望所有客人都能去参加他儿子的嬉皮士派对。派对在一个位于一片泥泞的田野中央的大蒙古包里举行，四周漆黑一片。

我和前夫跟着其他人一起穿过田野，伸手不见五指。我皮靴的高跟陷进了泥里，我和前夫紧紧抓住对方的手，相互搀扶着。突然，我们都产生了同样的想法，一起转身跑向汽车。凌晨三点，我们回到了家，两人笑得像孩子一样。有那么一瞬间，我们又心心相印了。

千真万确的事

10月15日 星期一

这是千真万确的事：前夫带毛斯去兽医那里打疫苗加强针，当时我正在二楼的工作室工作，可以看到整个前院。当他把车开走的时候，我透过窗户看到乔治飞在后面紧紧追赶。车经过门柱时，他也飞过了门柱。前夫减速观察周围交通情况时，他抓住车顶架前横杠的中间部位，拼命振翅，以保持身体平衡和直立。由于风力太大，他那小小的脑袋不停地往脖子里缩。前夫向右拐进公路，驶向穿过村庄的主干道，乔治紧紧地抓住车顶架。他张开翅膀，看起来好像在冲浪。直到汽车从我视线中消失，乔治仍然张着翅膀，紧紧地抓住车顶架。

前夫回家时，没有发现任何异常，却不见乔治的踪影。我一时慌了神，跑到外面去看乔治还在不在，我一直呼唤他，但他没有出现。等我回到厨房，却发现他已经停在蛋糕罐子上面了。

突然，他似乎想起了什么。他飞向窗外，消失了一两秒钟，然后又叼着一个破烂不堪的东西回来了，这可把维吉特和斯尼克斯乐坏了。我过了好一会儿才弄明白那是什么东西，当我看清楚两个黑乎乎的、摆动着的小东西时，我才意识到那是一只啮齿动物的脏兮兮的脚。

乔治把老鼠尸体的后半截带了进来。他在厨房里飞来飞去，死老鼠的细腿和粗短尾巴在空中甩来甩去，维吉特和斯尼克斯疯狂地想抓住它。乔治退到橱柜顶上，打量了一下追他的伙伴，然后把那半截老鼠藏在旁边的一摞杂志后面。我趁他不注意，把这只可怜的田鼠的残骸捡走了。

给我上了一课

10月17日　星期三

约翰在继续推进鸟屋工程的建设。

我每天都在纠结:"如果鸟屋完工时乔治还在这里——那么他就会被关进去,而且会一直待在那里。"一想到他要被囚禁,我心里还是充满了恐惧。我不停地提醒自己,爱任何事物(任何人),真正的爱有时意味着放手,让它(他们)在别处获得快乐。在我的脑海里,我首先想到的就是我的前夫。

前夫帮我和约翰把一些11英尺长的立柱起吊到房子一侧墙边 Metpost 水泥柱上时,我这才意识到这个鸟屋到底有多大。纸上的尺寸根本无法让人真正感受到实物的大小。我从后院建造鸟屋的地基挖出了更多的泥土,倒进车道上的废料桶里。我还订购了更多木料,用来对鸟屋结构做最后的装饰,还加购了一个便携式脚手架,这样方便约翰搭建横梁。

乔治飞了过来,并且一整个下午一直围着我在后院玩耍。当我抽空去死胡同尽头,跟建房子的建筑商交谈时,乔治跟了过来,停在高高屹立在我面前的挖掘机手臂上。建筑商说我可以使用他们剩下的沙子,因为他们不再需要了。我感到特别高兴,毕竟我还有那么多水泥需要搅拌。乔治紧紧地盯着那个建筑商,我祈祷他千万不要丢脸,万幸的是,他没有这样做。这也提醒了我,为什么要把乔治关起来。

约翰离开后,我垂头丧气地坐在小后花园——现在成了建筑工地——的一块石头上。看着周围杂草丛生的泥地,我知道还有很多袋土要铲,但我已经心力交瘁,厌倦不堪。我真希望这所房子是一个家,而不是一个工地;我希望我的东西能从已经放置了三年的包装箱里拿出来;我希望厨房用具不是平放在走廊上,积了三年的尘土,这样才能把已经过了保修期的洗碗机接上水管。我想让别人来搅拌混凝土、搬石头、砌墙。但我需要自己做这些事情,这样才能省下钱来购买更多的管道和电线。

我从一堆砖中抽出一块,上面有一些穿孔,而且还挺大。这是一块工程砖,比建房用的普通砖更坚硬、更防水。这块砖以前被用过,所以孔洞里全是旧水泥和泥土。当我灰心丧气想把镐头永远收起来时,却看见乔治飞了过来,他飞快地把砖孔里的泥土和灰浆啄出来。其中一个孔里的水泥啄不出来,他先猛砍,然后试图用喙把整块砖提起来,一次又一次,但都没有成功。我在一旁看了几分钟,不明白乔治为什么会认为自己能提起整块砖头,但他想方设法都不肯认输的精神,给我留下了深刻的印象。他给我上了一课——人需要坚定自己的意志。

乔治似乎感觉到了我的沮丧，他飞了过来，高高地坐在我身边靠墙的一个梯子上（因为没有别的地方可以放梯子），蓬松起羽毛，守护着我，好一会儿都没有离开。最后，当我从后门进屋时，他飞快地从前面的厨房窗户追了进来，在厨房餐桌旁与我会合。我和前夫，还有狗狗们在一起吃饭，乔治从我手肘边的小盘子里叼起我给他的食物：奶酪、施玛科斯狗狗零食和西蓝花。

像一个在玩具店里玩耍的孩子

10月18日　星期四

乔治今早飞走后，就再也不见踪迹。整个晚上，也没见到他的影子。我以为他又要在外面过夜了。夜色昏沉，我在花园里连脚下的石块都看不清楚（我还在重新摆放这些巨大的卵石），于是，我放下手中的活儿，进屋休息。就在这时，我听到前夫在叫乔治的名字。乔治跟着他从花园进来，下到地下室的工作间。前夫以为乔治会跟着他回到楼上，但乔治正在和一箱箱的螺丝钉和旧金属碎片过招，他把螺丝钉从一个箱子叼到另一个箱子，又把铁丝和零碎东西叼到其他箱子里。他就像一个在玩具店里玩耍的孩子。他决定要在下面过夜。

但斯尼克斯是我们的秘密武器。前夫抱着她走下陡峭、阴暗的地窖台阶,让她与乔治打了个照面。然后他又把斯尼克斯抱上楼,乔治于是紧随其后。乔治可能不会为了我们上楼,但斯尼克斯就完全不一样了。

我很高兴能让他安全地待在屋里。这时候的气温很低,正是严寒的冬天。虽然他是一只可以在户外过夜的鸟,但他没有必要这样做。

第三次在外面过夜

10月19日　星期五

早上,乔治像往常一样从厨房窗户飞出去,但又进来了,出去、进来、出去,如此反反复复(四、五、六次,也许更多)。我开始变得不安,我也感觉到了他的不安,他似乎在试图下定决心做什么事。好像他既不能离开,又不能留下来。他在空中原地扑腾着,似乎犹豫不决,又在短距离内快速地打了几个转,好像正在与困住他的两难处境搏斗。

为了分散他的注意力,我带着狗狗们在花园里散步,乔治加入了我们的行列。他扑闪着翅膀，和狗狗们一起在地上走着，然后突然飞过花园尽头篱笆旁的银桦树，消失在天空中。随后一整天，他都没有回家。晚上他也没回来。这是他第三次在外面过夜了，所以我试着不去担心，但天色渐渐变暗，夜晚变得冰冷刺骨。我整个下午都开着窗户，一直到傍晚天黑，尽管有雷伯恩炉灶，厨房还是像个冰柜。但乔治没有回来。

彻底爱上了我的小喜鹊

10月20日　星期六

今天我出门去见朋友。回来的时候，在一条两侧都是耕地和连绵起伏的威尔士山丘的路上，快到通往我家道路的拐弯处，我开车经过了三个刚从一辆路虎车上下来的人。他们每个人的前臂上都挂了一把猎枪。我为乔治感到担心。

那天晚上乔治没有回来，接下来的晚上也没有，再接下来仍然没有。我意识到我每天的生活都是在围着他转，因为他的需求是最没有商量余地的。家里其他所有事情都以他的需求为重心。我彻底爱上了我的小喜鹊。

依旧没有回家

10月21日　星期天

前夫和我今天应邀参加了一个午餐会,我强迫自己不去关注乔治不回家这件事,就去了。我说服自己,我还需要结交更多的人。

饭桌上有一位艺术家,满头白发,满脸胡须,他创作的鸟类木刻画非常精美,细致入微,几乎让人无法想象它们是由一块木头赋予生命的。他告诉我,他养过一只喜鹊,但长大后就飞走了。在那之前,他会偷走20英镑的纸币,然后在花园里的树梢上把它们撕碎。我无法想象还有这样的生活,随意放置20英镑的纸币,任由喜鹊撕毁,乔治只有报纸可以玩。不过,当他描述田野里有五只喜鹊,他一叫,四只就会飞走,第五只则会飞到他肩膀上时,我还是有点羡慕的。后来第五只也飞走了。他们全都离开了。

我不知道这位艺术家是否在掩饰喜鹊离开所带来的巨大失落感。

我的日子依旧过得牵肠挂肚,就连狗狗们也无法安慰我。我忙于协助约翰完成那个现在看来毫无意义的鸟屋。整件事情就好像乔治知道关他的牢房已经准备就绪。

我觉得自己如丧至亲,越来越难以集中精力。我有一种感觉,我没有什么真正想去做的事情——除了等待乔治。

有一天,我在花园里遛狗时,发现前车道的柏油路上有半个煎鸡蛋。难道是乔治从哪里偷来的,然后顺手扔在了地上?喜鹊喜欢吃鸡蛋,但乔治更喜欢吃熟鸡蛋。

一天又一天地过去了,乔治依旧没有回家。每天晚上,当天黑得什么也看不见,冷得实在让人受不了时,我才会最终关上厨房窗户。

当然,我也为他流泪。我想念我坐在厨房沙发上时,他站在我身后,小脑袋在我肩头上下晃动的样子;我想念我们用鞋带拔河的样子;我想念他喜欢从我举到他面前的小杯子里喝牛奶的样子;我想念他站在餐桌上我的盘子旁边,等着我给他喂食的样子;我想念他在厨房窗前啄着窗玻璃,请求我放他进来,还晃来晃去地引起我注意的小模样。

日复一日,我继续努力工作,不在花园里,就在工作室或书房里。我给火星花打了一圈篱笆桩,把它们支撑起来,以免枯萎后倒伏一地。黄昏时分,我在暮色渐浓的花园里徘徊,记下我必须做的工作:挖出溪边带刺的植物,把它们重新种在蕨类植物园的宿根花坛中央;捆绑所有的藤蔓;种上我刚买的铁线莲……

我一直希望回到厨房后就发现乔治已经回家了。但事实上，就算他不回来，只要活着，我也为他感到高兴。实际上，我已经得到了我想要的东西，所以我没有理由抱怨。他也并不是一次性就永远离开了，而是回来了两次，好像是为了证明他还好好的，他没回来并不是因为他被人射杀了。我所要做的就是，认为他还活着，并且在做他想做的事情。如果我不得不把他关进鸟屋，内疚感一定会让我很难受。这样一想，我就释然了。把他囚禁起来我会非常痛苦，至少现在他靠近房子，不会再对隔壁的珍构成威胁了。对那些曾经害怕或遭受过他的小脚踩头皮的人来说，危险已经过去了。

鸟屋正处于看起来像一个巨大的爬藤架的阶段，其实还挺有吸引力的。我问自己：我还想像一开始打算把乔治关起来的那样用焊接网罩住这个框架结构吗？是的，我想。在我脑海里，我在想，有一天可能会有另一只鸟需要这样的鸟屋，我需要做好准备。

一天晚上，我坐在厨房的餐桌旁，突然传来一声巨响。前一天，我把给乔治喝牛奶的小杯子洗干净了，放在洗碗槽旁边的餐盘架子上，我没忍心把它马上放回到橱柜里，以防万一……但不知怎么的，这个杯子掉到了地上，摔成了无数的碎片。真奇怪，它明明被好好地放在碗碟架里，怎么会跳出来掉在地上的呢？我也很惊讶，这么一个结实又小巧的玻璃杯，居然会碎成这么多片。

这似乎预示着乔治不再需要它了。我越想越纳闷。

一股怀旧之情突然涌上心头

10月26日　星期五

我注意到我的背痛得越来越厉害。

在今天这个特别的早上，我很费劲地滚到床边，终于起床了。我一边下楼，一边检查家里的各个房间，以防乔治在我没有注意到的情况下从厨房窗户飞进来，然后被困在其中的一个房间里。当然，他不在。这只不过是一线希望，渺茫而绝望。

一进厨房，我发现自己又哭了起来。我在想，我愈加想念乔治是否因为我的背痛，而背痛加剧是否又因为我的婚姻关系紧张？也许让我真正难过的原因在于，让我分心的对象——乔治——已经离开，迫使我必须面对我认为最难面对的事情。

我尝试通过收拾房间来转移自己的注意力时，发现了乔治上周拿到窗外的蓝色海绵。他在我没有注意到的情况下又把它拿了回来，并把它藏在了我放狗咬胶的黄色塑料盆里。这让我又一次泪流满面。

一有机会，我就用录像机看我为乔治拍摄的最后一段录像。他在用鞋带玩拔河的游戏——那是不到一周前拍摄的。然后,他飞到微波炉前,看着正在加热的晚餐食物。房间里处处有他的影子,我的生活中处处有他的参与。我责怪自己对他太痴迷。但我还是每天四点钟打开厨房窗户,日复一日,只为万一有一天他会回来。

花园里到处都有痕迹提醒我乔治不在了。我在车道柏油路旁的水沟里浇筑的混凝土上发现了他并排留下的两个脚印:一个完美的喜鹊跳。注意到这一点时,我又哭了。我真可怜,我心想。快快振作起来吧!

我只是希望乔治能回来看看。我试着说服自己去收拾他的笼子,但我并没有马上去做。每天,我还是仰望长空,吹着口哨。只是为了万一。

在翻阅老照片时,我发现了几张乔治小时候坐在我肩膀上的照片,那是他小时候度过的所有时光。一股怀旧之情突然涌上心头,我猝不及防,不由得热泪盈眶。

为真正悲伤的事情痛苦

10月27日　星期六

今天是乔治离开家一周的日子。他的笼子仍然放在厨房里，上面盖着毛巾。出门时，我仍然会在工作服胸前的口袋里放一袋他最爱吃的 HiLife 狗狗零食。每当看到路过的喜鹊，我都会抬头呼唤一声，但它们总是不理我。它们不是乔治。

伤心是自然的，有时也是必要的。我想，我们需要为真正悲伤的事情痛苦，比如失去至亲——哪怕只是失去一只深爱的宠物。但这并不意味着我喜欢这种痛苦，也不应该沉湎于此，否则它就会像疣一样生长，让人丧失正常生活的能力。我知道，如果我不行动起来，那么一切都不会改变，而如果没有任何改变，我就会一直痛苦下去。

现在，乔治真的离开了，我再也不能忽视生活中的现实问题了。

希望乔治正在某个地方快乐地翱翔

10月28日　星期天

今天是父亲去世九周年纪念日。我并不在祭日进行悼念，事实上，我试图忘记这样的日子，因为它们无法撤销，而且除了用于历史的目的之外，汇编祭日似乎是一项相当沮丧的任务。尤其是随着年龄的增长，我们身边的逝者最终会多于活着的人。

我的数学老师和生物老师是在我上学时结婚的,他们今天要来吃午饭。在我准备好一切时,前夫宣布要离开我。这已经成为他越来越频繁,也越来越让人心力交瘁的行为模式。

他开车去了很远的地方,留下我一人收拾厨房。

我一边收拾准备迎接客人的到来,一边在想他为什么非要现在告诉我。难道就不能等等吗?但这多少让我松了一口气;他现在很多时候都很消极、很难相处,这让我很厌倦。

我也决定不再想乔治。我把盖在他笼子上的毛巾和沙发套一起放进洗衣机里,沙发套的边角上还有淡淡的鸟的痕迹。他喝水的碗也清洗干净了。我给沙发换上了新沙发套,把他的笼子收拾干净,放到走廊外侧,和成堆的厨房平板组合柜以及其他装着我们家什的箱子放在一起。

我希望乔治正在某个地方快乐地翱翔。如果有一天,他回来看我,我一定会欣喜若狂。与此同时,我试着把对他的思念压到脑海中最遥远、最黑暗的角落。

三点刚过,老师们就走了。我收拾了一下,把餐盘堆在洗碗槽边,把所有的剩饭剩菜都装进碗里,盖上盖子,准备放进冰箱。我突然感到一阵遗憾,因为我意识到，我再也不用为了防范喜鹊偷它们而费心了。

前夫回来告诉我，他不会离开我。反正，不是今天。也许明天吧。他可能想不到，他离开我的想法让我感到欣慰，但现在，连这一点也被剥夺了。他爱过我，然后又不爱了；他要离开我，然后又不走了。他不再是我的朋友，这正是让我感到崩溃的部分。

我重新开始工作。我正在努力在报纸上开辟第二个专栏，并以"威尔士的新一周"为通栏大标题撰写一系列样稿。重新打完前三篇样稿后，上床睡觉时已是凌晨时分。没有乔治的生活还在继续，一种新的"常态"正在他缺席的情况下逐渐形成。我不知道我的婚姻状况是否也如此。

十月底，一只鸦雀从用作画室的房间的烟囱里掉了下来，这是迄今为止的第七只。这次我把它的尾巴涂成了黄色，这样如果它再来，我就知道是不是同一只了。如果不是，我就把下一只的尾巴涂成蓝色、红色或深红色。我抵制住了留住这只鸦雀的诱惑，并让布朗先生在所有烟囱的顶端装了一个铁丝笼子，谢绝它们再次来访。

十一月

一个可怕的梦

11月1日 星期四

玛丽来家里打扫卫生的时候,发现堆放在杂物间里的清洁绒布的每一层褶皱里都齐齐地塞着腰果和狗狗零食。乔治几乎在每个角落都留下了印迹,让我对他念念不忘。

有天晚上,我从一个可怕的梦里醒来:我踩着差不多及踝深的落叶,路过一个被掩埋在地下的房子的屋顶,发现正在那里觅食的小鸟,是乔治。但他身上长满了疥疮,洁白的羽毛污秽不堪,看起来成了黑色,脸颊和脖子两侧生满了巨大的粉红色肉斑,我意识到那是颜色怪异的壁虱。和他在一起的还有一只雌鸟,但说她是喜鹊吧,看起来又不像。她通体黑褐色,像一只雌乌鸫。

我叫了他一声。他没有看到我，因为他正聚精会神地做他的事情，但听到我的声音，他飞快地跑过来，就像只小狗一样跳上我的大腿。我这才看清他的小脸和小身板脏成了什么样。我把他（和他的鸟伴）一起带回了家——只不过这个家不同于我现实中的家。那里有他的笼子，只是我得给他找一个新的栖木，因为我把旧的已经扔掉了（在现实生活中也是如此）。我把乔治和他的女友一起放进笼子里，他看起来很开心。我给他们俩都喷了灭虱剂，壁虱开始从他们身上掉落下来。作为一只喜鹊，乔治吃了一些掉在笼子底座上的壁虱，并为回家而欢快鸣叫。

我醒来时感觉糟糕透了。失落。疲惫感更加剧了我的情绪反应，而现在的我总是感到疲惫不堪。乔治的离开，虽然对我们俩来说都是最好的事情，但对我更是巨大的打击。至少我已经不再打开厨房窗户，下午带狗狗们在花园里散步时，也不再期待他会加入我们了。

生活中的鸟形缺口

11月16日　星期五

这个月在牵肠挂肚、忧郁沮丧中进入了严冬，我为自己仍然为失去那只小鸟心痛不已而深感惭愧。他确实很小,但当他和我在一起时,他那迷人的个性让他显得很大。不过在照片里——我保存下来的全部——他只是一只翅膀耷拉着、有点好斗的小喜鹊。后来,我又梦见了乔治:他正在天空中飞翔,看起来光鲜亮丽。我叫他——但不确定是不是他——然后高高举起一根狗狗零食。他从天而降,直扑向我——就像那天下午我第一次看到他俯冲直下一样。他一头扎进我怀里。他的翅膀像拥抱一样紧紧地环绕着我的脖子,我接住了他——一堆散乱的羽毛。醒来时,我感觉好像吃了一剂补药,精力倍增。太神奇了。

我在花园里劳作,修剪枝叶、挖土、栽花种草、搬开石头,一只知更鸟一直围着我飞来飞去。当把修剪下来的枝丫倒在堆肥堆上时,我对一只路过的喜鹊呼唤了一声,它正被两只鸽子纠缠着。我真希望它是乔治。但它不是。

我生活中的鸟形缺口总是发出空空荡荡的回响,于是我想我应该做点调查,了解如何收养一只适合在鸟屋生活的鸟。我在别人刚给我的杂志《鸟笼和鸟舍》里查找鸟类广告,看到一则关于领养"小猫头鹰"的,于是拨通了那个号码。电话那头是一个谨慎的男人,当我问他叫什么名字时,他因为我的号码被隐藏了就不肯告诉我。我向他介绍了自己,并解释说我只是在摸索收养一只鸟的途径,如果他能给我任何建议,我将不胜感激。他似乎松了口气,但告诉我新手不适合养小猫头鹰,而且我的鸟屋也太大了。我又打给救助中心,接电话的是一个叫迈克的人,这次交谈比较成功。但在考虑是否收养他的一只或两只雄性哈里斯鹰之前,我觉得自己还有必要学习更多关于如何养护需要训练的猛禽的知识。他还问我是否有兴趣养只山羊,因为他目前养了好几只,其中有一只明显受过性虐待。他也说小猫头鹰不适合新手。

我的寻找引发了前夫的反应——他终于摆脱了乔治,却沮丧地发现我正试图收养另一只会把我(我们)束缚住的鸟。反过来,我对他的坦陈也感到沮丧。他不想被束缚——但我想,现在这里是我的家,我正在此扎根,这是我一生都渴望的。我们之间的隔阂越来越大。

我本打算用一个晚上在工作室的电脑上打字,结果因为翻看保存有乔治照片的旧文档,完全分心了。我放大了一张乔治在厨房沙发扶手上梳理羽毛的照片。我哭了。到此为止吧,我想。

十二月

希望它是一只不会离开的鸟

12月5日　星期三

鸟屋的收尾缓慢得让人难受,因为约翰只有在忙完其他工作后才腾得出手来推进。我也没有催他,乔治已经飞走了,而且圣诞节也快到了。现在看来,建造这样一座鸟屋似乎有些荒唐,但它的确相当漂亮。我仍然打算栽种常春藤和铁线莲,任它们爬满铁丝网,直到鸟屋看起来像一个绿意盎然的房间。

想到我那巨大的空荡荡的鸟屋,我又给当地的兽医打电话,留下我的电话号码,说不定有人会带来一只喜鹊或任何一种鸦科鸟,以及猛禽。

"只要鸦科鸟和猛禽?"接线员困惑地问。

"我不'收'小鸟、鸭子和鹅。"我解释道,甚至不太确定自己在说什么,只知道我正试图以我希望的另一只喜鹊来填补我生活中的一个空洞。

我想要的是一只**需要**这座鸟屋的鸟;不是一只买来的、圈养的鸟,而是一只需要救助的鸟。我强烈地觉得它必须是一只没有人想要的鸟——一只被再度收养的鸟。我还希望它是一只不会离开的鸟……

取名奥斯卡

12月13日　星期四

兽医给出我的联系方式后,第一个打来电话的是位女士,她有一只被车撞伤的野鸡。这样看来,兽医根本没把我对收养鸟的要求当回事。我非常诚恳地再三向她表达歉意,告诉她我这里目前已经"满员",无力再收养一只野鸡。我忍住冲动,没有与她分享我自发研制的菠萝酱野鸡食谱。如果我接收了它,它要么会死掉,要么会被放出来再次被车撞。这不是我希望的关系。

后来杰夫——当地一家大型宠物店的经理,我所有的宠物用品都是在这家店里买的——打来电话说,他有一只需要家的乌鸦,问我是否有兴趣。这只乌鸦是在遭到一群喜鹊的攻击后,被人救下,然后被装进一个纸箱送到他那里的。它可能老了或是体弱多病,成了受害者。

它不能飞,或者不愿意飞。

今天是我去接它的日子。看着小纸箱底部一团乌黑亮丽的羽毛在蹒跚而行,我十分兴奋。我把它带回家,给它取名奥斯卡。我拖出了当初养乔治时买的那个非常大的狗笼,在里面安装了一根栖木。奥斯卡似乎喜欢他的笼子,从未试图离开。他也立刻接受了他的栖木。现在,我的厨房里有一个巨大的狗笼,里面住着一只又大又黑的乌鸦。

我每天戴上一副黑色的旧皮手套,把他从笼子里拿出来,让他栖息在我的手上。他就只坐在那里,轻轻地抓住我的手,什么也不做,不试着逃跑,也不试着飞翔——他从来不飞,只是坐着。我会轻轻地抚摸他,和他说话,给他吃肉类零食,但我想,他就是老了。我也看不出他有其他什么毛病,只是觉得他对乌鸦的生活感到倦怠而已。有时,当我坐下来看报纸时,奥斯卡就会朝我的胸前凑过来,靠在我身上,轻轻地打起呼噜来,那是属于他的一种小小的清脆的鸟呼噜声。

一月

奥斯卡不吃东西

2008年1月1日　星期二

奥斯卡是十二月中旬来我家的,但新年那天,我很担心,因为他不吃东西。刚好这天,因为太忙,我没有时间像往常那样带他出去。我和他坐在一起,用手喂他。他甚至比平时更加没精打采。

我把他放回笼子时,他跳上了栖木,然后摔了下来——一只脚钩住栖木,身体其他部位瘫倒在地上。但那只脚还坚持着。过了几秒钟,他站了起来,跟跟跄跄地走到栖木下面。我把手伸进去,把他向前挪了挪,让他面向栖木。他盯着它看了几秒,然后跳了上去。

V形喙状伤口

1月2日　星期三

今天早上,我注意到奥斯卡的便便稀少而几近透明。我至少四次把他从笼子里抱出来,抚摸他,和他说话,给予他关注。然后他设法吃了一点我给他的土豆泥。看来,关注就等于有胃口。因此,每次我带他出去后,他就会吃笼子里碗中的狗粮,而且吃得很带劲。晚上,他还吃了我勺子里的水果酸奶,看起来很喜欢的样子。

一开始,奥斯卡还啄人。我这才发现他的喙有一个隐蔽的特点:长长的外缘像刀片一样锋利。有一天,我笨拙地把他放回笼子里的栖木上,他突然猛地一下咬住了我的下嘴唇(我应该闭上嘴的),留下了一个完整的V形喙状伤口。伤口愈合后,看起来怪怪的,有点尴尬,像一个三角形的唇疱疹。

一只精气衰竭的老乌鸦

1月3日　星期四

很明显,奥斯卡的身体每况愈下:他已经好几天没有啄我了,只是在我用手抱着他走动时,偶尔抓住我的套头衫以稳住身体。我知道,像这样一连几个小时沉思默想地把一只又大又重的乌鸦抱在怀里的可能性几乎为零。

我又忙着干活了。我知道奥斯卡在我身边的时间不会长,所以我想尽可能地享受和他在一起的乐趣,这就意味着大多是在用餐时。狗狗们几乎马上就接受了奥斯卡,因为乔治已经把她们训练得对长羽毛的家伙习以为常。然而,无论她们怎样努力,奥斯卡都无法跟她们一起玩耍——他对这个世界太厌倦了,他是一只精气衰竭的老乌鸦。

用餐的时候,我有时会用左手抱着奥斯卡,一边吃早餐或午餐,一边给他喂餐桌上的狗狗零食。他也会囫囵吞下我给他的一小块蜂蜜吐司。一旦他有些烦躁不安,通常意味着他准备排便,于是我把他放回笼子里,他会立刻拉出来。

我不知道自己为什么会对鸟类如此着迷。但奥斯卡的到来让我一天的生活有了聚焦点,这是狗狗们做不到的——她们更自给自足。让这只乌鸦活下去也给了我另一种生活目的,而不仅仅限于谋生、阅览邮件、清理从墙上掉下来的成堆的瓦砾。之所以有这些瓦砾,是因为房子的装修工作还在断断续续地进行着,一会儿电工要给电灯开关进行电路布线,一会儿要安装暖气片。

我的乌鸦

1月5日 星期六

几乎每个吃饭的场合,我都和这只乌鸦坐在一起。奥斯卡待在我的左臂弯里,似乎很放松。今天很特别,他蹒跚着,一步一步地从我的肘部挨到我戴手套的手指间,然后抓住它们,试图站起来,而不是靠在我胸前。我正在和一个朋友通电话,她知道我感冒流鼻涕,故打来电话问我的情况。(感觉很糟糕,谢谢你!)

奥斯卡跳上了餐桌,站在报纸上就地方便起来。我立刻清理干净,但还是让它待在原地,因为他似乎并不想惹麻烦。我离开房间去查看记事簿,确认朋友邀请我一起午餐的时间。等我回来时,奥斯卡正站在我的空水杯旁,低头向里看,似乎知道它是用来装什么东西的一样。我往水杯里到了一些水,把杯子放回他面前。他喝了起来,每一口水都是甩进喉咙底部的。

晚上晚些时候,我把他放在他笼子顶部的报纸上,他就一直站在那里,直到二十分钟后我把他移走。他只是看着我和狗狗们各自忙于自己的事情。他不时发出低沉缓慢的咕咕声,像一位老人在对着空中咕哝着什么,话飘到他人耳朵里,任人解读——或者不解读,视情况而定。

我的乌鸦

他坐在我的厨房里,一只不中用的乌鸦

嘴里嘎吱作响

忧郁的眼神掩饰着

他对行动的畏惧。几只聪明的喜鹊

搞得他遍体鳞伤

两只把他钉在地上

三只使他东倒西歪

无力反抗。一个女人

把半死不活、浑身是血的他

放进浴缸,

一个星期,他都在滑溜溜的粉红墙壁之间

跌跌撞撞。

我的乌鸦吃喝拉撒,像乌鸦一样;

他小心翼翼地做着这些小事,

他的尊严

在栖木和食盆之间摇摇欲坠,

还有他休息的地方——我的手掌。

此时,在厨房外的世界里,椋鸟们正在掀起一场局部战争。

阻止椋鸟归巢

1月6日　星期天

两周前，一群椋鸟聚集在我家厨房窗外紧挨着隔壁珍家的篱笆边的大冷杉上。从珍家的厨房窗户也可以俯瞰这棵冷杉树。她（尽管她害怕鸟）和我都感到惊叹，天空中涌出一条鸟的细流，像一团模糊的烟云，汇成一条丝带，注入树枝，最后消失在绿树后面。能看到它们，且离它们那么近——不过咫尺之遥——还能听到它们安顿下来过夜时发出的喊喊喳喳声，我由衷地感到庆幸。

第二天早晨，看它们启程，真是一个奇观：它们从树上飞出，跟它们飞入树中的方式一样，像一条丝带，只不过这次是一条丝绸般的黑色心律图，随着丝带舞向空中延伸，曲折回环，鸟儿们都排成了队形。即使我站在它们中途停留过夜的那棵树旁，它们也完全无视我的存在。

我遗憾地叹了一口气，心想我可能再也不会这么近距离地看到这样的景象了。但那天傍晚它们又回来了，只是队伍更加浩荡。我被深深地吸引住了，一直等到天黑，才蹑手蹑脚地走到树旁，用手电筒照向头顶上的树枝。

里面的树枝光秃秃的，没有树叶，因为太阳光照不进去。然而今晚,这些树枝沉甸甸地挂满了椋鸟。一排排的椋鸟,在手电筒的光芒下互相叽叽喳喳、咻咻嘟嘟,或动来动去,或睡意昏沉。这棵树就像一座巨大的绿色金字塔,庇护着这些羽毛斑驳的生灵。我想一直站在那里看下去,直到这非凡的景象深深烙印在我脑海里,让我永生难忘:那成百上千只小脚丫,那一双双乌黑溜圆的眼睛,那成百上千张叽叽喳喳、啪嗒啪嗒的小嘴,那成千上万根翼羽振动的扑棱声。

夜复一夜,椋鸟归巢,只不过每次数量都在增加,所以它们不得不分散栖息,占据其他几棵邻近的冷杉。两周过后,它们的数量达到了数千只,这些来客的缺点显而易见,那就是气味问题。

屋外,硫黄味扑鼻而来,把鼻腔内壁似乎都熏坏了,眼球也感到刺痛。在栅栏旁的树底下堆满了鸟粪,且与日俱增。

我走访了所有邻居,得知椋鸟也蔓延到了他们的花园,而唯一能驱赶它们的是噪声。于是,我们一致同意行动起来,将消息传遍整个村庄,时间定在鸟儿归巢时的黄昏时分。到时,我们都站在自家的花园里,尽可能多地制造噪声,以阻止椋鸟归巢。

当晚,我和前夫站在前院,一看到远处黑压压的椋鸟,我们就用锤子猛敲房屋施工时留下的旧的重金属碎片。噪声震耳欲聋。

一些邻居把铁皮垃圾桶盖敲得哐当哐当响,一些用厨房用具敲打炖锅。一位当地的农民拿着一支枪,不停地射向空中(至少,我希望他只是在朝天射击)。整个村庄,在每一条小巷子里,喧闹声持续不断,椋鸟在空中盘旋着,盘旋着,像天空中涌出的一股黑浪,试图扑向我们,然后又退去,就像是潮汐把它们拉回天空的。椋鸟一次又一次地试图飞入这棵或那棵树,但我们制造的噪声不断地把它们赶回天空。在我们的头顶上方,它们的身体如丝绸般的黑云惊恐万状地上下起伏。

因为一直不停地用锤子敲打手中的一块旧金属板,我感觉手臂像要断了一样。但我丝毫不敢松懈。邻居也不敢:只要噪声稍小一点,那黑压压的鸟群就会滑向鸟儿可以栖息的树林,然后我们又加大力度,把它们再次赶回空中。

夜幕降临时,天色渐暗,天空呈现出灰紫色,椋鸟们在空中继续盘旋,它们的数量每一分钟都在增加,越来越多的椋鸟从远处地平线加入它们的行列。我们梆梆地不停敲打,慢慢地,椋鸟们好像意识到现在落脚无望,核心鸟群开始瓦解,飞往村子外围的树木。

隔壁的珍从她的卧室窗户目睹了全程,她告诉我,她真希望自己有一台照相机,这样就能抓拍下那些最终被噪声吓得打着旋离开的斑斑点点的黑色丝状云朵。

今晚,我们成功地把鸟群挡在了附近的树林之外。如果我们在接下来的两三个晚上都这样做的话,它们也许就能明白什么意思。从珍的花园,也就是大多数冷杉所在之处散发出的气味令人作呕,让人几乎无法呼吸。

我们几个人连续一周都在黄昏时分重复这样做,结果奏效了:最终,椋鸟们继续往前迁徙。看到它们离开,我很难过。但即使在该死的寒风刺骨的天气里,房子前面的气味也让我感到恶心。

一种奇异的快乐

1月15日 星期二

围着奥斯卡转的厨房生活并未发生太大变化。和乔治一样,他的一举一动和喜怒哀乐都是我关注的重点。我欣然接受他那些让我分心的琐事。虽然他因失去平衡能力而缺乏生命的活力,但在照护这只行动不便、不能自理的小鸟时,我感受到了一种奇异的快乐。他在栖木上转动两三圈后就会跌落下来。我意识到我看到的是野外生活中无论如何都不会发生的事情:乌鸦老去。我看着他努力转身、研究落脚点、掂量如何保持平衡。

如果要我试着描述他可能有的感受，我会说它像极了一个有着中耳缺陷的人，每挪动一步都会头晕目眩，跌倒在地。奥斯卡的每一个动作都必须进行预判，他这么做显然很费劲，端详、检查、测试，有时还会摔得那张可怜的小黑脸着地。我都不知道他的视力究竟如何。

俗话说，许愿要小心。好吧，我想要的只是一只可以当宠物养的鸦鹊，而奥斯卡就是。如果在户外，他必死无疑。我看得出来他将永远不会自由飞翔，它需要照顾，直到死去。可怜的乌鸦，可怜的不中用的小乌鸦。他甚至连鸟笼都永远进不去。

奥斯卡飞起来了

  他被其他鸟儿打得东倒西歪，
  他们试图敲开他的头盖骨
  就像敲一只鸟蛋。

  他头向前倾
  伸出脸上的锐利兵刃
  在栖息的树枝上，
  伏背贴腰。

他拼尽全力，只为
抓住那根树枝，就像抓住一条救生圈。

今天，他振翅飞了三英尺
从笼子顶端到厨房餐桌
又飞回来。这是四个星期以来
他的第一次冒险。他在测量自己的进步
以仙子的步履，和乌鸦的踉跄。

最后一次喝水

1月28日　星期一

到月底,奥斯卡看起来更加疲惫了。我抱起他时,他就紧贴着我,而且只在我抚摸他、劝诱他的时候,他才吃点东西。于是,我下决心为这只乌鸦好好送终。

在此期间,前夫去澳大利亚度假了,为了给不断进行的装修省钱,我只能待在家里,尽可能多地陪伴奥斯卡。这是在家工作的好处之一。虽然一部分的我想念前夫,但其余部分的我又因摆脱了他的否定和批评而松了一口气。

我给奥斯卡拍了一些照片,觉得如果当时不这样做,就来不及了。我是对的。整个晚上,他变得越来越虚弱,越来越嗜睡。在过去的四五天里,他一直侧身站在笼子里的栖木上,这让他看起来很不稳定。

当转身用喙抓背时,他从栖木上摔了下来,再也站没站起来。我知道他快要死了。我把他放在笼子顶部的报纸上,上面还有一碗食物和水,但他没有碰。我抚摸着他。他睡眼惺忪地眨了眨眼睛。我把他托起来,用杯子给他喂水,他只喝了一口。这是他最后一次喝水。他的双脚已无力抓握。最后,我再也看不下去了,我上床睡觉了,让他相对舒服地坐在笼子顶上。我不想他死在笼子里。我哭着睡着了。

奥斯卡睡着了

他侧悬身子,紧握断枝,
他紧闭双眼,抵抗厨房昏暗的灯光,
通常一按开关
他就会举起尖嘴
啄一啄或咬一咬,用审慎的眼光
提防着向他靠近的东西。
但今晚,他不再是我眼中那个油光锃亮
偶尔踉跄的长羽兵器。
今晚,他蜷缩在栖木上,仿佛已被打败
他的黑色羽毛披肩和胸衣
杂乱无形,让他看起来
好像被风掀翻。
他偶尔摇晃一下,就要记得抓牢。
他轻轻打鼾,一只小乌鸦的鼾声。
他咕噜咕噜吞咽,像一只幼鸦水烟管
梦里有什么东西在打扰他。
他的梦呓纷纷杂杂
直到他被自己的鸦啼唤醒。

一阵惊吓,他从幽暗的笼子探出头来

似乎在提醒自己

没有什么可以伤害他;

他不会受到外界的攻击。

但他梦到

他的内脏在流血,在把他背叛。

岁月从未停止侵蚀

他皮薄如纸的乌鸦骨肉。

奥斯卡的死与我生命中的其他死亡

1月29日　星期二

我起床时就知道奥斯卡会死,而他确实死了。他全身舒展地平躺在笼子顶部,那么安详。甚至,那么整洁。很难说清我怎么会对一只乌鸦有如此深厚的情感,毕竟我与他在一起只有四十六天。

我带着维吉特和斯尼克斯去看兽医(这位兽医戴着眼镜,看起来几乎不超过十二岁),给她们打一年一次的加强针。我哭了一早上,脸一直红红的。我问她是否接到过一些希望为幼小或受伤的乌鸦或喜鹊寻找家的电话。有时会接到,她说。她补充说,还有野鸡和鸽子。我对这些不感兴趣，我喜欢食腐鸟，我回答说。我怀疑她以为我疯了。

回到车上，我又痛哭起来。我觉得自己好像永远停不下来了。我觉得奥斯卡的死把我和其他所有的死亡联系在了一起：母亲的死、父亲的死、乔治的离开、我破裂的婚姻，以及我生命中其他所有的死亡。空虚感和失落感是如此强烈，如此深刻，像浓稠的墨汁一样沁入我的血脉。我宽慰自己说，一个人不可能——也不应该——在没有爱的情况下生活，而那些我们爱的人可能会死——或者离开——所以悲伤是**可以的**。

但我想到奥斯卡走得安静、从容，又为他死得如此平静感到安慰。他在温暖和舒适中离世，没有被喜鹊吃掉。他只是在一个关心他的人的陪伴下安然长眠。夫复何求？

* * *

回到家，我坐在客厅里。这间客厅位于房子后面二楼，透过窗户可以看到各个邻居家的房子。有一家的窗帘拉着。这位邻居得了癌症，正濒临死亡。前一天我去看望了他和他的妻子。一个人快要死了，我却在为一只鸟悲伤，我感到很惭愧。这让我对世事有了尖锐而痛苦的认识。

我全身心地投入到为下周的《泰晤士报》诗歌专栏撰写第二稿的工作中，我选用了托马斯·特朗斯特罗默[1]的诗集《被删除的世界》中的两首。我非常喜欢他的这本诗集，因为里面有空间，我不喜欢浪费诗歌的诗意空间。其中一首《面对面》写的是一个凄冷的冬天，他和大地相对一跃。另一首诗《致边界外的朋友们》是给有邮件审查的国家的朋友们写的信。

我自己也诗兴大发，写了好几首诗，一直写到第二天凌晨四点。经验告诉我，情绪会在一夜之间发生变化，所以我继续精神饱满地工作，即使这对我的睡眠习惯不利。

奥斯卡的死与我生命中的其他死亡联系起来，促成了下面这首诗。它最初收入《镜之书》出版，后来又收进了《走出灰烬》：

死亡的问题

……在于它从来不是一次死亡。
我那只养了四十六天的乌鸦死了，

---

[1] 托马斯·特朗斯特罗默（Tomas Tranströmer，1931—2015），瑞典诗人、心理学家。

他装在纸盒里送给我时，
啄痕累累，老态龙钟
他的死与一只
养了五个月的喜鹊的快乐离去
相继而来，依然是一种丧亲之痛。
这又让我想起
远在澳大利亚离家八个星期的丈夫，
脆弱之时，这是一种真正的恐惧：
他的缺失暗示着他的死亡
死去的乌鸦还让我想到了
我父亲的死
我母亲的弃世
——她结束了自己的生命。
我把我的乌鸦埋进
猴谜树下的泥土中
最后一次轻抚他光洁的身体，
我既不能让他走
也不能让他回来。
我差一点要亲手
把他拉出来。

二月

给自己买了一辆摩托车

2月16日　星期六

今天，趁前夫还在澳大利亚度假，我给自己买了一辆摩托车，铃木 Van Van 125cc。我刚刚收到一笔退税，差不多正好够买一辆新车。离我最近的纽敦经销商大卫·琼斯摩托车商行不卖二手摩托车，而我对摩托车的了解也不足以从私人卖家那里购买。这是我迈出拥有属于自己的一款机械装备的第一步。这个愿望自十五岁那年起就有了，那时我注意到在德文郡北托顿的钟楼周围总是停放着摩托车，而我童年的大部分时间都是在那里度过的。从那以后，我一直渴望拥有一辆属于自己的摩托车。我觉得自己与摩托车有着最原始的联系。每当我听到它们驶过的声音，就好像听到了来自家乡的呼唤。它们的组装方式也让我着迷。到了威尔士后，我曾试图在附近寻找有关摩托车维修的学习课程,但没有找到。我想看着摩托车,想待在摩托车旁边,最重要的是,想拥有一辆摩托车。也许还不止一辆。

但是,多年来,由于一直没时间学习骑摩托车,也没钱在对的时间、对的地点购买,因此我一直无法拥有一辆。我发现自己无法忍受阅读摩托车杂志或观看有关摩托车的节目,因为这只会提醒我,我所渴望的东西遥不可及。

当人们问我摩托车(并非所有摩托车)吸引我的是速度还是自由时,我总是不知道该如何回答。是的,确实都有点,但比这更复杂。骑上摩托车时,我就不需要其他人。很多车友都对我喜欢独自骑行感到不解,其实完全是因为我和摩托车之间的关系:摩托车除了是一个看起来很原始的金属部件组合——如果操作不当(甚至只是运气不好)就会要了我的命,需要技巧和练习才能骑得好——还给我像家一样的感觉。在摩托车上我从不感到孤独。骑车时我的思绪会沉淀下来。简单的骑行动作,全神贯注于道路和其他交通状况,让车辆为我工作,就像是在冥想。

义务消失了,空气也变得清新了,我有一种莫名其妙的逃离感。我不会为了开车而开车,但骑摩托车本身就是一种目的。我总是带着我的诗歌活页夹和素描本,因为在没有房子和花园强加给我的所有压力——无论多么心甘情愿——的情况下,单纯的涂鸦或素描是一件相当快乐的事情。

摩托车有一种威风凛凛的——一种机械攻击性——外观,这也十分吸引人。而且我也不想要一辆外观讨喜的摩托车。此外,摩托车的另一个吸引力在于,它通常不是女性使用的交通工具,就像研究表明"医生"这个词会让人联想到男性一样,因为根深蒂固的刻板印象很难摆脱。对我来说,挑战陈规或偏见是很有吸引力的,尽管并不只是为了挑战而挑战:在我十几岁的时候,我总是被通常与男性相关的娱乐和职业所吸引,比如打鼓、飞刀,此外我还想成为一名机械师或工程师。不过,在和我的机车男友一起外出时,我虽然会穿牛仔裤,在镶有铆钉和链条的牛仔短外套外面再罩一件皮夹克,但也喜欢盛装打扮。

* * *

三十六岁那年,我终于为自己预订了伦敦的直通课程(学习骑行600cc摩托车)。当时我打算离开居住的西澳大利亚去英国多住一段时间。但就在那一年,我在珀斯附近的一个派对上遇到了前夫，因为太相爱，我们几乎马上就同居了。因此，我很遗憾地取消了我的摩托车课，生活发生了太大的变化，一直无法重新预订课程。但我心里一直痒痒的，好像忘了做什么重要的事情。

终于，在四十八岁的时候，我打算为此做点什么：那辆小摩托车代表着我对家庭责任和困难的逃避，尽管它与杜卡迪大魔王 Diavel 系列或铃木隼摩托车无法相提并论。到目前为止，花园一直是我的乐趣所在，但随着鸟屋和鸟屋花园建设的即将完工，我的工作也即将结束（当然，维护工作才刚刚开始）。我知道，一种激情将为另一种激情让路——在两个轮子上的。

三月份，前夫结束从澳大利亚之旅回来了。我去附近的车站接他，我们高兴地团聚在一起。这让我希望他能意识到，和我一起住在这里有多好，而不是在澳大利亚。然后我开车进了前院，他看到了摩托车。他马上以为这是送给他的礼物。

四月

泰德·休斯和西尔维娅·普拉斯的女儿

4月24日 星期四

事实上,我们在威尔士的生活完全比不上在澳大利亚的。前夫迫不及待地想要停止房子的装修工作,进入我们人生的下一个阶段。现在,他恨不得马上成为一个"人物"——著名的(或是臭名远扬的?)画家。他想让房子保持现在这种不完整的状态:房间装修未完,电线和管道没有安装好,天花板斑驳不堪,一楼走廊里装在盒子里的厨房组合柜已经堆放了四年。对我来说,正是这种绝望的情绪促使我又开始在花园里干活,这样我才能感觉到自己在推进房子完工(只是现在我没有了乔治的陪伴)。

前夫经常发脾气,几乎每天都在说要回澳大利亚定居。我在想,他是不是在那里遇到了什么人,想回到她身边。他讨厌"总是下雨"的英国。他提醒我,他一直想"等老一点"时回澳大利亚,他现在当然就是老一点了。我们之间十四岁的年龄差距成了一个无法解决的问题。我还想着把房子装修好,他却想离开了。

我能够理解他的心情,但我不准备卖掉我梦想中的房子,而且我也不能在一座像建筑工地垃圾场的房子里画画和写作二十年。对我来说,我们装修完工的房子就是黄金圣杯,它将开启我们全新的旅程(精神上和社会上的)。

他说得有道理。我们只是没有达成共识而已。

然而,我作为家里唯一挣工资的人,真正的不幸是我失去了《泰晤士报》的工作,同时我爱戴的编辑也离开了。我在《泰晤士报》副刊诗歌专栏的最后一篇文章于今天见报。一开始,我的专栏与凯特琳·莫兰[1]的精彩专栏相对,占了整整一个版面,但一年后就缩减到了半个版面。现在,新来的编辑打算用每周一期的成人漫画故事来取代我的专栏(事实证明,这种做法是短命的)。

失去这份收入对我是毁灭性的打击。但更重要的是,它对我这个自由职业者的影响之大是我始料未及的。从

---

[1] 凯特琳·莫兰(Caitlin Moran,1975—),英国记者、广播主持人,《泰晤士报》专栏作家,社交媒体达人。

2006年9月起,我不再是"泰德·休斯和西尔维娅·普拉斯的女儿弗里达",而是成了"《泰晤士报》诗歌专栏作家弗里达·休斯"。这份工作、这个头衔、这重关系都是我的,只有我自己的名字附在上面。它已经成了我的身份——完全属于我自己的身份。

以前,别人在介绍我的时候都会说"**弗里达·休斯,泰德·休斯和西尔维娅·普拉斯的女儿**",这太司空见惯了。

这句话说起来拗口,但人们总能一口气全说出来。这些信息一经出口,就会大煞风景。我的父母已经去世很久了(在我写下这些文字的时候,他们已分别去世了24年和59年),在显然与他们无关的情况下,把他们的名字和我的名字联系在一起,让人回想起他们已经去世的事实,似乎很荒谬。

接下来,如果有人不谈任何与我父母有关的事情,似乎很冒失,但人们很难像询问一个人健在的父母的健康状况那样问我"你去世的父母还好吗?",或者也不好问我"有两个去世的著名父母是什么感觉?"。所以,当在场的人在脑海中消化并抛弃所有这些不可取的可能性时,也就话不投机了。

有一次,我应邀到伦敦参加晚宴,要在宴会现场与女主人见面。因为她迟到了,所以她的丈夫(我以前从未见过他）向我做了自我介绍，然后我和他站在衣帽间旁边等她。在等待的过程中，他认识的一对夫妇走过来向他打招呼，他们攀谈起来。他意识到我站在那里就像一个多余的人，于是向他们介绍了我："弗里达·休斯，**泰德·休斯和西尔维娅·普拉斯的女儿**。"我不知道为什么他不能直接说："这是弗里达·休斯。"这样有什么问题吗？或者他可以说："这是弗里达·休斯，她是一位画家和诗人。"

他的朋友们一脸茫然地看着我，似乎暗中期待我的父母会从我身后跳出来迎接他们。我现在说什么做什么，都不会被听见或看见，除非借助我父母的光环。

现在，我又成了"某某某的女儿"，而且被迫重新自力更生，白手起家。我不属于任何地方——有趣的是，一份工作，哪怕一份远距离的不与他人一同办公的工作，也能给我一种归属感。我又一次失去了根，既没有工作，也没有让我感到安全和支持的婚姻。

不过，前夫倒是很高兴，因为我现在必须集中精力安排我的艺术作品展了，其中当然也包括他的画作。

五月

一只快乐的小鸭子

5月2日　星期五

无论我多么喜欢摩托车,那个存在于我生活中的鸟形缺口就像一个空洞在呼啸,而鸟屋就是它的纪念碑。我突然想到了一个朋友——附近的一个私人农场主,他有一个农场管理员——也许他能帮我弄到一只乌鸦,因为他们一直在与鸦科鸟做斗争。然而今天,当地的一位兽医打来电话说,她听说我喜欢养鸟。有一位女士联系她,说她的猫在前一天晚上抓到了一只野鸭子。我感觉揪心。它不是乌鸦或喜鹊,但一样需要救助。

我去接这只小鸭子的时候,发现它甚至还没有孵出它的鸭蛋那么大。它的主人是住在附近城镇建筑区一栋灰色混凝土公寓楼里的一对母女。她们似乎完全不适合养小鸭子。她们不给它喝水,只给它吃了一些湿面包和切碎的蠕虫。(我不得不称赞她们还找到了蠕虫。)

回到家后,我给小鸭子接了一盆水,它立刻伏在水盆里划起水来,我还给它喂了一些玉米渣。它可真是一只快乐的小鸭子——我还从花园工棚里搬来一个旧的玻璃纤维鱼池,把它放在我的画室里,里面放满了水,还放了一些杂草和它可以站在上面的石头。我任这只小鸭子在它的迷你水世界玩耍。她成了一只无忧无虑的小鸭子。

奥斯卡 2 号

5月14日 星期三

今天,在奥斯卡死去三个半月后,我的农场主朋友打来电话。他用他那不苟言笑的语气,开门见山地告诉我,他有一只乌鸦要给我,我要吗?我问他,是只幼鸟吗?怎么来的?但他不知道,而且也不关心。就是一只乌鸦,他们要把它关进一个小笼子里,作为诱饵引诱其他乌鸦,然后射杀它们。我想要这只乌鸦吗?当然要,我已经迫不及待地往那里赶了。

我开车跟在朋友的车后面,驶向他的农场,那里有农场管理员圈养的鸡和小鸡,还有园丁打理的菜园。小乌鸦就关在那个堆满野鸡残骸碎块的围栏里。我戴上皮手套，走进去抓它。它很快就没力气了，因此我能抓住它，让它束手就擒。它黑色的喙和爪子扭来扭去，拼命地又啄又抓，不甘心被关起来。

这只新来的乌鸦，我给它取名叫"奥斯卡2号"，把它关在厨房乔治用过的笼子里，因为奥斯卡用过的笼子太大了，要想抓住这只活泼好动、脾气暴躁的新乌鸦是不可能的。看得出来他是多么幼小，这更显出奥斯卡1号有多老。圈养一只完全健康的小乌鸦，让我实在很痛苦：我并不想把他囚禁起来。他是一只没有被圈养过的鸟，而且也完全不需要医疗护理。

我也知道，皇家鸟类保护协会的网站上注明了，饲养**需要被照顾**的野生鸟类（不过必须在环境、食品和乡村事务部登记的名单之列）是**可以**的，目的是在它们的身体允许的情况下，可以让它们重返大自然。

那天晚上，我把这只乌鸦从笼子里抱出来时，他用嘴紧紧咬住了我右手上的手套，我足足用了二十分钟才把他拉开。又过了几分钟，他允许我抚摸他的头顶。我抱着他，坐在厨房的桌子旁，想让他适应被抚弄，这时我感到左臂发痒，低头一看，只见一些非常小的点点在移动。是螨虫。我抱着新来的奥斯卡，急匆匆地跑到楼梯下面的柜子前，那里放着吸尘器、扫帚和动物跳蚤粉。

我给奥斯卡2号喷了鸟类专用的除螨喷雾剂。他对我这个举动非常反感。然后我给自己也喷了喷,以防万一。

肉球球德梅尔扎

5月16日　星期五

我与奥斯卡2号生活了两天,简直够了,我再也无法忍受了。他一会儿从笼子里的栖木上跳下来,一会儿又跳上去,我把他连笼子一起拎到屋外的前院,放在柏油马路上,打开笼子顶部的门。

奥斯卡2号看了一眼天空,然后冲出笼子,向上飞,向上飞,一直向上飞,冲向了灿烂的蓝天,获得了自由。他飞向天空,身影越来越小,最后消失了。我知道,我的朋友会认为我不领情,再也不会给我一只乌鸦了,但我不能让一只健康的鸟儿就这样被关在笼子里,我也不想把他送回他以前的"监狱",去诱使他的朋友们各自走向死亡。现在我只剩下这只小小的鸭子了,我给她取名叫德梅尔扎。

我不能让德梅尔扎孤零零地待着,或者说我也不想她孤零零地待着——她需要定期喂食。我在她的玻璃纤维小水池里放了更多从室外大水池里弄来的杂草,供她玩耍。这些杂草间还有六只蝌蚪,但德梅尔扎很快就把它们都吃掉了。她一开始就住在我的画室里,陪我画画,因为我现在要为展览作画。奇怪的是,狗狗们对她一点也不感兴趣,德梅尔扎似乎也无视她们的存在。

有一次我去朋友家住,我把德梅尔扎也一起带去了:我不能在我离开的时候把她托付给照看狗的人,那样太麻烦了。前夫开车时,她就在我的手掌心里,把喙塞进她毛茸茸的胸部。前夫没有受到这只小鸭子的威胁,因为她不聪明,几乎也不需要任何关注。如果说有点什么的话,他似乎被这个羽毛包裹的除了水之外对什么都没有反应的肉球球逗乐了。

几乎每天,我都会给德梅尔扎拍一张坐在我手掌心的照片,以此测量她的个头大小,直到她的胸脯和尾巴都垂到我的手指边缘。她对这个世界的要求并不多:食物、水——大量的水——还有保暖。她越长越大,也越来越丰满,但智商却从未提高。她既不像乔治那样有幽默感,也不像奥斯卡那样庄重,更不像奥斯卡2号那样对生活充满激情。她只是蹒跚地走来走去,坐着,以及在我画室里她的玻璃纤维小水池里游泳。

海伊文学艺术节的演讲

5月28日　星期三

今天在南威尔士的海伊文学艺术节[1]上，我为豪斯曼协会做了主题演讲。该协会成立于1973年，旨在促进人们对著名诗人、古典学者阿尔弗雷德·爱德华·豪斯曼及其家族的了解。他最著名的诗集《什罗普郡少年》出版于1896年，当时他还是伦敦大学学院的拉丁语教授，书中收录了63首怀旧诗歌，讲述了他的一生。

该协会也致力于文学和诗歌的推广，我正是以这个身份同意发表演讲的。

这个演讲稿我准备了好几天——就连前夫也表示很欣赏。洗完澡、吹干头发，梳妆打扮好后，我匆匆忙忙跑下楼去喂画室里的金鱼，却发现在一个多小时前，前夫把防水性还不是很好的德梅尔扎放进了玻璃纤维小水池，让她无处可逃，然后就把她忘了。她已经被水浸透了，但还是设法爬到了我放在中间的石头上。她又冷又湿，一动不动地站在那里，眼睛里流露出惊恐的神色，小脸上也全是惊慌，而这张脸现在正支撑着她那硕大而

---

1 海伊文学艺术节（Hay Festival）首次举办于1988年，源于英国威尔士著名的书店小镇瓦伊河畔海伊（Hay-on-Wye），原本以小镇上各类书店和书籍为主题，如今已发展成为一个集书展、讲座、音乐表演、电影预影于一体的大型国际文化活动，每年5月到6月举办，为期10天。

不相称的喙。她被困在一个四周都是水的玻璃纤维塑料监狱里,监狱的四周很高,也没有暖气。她娇嫩的绒毛湿漉漉地贴在薄薄的皮肤上。这可能会要了她的命的。

我赶紧把她擦干,但她还是一动不动。我把她放进茶巾,放在雷伯恩炉灶热的一面上,直到她的羽毛一点一点地蓬松起来。终于,她开始颤抖,不到二十分钟后,她开始整理起自己的羽毛来。我松了一口气,如释重负。我对前夫大发雷霆。我已经说过,她还太小,还无法自己产生足够的热量。"但我已经说了对不起。"他抗议道,好像这样问题就解决了。但他根本没有说对不起。他辩解道:"我对鸭子说了。"

我们到达海伊时,正下着倾盆大雨,但演讲会座无虚席。之后,在餐厅里,前夫却当着我们的朋友和豪斯曼协会成员的面让我"闭嘴"。当时我们都吃完了布丁,等着他也吃完。但他还没开始,因为他一直在喋喋不休。我犯了个错误,建议他把布丁赶快吃掉,结果落得如此境地。

餐厅里的其他用餐者都沉默了。我也不能再说什么了,否则只会让事情变得更糟。那一刻的当众羞辱无须雪上加霜了。但这并不是他第一次在公共场合对我发威,即便是在无缘无故的情况下,但这也不会是最后一次。

把我和他联系在一起的爱情纽带、共患难的纽带，就这样生生地断了。

对他来说似乎也是如此，回到我们住的住宿加早餐酒店时，他禁不住怒气冲冲，大发雷霆。他不想和我在一起，他想一个人生活，他告诉我。他指责我把他晾在一边，不闻不问，只顾着关注主办方和那些豪斯曼协会的人。反过来，我觉得他在嫉妒我的任何成就，我能让他开心的唯一办法就是什么都不做。他的脾气让我不想再在这里待下去了，他也一样，于是我们找了个借口，开车回家了。

好在我们回来时，德梅尔扎还活着。我把她捧在手心，她依偎在我的手指上，发出轻轻的呢喃声。前夫没等我就上床睡觉了。

六月

参孙和达利拉

6月18日 星期三

在外出和游泳的间隙,我把德梅尔扎放在一个大塑料盒子里。她就一直不停地在里面走来走去。我觉得她很孤独,也很无聊,但也不知道去哪儿给她找朋友玩。

后来,机缘凑巧,我想起了一条乡间小路上的一块牌子,上面写着"**出售小鸭**"。但令人不解的是,前夫竟然愿意和我一起去为德梅尔扎挑选几个小伙伴。我一路追寻找过去,却发现自己又纠结于选择艾尔斯伯里鸭还是印度跑鸭。与长得像外星人的艾尔斯伯里鸭相比,印度跑鸭看起来更像我的小鸭子,虽然它们都站得笔挺挺的。于是,我买了一对,想着等德梅尔扎长大离家后,这两只鸭子也需要彼此做伴。

一回到家,我就把这两只柔软、温暖、扭来扭去的黄色小鸭放进了德梅尔扎的盒子里,结果她惊恐万状。它们实在是比她大多了,吓得她长一声短一声地吱吱乱叫着,试图突破塑料盒。而在此之前,这个盒子一直是她的安身之地。

在买鸭子的时候,我没带上德梅尔扎,所以在挑选出它们的时候,压根儿没想到个头大小的问题。我立马抓起它们,把它们送回卖鸭人那里,换成两只极小的印度跑鸭(我想,他一定觉得很好笑)。

这两只小小鸭——参孙和达利拉——就容易接受多了。他们比德梅尔扎小一周,个头也小一点。她欺负他们,啄他们的喙和脚,但不一会儿,他们就一起依偎在盒子的一角。后来,我让他们在厨房餐桌上摇摇摆摆地走来走去,但那两只印度跑鸭不小心从桌边掉了下来。庆幸的是,他们像是橡胶做的一样,没有伤到一点皮毛。

现在有了新朋友,德梅尔扎就不再在盒子里走来走去,也不再焦躁不安了。为他们的将来做打算,我买了一些木桩和焊接网。我打算把毗邻鸟屋的整个后院小草坪都围起来,建一个鸭栏。建成后,我会买一个大鸭舍,这样就可以把他们关起来过夜,保护他们免遭狐狸侵袭。

正在看一位专家

6月19日　星期四

尽管我们在海伊发生了不愉快的一幕,但前夫仍在忙着砌块墙,这是我在鸟屋里建造的一个小型锦鲤池的石头外墙的里层。我喜欢用把河石砌在一起造型,然后抹上灰浆,这样接合处天衣无缝,墙体也随着石头表面的起伏而起伏。但一般的砌块工程让我感到厌烦,因为需要保证水平,说实话,我可没这个耐心。

看在他帮忙做事的份上,我备受鼓舞,于是和他开始谈论我们的未来。我们的谈话一开始还挺好的。他谈到他的艺术生涯需要一个商业计划,我也认为这是一个很好的主意。但是,当我们各自列出自己的打算和对对方的期望,并讨论结果时,他似乎希望所有的事情都由我来完成,而这巨大的工作量只会压得我喘不过气来。

我们曾经如此美满幸福,如此志趣相投,如此琴瑟和谐,如此情深义重,我简直无法相信我们现在都不能谈谈,解决困扰他的问题。不知为何,我似乎成了他的敌人、竞争对手、他实现梦想道路上的绊脚石,而我对这一切无能为力。

为了今晚的平静,我不得不说服前夫,让他相信我只是考虑过要联系画廊,但还没有做任何事情,也许以后也不会。

眼下我正在看一位专家,他试图诊断我为什么总是恶心、咳血,为什么食欲不振且几乎无法进食。是胃酸倒流吗?我现在只能靠喝汤和吃奥美拉唑度日。

七月

从来没有建立过真正的亲密关系

7月23日 星期三

我去放鸭子的时候,德梅尔扎却不在,四周也没有她的踪迹,她飞出了栅栏。我找遍花园的角角落落,然后扩大搜索范围,到街上去寻找,最后终于在邻居家门前的草坪上找到了她。她正在修剪过的草坪上走来走去,看起来有点笨重。我不得不把她赶回自家花园里的鸭栏,因为她再也不让我抱了。我知道她必须离开了,我对此也欣然接受。我和德梅尔扎之间从来没有建立过真正的亲密关系:她和乔治或奥斯卡截然不同,相比之下,她就没脑子。

缘分已经到了尽头

7月24日　星期四

我把鸭子们从鸭舍放到鸭栏里。我抱起了德梅尔扎。在我的臂弯里,她的身体紧实而光滑,小小的脑袋左右摇摆着,好奇中又带点恐惧。我抱着她走到花园里的大池塘边,把她放进水里。虽然我对德梅尔扎的感情没有对乔治那么强烈,但我对她是有真感情的。如果说我没有流泪,那是骗人的。

我想让她知道池塘在哪里,想让她在池塘里感到舒适,而她有一整天的时间来适应。当然,也有可能她第二天就死了,因为逃不过狐狸夜间来袭。我很担心她,但这时候就算用大网,我也未必能抓到她,她跑得实在是太快了。这也让我对她有了信心。

她在水中潜入潜出,像在穿针引线。她舒展全身,扑打着翅膀,她快速地啃食杂草、捕鱼。她沐浴时,水从背上滑落,而羽毛丝毫没受影响。她对这一切都得心应手。

第二天,我发现德梅尔扎依旧在池塘里,一边觅食,一边潜水。她完全不理会我,现在我对她来说无足轻重。然而第三天,我来到屋外在鸭栏冲洗鸭子浴池的时候,她来到了围栏门口,等我让她进去,然后加入了印度跑鸭的行列。鸭子们欢聚一堂,见到彼此都很兴奋,她也在鸭舍里过了一夜。令我印象深刻的是,她从池塘里一路蹒跚而来,然后找到了我们。

清晨,当我把他们从鸭舍里放出来时,德梅尔扎抬头看了看天空,然后向空中纵身一跃,飞了起来,越过我的肩膀,掠过我的头顶。她在屋顶上方完整地绕了一圈,然后向塞文河飞去。我知道,我再也不会见到她了。我和她的缘分已经到了尽头,就像我和乔治——甚至与奥斯卡 1 号和奥斯卡 2 号一样。

不过,我还有参孙和达利拉……他们现在住在我为乔治建造的大鸟屋的水池里。鸟屋终于完工了,一个巨大的鸟笼,还没有被绿色植物覆盖而显得柔和起来。

九月

摩托车驾照考试失败了

9月24日 星期三

我8月里参加了第一次摩托车驾照考试,但并没有取得预期的成功。首先,前夫患有内耳炎,他每次站起来时都有种想要呕吐的感觉。他不愿意独自一人待在家里,所以当我去参加我期待已久,并为之努力练习的考试时,他让我大哭了一场。当时天还在下雨。

在考试过程中,我在最后一个U形转弯时脚触地了,结果当场就被判定考试不通过(虽然直到考试结束我才知道)。之后我就去练习了,每个环节都做到了完美。我一心想通过摩托车驾照考试,然后去买一辆更大的摩托车。我知道我会一直参加考试,直到通过为止,所以我选中了一辆摩托车并买了下来,我不知道自己是一时冲动还是志在必得。那是一辆黑色铃木GSX650摩托车,看起来很不错。

既然我最强烈的愿望能否实现取决于能否通过考试，我对失败的恐惧也就愈演愈烈，导致自己信心锐减，白白浪费了我在铃木125（4000英里）上练习的时间。尽管如此，我还是很好地利用了这次失败的经历，为《泰晤士报》撰写了一篇关于我考试失败的文章。但当我第二次考试失败时——也是在U形转弯——我意识到U形转弯之所以对我是一项挑战，是因为这意味着骑半圈后，要在考官脚边停下。我觉得让人生畏的不是动作，而是那个人。

现在，夏天的白昼时间越来越短，我正在为明天参加第三次（第三次——真丢人！）摩托车驾照考试做准备。我已经顺利通过了理论和风险识别部分的考试——负责考试场地进出管理的老先生说，我显然是这两个星期里完成最快、得分最高的申请人。

由于前两次摩托车驾照考试都是在瓢泼大雨中进行的，我的眼镜在头盔里都起雾了，所以这次我一定要提前做好准备——我买了隐形眼镜。我也知道自己没有天赋，所以我必须付出比我年龄小一半的人多得多的努力才能取得好成绩。因此，为了能够克服对U形转弯的恐惧，我说服了纽敦大卫·琼斯摩托车商行的经理，让我在他们的前院骑着他们老式600cc测试车练习U形转弯和8字形的大回转。在前院练习的时候，我不需要教练，就像在公路上一样。在我烧坏了两个离合器之后，大卫·琼斯仍然保持着他的幽默感，只收了我第二个离合器的钱。

可以收养一只雄雕鸮

9月25日　星期四

在出前门去上"摩托车课"之前，我先避开了前夫好像是为了故意拖延我的时间而设置的几个情绪障碍，然后发现指导我做考前准备的是一名我从未接触过的教练。他的战术与众不同。他以军人的口吻对我说："U形转弯时，**我命令你从我脚上碾过去！**"要知道，他可是在大吼大叫。我照他说的做了，但在最后一刻他收回了脚。随后他发现马路对面开一辆淡蓝色汽车的男士正看着我们，还在指手划脚。这条路在镇子另一侧，本是一条荒无人烟的小路，有人出现很是奇怪。我立即认出那是我前夫，便朝他骑过去。他是如何找到我们的？

他告诉我，他开车去超市经过这里，从主路上看到了我们。这个理由似乎很牵强，超市在进城的路上，他开车要经过超市，才能到我们这里，况且我们所在的小路被树丛遮掩,根本不可能看到。我不愿去想这意味着什么,幸运的是,他不知道我马上要再考一次。

一小时后,我参加了考试,监考官与我第一、第二次考试是同一个。他让我完成U形转弯,我在心里把他想象成我的教练的模样,对我吼道:"**从我脚上碾过去!**"就这样,再加上踩后刹车以加强减速控制——从来没有人告诉过我应该这么做,直到今天早上——我顺利通过了终点线。

考官告诉我考试通过了。我问是否可以拥抱他,他没有反对。随后我就跑到大卫·琼斯那里,大声说:"把它包起来!我要把它带走了!"

我的新摩托车立即成了我的首选交通工具,在4个月行驶了约4000英里后,我把它换成了一辆黑色的铃木GSX1250。这款摩托车能让我在一天内轻松往返伦敦。

与此同时,曾帮我找到奥斯卡1号的杰夫告诉我一个消息——有人给他打电话,说想为一对孟加拉雕鸮找收养人家。他打算收养那只雌雕鸮——也就是体形较大的那只,因为他已经有了一只雄雕鸮了——我可以收养剩下的那只雄雕鸮。这只雄雕鸮需要训练,显然,我认为这意味着它是一只野雕鸮。

我飞快地思索着,想出一个办法,可以先把它圈养在二楼未完工的浴室里，直到它可以住进鸟屋。到时候，那两只享受戏水便利的印度跑鸭就得回到屋后草坪上的鸭栏里去了。我会不时地把雕鸮拴住，把他们送回来，以防他们合不来。

十月

他只是把你当成了一棵树

10月9日　星期四

今天是去接雕鸮的日子，我难以抑制内心的激动：我将拥有一只真正的、活生生的孟加拉雕鸮。我从未想过要选择这种鸟，因为我一直只关注乌鸦和喜鹊，但这只雕鸮吃肉，长得非常漂亮，而且它**非常需要一个家**，因为它现在的主人不想要它了。正是最后一点让我动了恻隐之心。

杰夫和我在一个停车场会合，然后我跟着他的车，前往郊区一片富裕的现代住宅区的一栋房子，这片区域看起来不适合饲养这对大雕鸮。一位女士带我们去见我的新房客：他被关在一个逼仄又灰暗的鸟舍里，里面还有一个装满脏水的鸟澡盆。她告诉我们，她每天给他投喂一日龄雏鸡（死的，冷冻或解冻的），但没人碰过他。

还有一个关键问题:这只雕鸮的一只翅膀折断了,以一个奇怪的角度从身体里伸出来;他永远都飞不起来了。这就是为什么没人愿意收养他,但也意味着我更想收养他了,尽管我心里凉了半截。他的断翅突出来,就意味着永远不能把他抱在怀里,也不能用毛巾裹着他的身子,给他治疗喙和爪子,否则那只翅膀会再次折断。(如果鸟儿不愿安静地接受治疗,那么用毛巾包裹住它们是最安全的方法。)

抓住他后,我把他放进一个箱子里带回家。箱子里有一个弓形栖木(形状真的很像一张弓——已经搭箭的满弓),这是从杰夫那儿借来的,还有那位女士给我的一只猎鹰手套,因为她的丈夫不再需要它了。我注意到,这只手套似乎只用过一次。

杰夫自己饲养了一对雕鸮,还有各种各样的一批猎鹰。他把栖木放在我屋前的草坪上,教我怎样去抱这只雕鸮——亚瑟——让他的腿悬空。然后我必须从他身后捞起他,让他坐在我戴着手套的手上。真的成功了!亚瑟瞪着他那双最漂亮的橘黄色虹膜眼球怒视着我,他眼球中间小小的黑眼珠在阳光下收缩成了黑点。如果在黑暗中,那双黑色的瞳孔就会放大,遮住橘黄色的虹膜。它们看起来像是无底的深渊——除了黑色,我什么也看不见。

他的眼睛外缘有一条像眼影一样的黑粗线,一撮黑色羽毛从他眼睛顶部一直延伸至耳根。

这些并不是他真正的耳朵,而是可以随着他情绪变化起伏不定的耳羽。它们可以像兔子的耳朵那样竖起来,也可以完全伏贴在头顶,隐藏起来。亚瑟的耳羽显示出他的各种情绪:竖起意味着他充满挑衅和警惕,准备发起挑战;伏贴说明他胆怯和害怕。有时当他看起来一脸困惑时,它们就耷拉在两边。

折断的翅膀让亚瑟的站姿有点歪斜,他会偏着脑袋看着我,好像在等待一个问题的答案。

杰夫离开后,我让亚瑟在草坪上的栖木上待了大约一个小时,等他安顿下来后,我戴上手套把他抱进屋,他始终紧紧抓住栖木不放。我的心怦怦直跳——我真的对付得了这只笨重的大鸟吗?

我把那副重得惊人的栖木放在二楼浴室的塑料布上,还在栖木的底部周围洒了一袋豆粒砾石,可以把塑料布压实,也可以让这只雕鸮趴在砾石上休息。他伸展着两只翅膀,蓬松起羽毛,让自己看起来更大了。他像猫那样对我发出嘶嘶声,还用喙发出啪啪的响声。他绝对是一只被吓坏了的愤怒的雕鸮。

后来我去看他,给他投喂了三份半只的小鸡,杰夫说这够他吃的了。仅几秒钟的时间,这些解冻的鸡肉就荡然无存。我走开,再走回来,它们就不见了。这表明他食欲很好,我感到欣慰。

吃晚饭的时候,我会把这只雕鸮带上餐桌,让他坐在我的左手臂上。只要在我的手臂上,他就不会咝咝呼呼地,也不会试图咬我。我很着迷。我喜欢这样,就像我也喜欢在吃饭时和年迈的奥斯卡坐在一起一样。这个时候,我也有许多事情要做。我要一边吃东西,一边陪伴鸟儿们——同时还要喂他们。亚瑟一直坐在我戴手套的左手上,允许我用一个手指头轻柔地抚摸他的头顶,这时他会轻轻地咝咝几声,但随后就安静了下来。我被他深深地吸引住了。陶醉。着迷。

日子一天一天地过去,我注意观察亚瑟的生活习性,发现如果他被绳子拴着时,只要我把手放在他旁边的地板上,他就会自动顺着我戴手套的手往上爬,一直爬到我的左肩上。然后他亲热地靠着我的左耳——可能是因为我的肩膀不够宽。我在电话里把这些都告诉了杰夫。

"他不是在和你交朋友,"他说,"他只是把你当成了一棵树。"

无法挽回的损伤

10月16日 星期四

如果想飞,亚瑟就会振翅旋转三次,最后朝向后方。他折断的翅膀就像直升机的桨叶,这就意味着他在旋转时,好翅膀和断翅膀会产生混乱。

于是,我带他去看兽医。在手术室,兽医们看到的大多是普通的狗、猫、绵羊和牛,也许偶尔还会有兔子,所以他们也都想看看他。

兽医给他注射镇静剂后,就可以对他受损的翅膀进行X光检查了。这时我才发现他的翅膀有在之前的一次手术中被钉住的明显痕迹。中空的长骨已经受到了无法挽回的损伤,再也无法补救了。一股失望之情涌上我心头。趁亚瑟还处于半昏迷状态,他们把他还给了我。如果他醒着的话,一定会非常狂躁。但现在他躺在我的臂弯里,头枕着我的胳膊肘,沉甸甸地,没有一点防卫能力。我为他感到非常难过。

没过多久,我把参孙和达利拉搬出了鸟屋,将他们放回鸭栏,晚上则关进鸭舍,这样亚瑟就可以独享鸟屋了。

鸟屋里的池塘现在已被鸭粪染成了绿色——就像豌豆汤一样。我检查了过滤器上的紫外线灯,似乎仍在工作。我用池塘里的水把过滤海绵冲洗干净,说起来有点可笑,因为就像我说的,池水就像豌豆汤一样浑浊。自来水会杀死有益的细菌,进而破坏池塘中脆弱的生态系统,最终殃及池鱼。

然而,我几周前放进水池里的锦鲤,已经有一段时间没有看到了。我以为它们已经死了,尽管也没有发现任何小尸体。最后,我让水保持原样,只是每周清洗过滤器一次,并让自己相信锦鲤已经死了。几个星期后,池塘里的水清澈了一些,我看到了剩下的两条锦鲤。它们现在有一英尺多长,看起来像迷你版的巨鱼。如此看来,鸭子的粪便对它们没造成任何伤害。

十一月

想养更多猫头鹰的念头

11月25日　星期二

今天,让我感到又惊又喜的是,三大箱诗歌寄到了。因为我答应担任全国诗歌大赛的评委。光这些诗稿的重量就够惊人的。如果把它们层层码起来,足有3英尺多高。我早餐、午餐、晚餐,喝茶、喝咖啡、"外面下雨"的间隙,都在读诗。我一直忙着读他人的诗——没有人说过它们先不用筛选……结果,我花了很多时间和亚瑟一起待在杂乱的大厨房里,因为厨房就是我读诗的地方,我坐着不动,他就可以稳稳地坐在我的肩膀上。

亚瑟一动不动,似乎很满足,悄悄地在我背上拉屎,落在我套在普通衣服外面起到防护作用的宽松伐木工衬衫上。所有溅出的便便都会被我垫在椅子下方地板上的防尘布接住。(如果说我吸取了什么教训,那就是,不要和鸟儿挨得太近，否则鸟粪将成为一道独特的风景。）他静静地待着，用爪子轻轻地抓住我的肩膀，这让我感到特别安慰。想到我没有因为答应读几千首诗而妨碍我和我的雕鸮在一起共度时光，我不禁笑了起来。

但每当我把亚瑟放回他的栖木上，或者后来放回他独自居住的巨大的鸟屋时，我都会想到所有还未被利用起来的空间，并意识到只有一只猫头鹰[1]可能还不够，还有空间给更多的猫头鹰。还有那个鸭栏，也可以轻而易举地被改造成另一个小一点的鸟屋。

想养更多猫头鹰的念头有点像把自己的脚悬荡在悬崖边上，不知道寸步之遥下面是地面，还是会摔得粉身碎骨。我对猫头鹰知之甚少，网上能找到的资料也没有告诉我如何照顾它们。我希望能有办法见到北威尔士那位了不起的养猫头鹰的女子，她曾经跟我提起，她可以告诉我我想要了解的一切。有人说，我可以通过北威尔士猫头鹰基金会找到她。但根本就不存在这个组织（我当时不知道，其实他们指的是位于兰迪德诺的猫头鹰基金会）。

我们俩都不知道，八年后——那时我已经得到了其他的猫头鹰——我们会各自带着一只猫头鹰，在北威尔

---

[1] 雕鸮是猫头鹰中的一个特定种类。

士的一家兽医站偶然相遇。帕姆随后送给我两只最珍贵的鸟。第一只是怀德法,一只两个月大的雄雪鸮雏鸟,因翅膀受损而极度困惑,被她带去看兽医。怀德法有助于缓解我意外失去一只鸟的悲痛。那是我很久以来梦寐以求的、一只名叫萨曼莎的体形庞大的欧亚雌鸟。她的砂囊里生了一个致命的孔。

在我写下这些文字时,怀德法正坐在厨房里水壶旁边地板上他最喜欢的栖木上,在过去的六年里,他一直生活在这里。他不再感到困惑,他知道自己飞不起来,而且似乎已经接受了这个事实。有时他会小跑到烧燃油的雷伯恩炉灶旁栖息,换个环境。有一次,我把他放在外面的雪地里,那是他本该待的地方——他看了看红色的大前门,发现它还开着。然后,他以一只猫头鹰的腿所能承载的最快速度跑了回来,回到了温暖的厨房,回到了雷伯恩炉灶旁,回到了所有其他猫头鹰的身边。回到了家里。

终章

一切都是因为一只叫乔治的小喜鹊

亚瑟到来后的几个月里，我经历了一连串的酸甜苦辣。好消息是，我夏天做X光和核磁共振扫描，发现我腰部有腰椎间盘凹陷、小关节磨损和下脊柱关节炎等毛病，为此我接受了一轮腰椎神经阻滞注射疗法。虽然很痛苦，但毕竟不像背痛那么糟糕。而且尽管没能从根本上消除疼痛，但疼痛的剧烈程度缓解了几分，这样我就可以在没有痛苦烦扰的情况下正常工作了。

2008年10月花园建成后，我加入了当地的一家健身俱乐部，以增强我的核心力量，更好地控制身体疼痛。我从二十岁出头就开始进行负重训练——除了我在花园里工作的四年——这使我有可能继续正常锻炼。

但是，在我的背痛有所好转的同时，我一直在医院看不同科室的三位专家，因为我身上的各种疑难杂症似乎都在恶化,其中之一是持续咳嗽并伴有血丝。有时情况非常糟糕,我甚至无法呼吸,而呼吸困难又让我的脊椎疼痛难忍。我还在六个星期内瘦了大约20磅,外科诊室的护士们以为我患有糖尿病(尽管我没有)。我看起来像一个将死之人。

专家们提出的治疗方法似乎都无济于事。那一年的四月,我一度入手了两只红胸绿宝石鹦鹉和五只罗莎伯克氏鹦鹉——一种很漂亮的长尾小鹦鹉,两只水蜜桃色,另外三只的羽毛更深更漂亮。我喜欢这些小鸟,把它们关在大厨房后侧的两个巨大鸟笼里,在那里我能经常看到它们,聆听到它们美妙的声音。它们的鸣叫声点亮了天空,弥漫在整座房子的一楼。

然而,胸外科专家建议我把它们处理掉,这让我感到特别沮丧。他说可能是羽粉引起了我的肺部不适。幸好宠物店服务态度很好,把它们收了回去,还退还了我的钱。而我的身体状况依旧越来越糟糕。

我没有跟胸外科专家提起亚瑟,因为他现在大多数时间都在户外……而且,现在也没有人愿意收养他。无论如何,我是不会和他分开的。

到了十二月,我确信问题的根源在于我与前夫之间越来越糟糕的关系。多年来,我一直觉得我们是很好的搭档,但现在他似乎把他对生活的所有愤怒都发泄到了我身上。我们如同从巴别塔上跌落下来，再也听不懂对方所说的任何一个字眼。或许他只是不想听我说话。在我们婚姻的最后六个月里，几乎每天，当我把早餐端上餐桌时，他已经坐在那里吃他的吐司了。我高高兴兴地跟他打招呼："早上好！"他就会举起手，手掌对着我，说："如果你想说什么，就对着我的手说，我的头是不会听的。"然后，在接下来一天的时间里我根本见不着他的影子，除非他来我的书房或工作室，跟我说要离婚。我总是说"好"。然后他又改变了主意。这是一种折磨人的手段。我难以相信这就是那个口口声声说爱我矢志不渝的男人，那个我辛勤劳作只为与他共度余生的男人。

现在，每个星期——有段时间是每天——他都执意提出要离婚。于是，我尽量满足他的愿望，结果发现他并非真的想要这样做。他一会儿要离，一会儿不离。离，不离。所以，最后是我选择了离婚，我们之间就这样结束了。

圣诞节那天，我们之间彻底画上了句号。我再也无法忍受。12月31日他离开了这里，前往伦敦。两天后他搭乘飞机回澳大利亚。这是他一直真正想要的，至少也是导致我们之间关系变质的部分根源。英格兰并没有如他所期待的那样对他敞开大门，而威尔士对他来说又太潮湿了。

新年前夕，我和孟加拉雕鸮亚瑟坐在厨房里，当然还有斯尼克斯、维吉特和毛斯，那对印度跑鸭待在户外他们的鸭栏里。孤独并没有吞噬我。我打开一瓶凯歌香槟，庆祝我重新获得自由。独自一人迎接新年，我并不觉得悲伤，反而因为家里的和平与安宁而充满了喜悦。

整个世界仿佛在我面前铺展开来，熠熠生辉。我的生活又属于我自己了，充满了各种可能性，我将能够追寻它们了。一种深深的、发自内心的幸福感涌上心头。

系着绳子的亚瑟爬上了我的防护手套，然后顺着我厚厚的加衬工作衬衫的袖子往上爬，爬呀爬，爬到了我的左肩上。他的重量感、稳定的抓握感以及羽毛贴着我耳朵的压迫感提醒我他是多么的特别——一只真正的孟加拉雕鸮，而不是一只虎皮鹦鹉。没有人想要亚瑟，但对我来说，他是每天的快乐。丈夫的缺席和所有亲人的离世，让我意识到这样一个不争的事实，我的宠物们填补了我生活中的缺憾：我一生爱动物，爱鸟类，我对他们的爱从来没有减退。

到1月5日，我几乎所有的症状都消失了，体重也开始有所恢复。我不再咳血。我甚至像完全变了一个人，处理我离婚事务的律师隔了一周竟没把我认出来——我看起来年轻了十岁，感觉好极了。我的怀疑是正确的。

一直以来，我的"病"都与压力有关，我生病的时间长得我自己都不愿意细算。随着前夫对我越来越像陌生人，我的病情每况愈下，尽管我在竭尽全力收紧"我们"之间越来越松弛的纽带。

我很知足，很喜悦，无心去想接下来会发生什么，离婚会有多难，随之而来的悲伤有多难应对。我也猜不到还会有多少只猫头鹰来我的厨房和鸟屋安家，占据我的生活，在艰难时成为我快乐和平静的源泉——这一切都是因为一只叫乔治的小喜鹊。

致谢

我衷心感谢以下人士：塞西莉·盖福德、乔治娜·迪福德、莎拉·简·福德、帕蒂·伦尼以及英国普罗菲尔（Profile Books）出版公司参与本书出版的全体工作人员；劳伦·韦恩、伊维特·格兰特、艾米·盖伊以及乐读者（Avid Reader）出版公司和西蒙与舒斯特（Simon and Schuster）出版公司的团队，他们为本书在美国的出版付出了同样的努力。

感谢我的文学经纪人安东尼·哈伍德，他一直耐心地等待着新作品的产生。

感谢我长期忍耐的邻居们。在乔治发现天空是无限广阔的、随时邀约他去翱翔之前，他对每位邻居都非常感兴趣，但大家都容忍了他的殷勤。感谢我的管道工、电工、清洁工、屋顶修理工和各种建筑工人，以及我的前夫，因为即使我们之间隔阂越来越深，他也是我和乔治故事中的一部分。感谢所有可能想射杀乔治却没有那样做的人。感谢所有在乔治任性的青春期喂他、纵容他和款待他的人。

感谢贝尔·蒙妮，一位了不起的作家、记者、知心大姐。是她在一次文学派对的酒会上把我介绍给了桑德拉·帕森斯，当时《泰晤士报》副刊的主编。感谢桑德拉，她当晚就给我提供了为副刊写作诗歌专栏的机会。感谢那杯让我不敢拒绝的葡萄酒。感谢那个精美花盆里被精心修剪过的黄杨灌木——在离开派对的路上，我六英寸高的厚底鞋不小心被约克石铺成的路面夹住了，我幸好摔进了这丛黄杨灌木，一屁股坐在花盆里。

感谢凯斯、安迪·约瑟夫、内维尔·戴维斯以及圭斯菲德德文花园中心的所有人。在我建造最初花园的四年时间里，他们帮助我沉浸在对过度种植的热爱中（乔治就是这样掉进花园的）。还有在新冠疫情期间，我买下了隔壁的房子，改造成我的画廊和工作室，在将每一个新修的花坛种满植物的过程中，他们也提供了同样的帮助。那段时间，一直有一对喜鹊陪伴，它们可能是乔治的亲戚，也可能不是。

襁褓中的弗里达·休斯与父亲泰德·休斯、母亲西尔维娅·普拉斯（1960年）。

小时候邋里邋遢的乔治。

弗里达·休斯的头顶和肩膀都是乔治爱待的地方,也是弗里达的最大享受。

乔治对酒瓶感到好奇(上图),还喜欢吃酸奶(下图)。

弗里达·休斯与三只小狗斯尼克斯、维吉特、毛斯躺在厨房沙发上,乔治也要加入其中。

弗里达·休斯在前门口和门旁的花园长椅上给乔治喂食。

乔治与斯尼克斯、维吉特在沙发上一起玩耍。

毛斯在水槽里洗澡,乔治好奇地盯着这只变了样的马尔济斯老狗。

鸟屋建造即将完成时的情景。

小野鸭德梅尔扎。

逐渐长大的德梅尔扎。

印度跑鸭参孙和达利拉与德梅尔扎和谐相处。

居住在鸟屋的孟加拉雕鸮亚瑟,颇有王者之风。

书中未提及的两只鸟:来访两个星期后飞走的乌鸦(上图)和一只孵化的猫头鹰(下图)。

来访的乌鸦与雪鸮怀德法,一黑一白,一大一小,对比鲜明。

离婚后的弗里达·休斯与自己的杜卡迪大魔王摩托车、铃木隼摩托车。

六月里,蓝天白云下的花园一角。

三月底的花园,粉红色的玉兰花开了。

十月末的花园仍然绿意盎然。

花园一角,围绕大冷杉树形成的花境。